Andrea Schacht

Zauberkatze

atb aufbau taschenbuch

Andrea Schacht lebt als freie Schriftstellerin in der Nähe von Bad Godesberg. Neben erfolgreichen historischen Romanen hat sie etliche Bücher veröffentlicht, in denen Katzen eine Hauptrolle spielen.

Im Verlag Rütten & Loening liegen von ihr vor: »Weihnachtskatze gesucht«, »Der fliegende Weihnachtskater« sowie »Die keltische Schwester«.

Im Aufbau Taschenbuch veröffentlichte sie »Der Tag mit Tiger«, »Auf Tigers Spuren«, »Tigers Wanderung«, »Die Katze mit den goldenen Augen«, »Katzenweihnacht«, »Morgen Katzen wird's was geben«, »Zwei Katzen unterm Weihnachtsbaum« sowie »Hexenkatze«.

Als Maklerin ist Viktoria ganz erfolgreich, dafür läuft es in ihrem Privatleben überhaupt nicht. Schon wieder ist eine Beziehung gescheitert. Ihre Freundin Alizia, eine bekennende Esoterikerin, meint Rat zu wissen: In einer Séance bittet sie um Hilfe für ihre beste Freundin. Viktoria glaubt nicht an solchen Hokuspokus, doch plötzlich taucht eine schwarze Katze bei ihr auf, die offenkundig über magische Kräfte verfügt. Jeder Mann, den Luzi nur kurz anschaut, scheint sich unsterblich in Viktoria zu verlieben.

Andrea Schacht

Zauberkatze

Roman

atb aufbau taschenbuch

FSC
www.fsc.org
MIX
Papier aus verantwortungsvollen Quellen
FSC® C083411

ISBN 978-3-7466-2772-4

Aufbau Taschenbuch ist eine Marke der
Aufbau Verlag GmbH & Co. KG

2. Auflage 2011

Überarbeitete Fassung der im Jahr 1997 erschienenen Originalausgabe von
»Katzen küsst man nicht«
Umschlaggestaltung Mediabureau Di Stefano, Berlin
unter Verwendung eines Motivs von Ruediger Knoblauch / A. B. / Corbis
Satz Greiner & Reichel, Köln
Druck und Binden CPI – Clausen & Bosse, Leck
Printed in Germany

www.aufbau-verlag.de

Die schmale, fingernageldünne Sichel des abnehmenden Mondes verschwand hinter sturmgepeitschten Wolkenfetzen, die letzten Lampen in der Straße waren erloschen, und außer dem Rascheln der trockenen Blätter war kein Laut zu hören. Im flackernden Kerzenlicht warf die Hecke zuckende Schatten, die Flamme kämpfte mühsam gegen den kalten Wind. Noch einmal rekapitulierte ich die Worte, die zu sagen waren, dann wandte ich mich entschlossen in alle vier Himmelsrichtungen und intonierte die Beschwörung mit heiserer Stimme.

Gänsehaut überzog meine Arme unter dem schwarzen Gewand, doch nun galt es, zu tun, was zu tun war. Ich sammelte in mir allen Hass, erinnerte mich an alle Demütigungen, alle Lügen, jeden Verrat, den ich erfahren hatte. Dann endlich stach ich mit vor Zorn zitternder Hand die Nadeln in das schwarze Wachs und beschwor die Mächte der Finsternis, mir bei meiner Rache beizustehen.

Der Wind legte sich für einen kurzen Moment, und der Mond warf seinen blassen Schimmer über das dürre Gras in meinem Garten. Ich fröstelte. Es war, als hielte die Natur den Atem an – das große Schweigen, bevor sich die beschworene Macht zu erkennen gab. Und dann …

Ein schriller Schrei zerriss die Stille, ein Kreischen wie von tausend Dämonen gellte durch die Nacht, und die schwarze Kerze verlosch in einem neuen Windstoß. Ich fühlte alle Wut in mir versickern, und das namenlose Grauen kroch meinen Rücken empor. Hätte ich meine Füße bewegen können, ich wäre bis ans Ende der Welt gelaufen. Doch wie gelähmt stand ich unter dem knarrenden Apfelbaum. Nur mühsam gewöhnten sich meine Augen an die tiefe Dunkelheit. Und ich wurde von neuerlichem Entsetzen gebeutelt. Zwei glühend gelbe Augen starrten mich aus der finsteren Hecke an, kamen lautlos näher und näher. Trocken schluckte ich, versuchte, meinen unwilligen Beinen Beine zu machen, als ich plötzlich die Umrisse zu den gelben Augen erkannte. Es waren eindeutig spitze Ohren und ein hochaufgerichteter Schwanz.

Der herbeizitierte Dämon schien sich in Gestalt einer schwarzen Katze materialisieren zu wollen, die es sich angelegen sein ließ, mir um die Beine zu streichen. Mein verhältnismäßig unverwüstlicher Sinn für Humor gewann endlich die Oberhand, und ich war wieder in der Lage, mich zu bewegen. Auf was für einen Blödsinn hatte ich mich hier bloß eingelassen?

»Willst du auf einen Schluck Milch mit reinkommen?«, fragte ich – rein rhetorisch – mit immer noch etwas unsicherer Stimme das Katzentier. Man muss höflich zu Katzen sein. Dann nahm ich die schwarze Kerze und ging auf die Terrassentür zu. Es wunderte mich allerdings, dass das Tier wirklich hinter mir hergestakst kam und kein bisschen misstrauisch ins Zimmer trat.

»Na, so wie du aussiehst und wie du diesen Auftritt geplant hast, solltest du wohl Luzifer heißen!«, sagte ich, als ich das prächtige Geschöpf im Lampenschein musterte. Und dann verblüffte mich das Tier, weil es sich umdrehte, demonstrativ den Schwanz hob und mir sein Hinterteil zeigte. Ich hatte als Kind Katzen gehabt, also erkannte ich die Botschaft.

»Okay, nicht Luzifer. Dann aber Luzi – ist das in Ordnung?«

Der Schwanz ging nach unten, und bernsteinfarbene Augen sahen mich einigermaßen neckisch über die blauschwarze Schulter an.

Eigentlich habe ich für solche theatralischen Auftritte überhaupt nichts übrig. Ich glaube auch nicht daran, dass es irgendetwas ändert, wenn man zu flackernden Flammen leise Evokationen murmelt, aber ungewöhnliche Situationen verlangen ungewöhnliche Maßnahmen – hat Alizia gesagt.

Alizia ist meine Freundin, ich kenne sie schon seit unserer gemeinsamen Kindheit. Sie hatte schon immer verrückte Ideen, aber manchmal scheint es mir, als sei sie inzwischen noch etwas skurriler geworden. Das macht mir allerdings nichts aus, denn sie ist eine wirklich gute Freundin und hilft, wenn es zu helfen gilt.

Jedenfalls saß jetzt aufgrund ihres seltsamen Rates eine schwarze Katze mit einem weißen Milchbart vor mir, die mich mit ihren goldenen Augen unergründlich anstarrte. Ich hockte mich neben sie auf den Küchenfußboden und streckte kontaktsuchend meine Hand aus. Ganz vorsichtig näherte sich die schwarze Nase und schnüffelte leicht. Die Barthaare vibrierten, die Ohren waren aufmerksam gespitzt. Ich ließ die Inspektion geduldig über mich ergehen. Dann blickte sie mir plötzlich ins Gesicht und zwinkerte mit dem rechten Auge. Ich konnte nicht anders, ich zwinkerte zurück. Offensichtlich fiel dieses Verhalten zu Luzis Zufriedenheit aus, denn sie setzte sich anschließend auf ihre Hinterbeine und begann, sich würdevoll zu putzen.

Aber da es bereits nach Mitternacht war, beschloss ich ziemlich bald, Katze Katze sein zu lassen und mich in mein einsames, großes Bett zurückzuziehen.

Wie sich kurze Zeit später zeigte, blieb ich diesmal nicht allein, denn Luzi fand, man könne in einem Federbett bequemer schlafen als auf dem harten Boden. Es trampelte und kruschelte, und an meiner rechten Schulter in der Armbeuge versammelte sich ein Katzenkringel. Ein anschmiegsames Tier!

Zwei Dinge weckten mich – Boxhiebe gegen meine Rippen

und ein widerliches Pfeifen. Und alles das zu unmöglich früher Stunde. Mühsam sortierte ich meine Wahrnehmungen. Die Tritte schienen von dem schwarzen Ungeheuer in meinem Bett zu kommen, das schrille Gepfeife von meinem Telefon auf dem Nachttisch. Schlaftrunken angelte ich mir den Hörer und brachte ein morgendlich heiseres »Hallo!« heraus.

»Guten Morgen, U. M.-Bau GmbH. Hölzchen am Apparat! Spreche ich mit Frau Friedland?«, sprang mir die frühlingsfrische Stimme einer aufgeweckten Sekretärin ins Ohr. Mir blieb nichts anderes übrig, als dem Hölzchen am Apparat meine Identität zu bestätigen.

»Herr Ungermann hätte Sie gerne gesprochen. Ich verbinde …!«

Niemand fragte mich, ob ich den unbekannten Herrn Ungermann ebenfalls gerne gesprochen hätte, und schon drängte auch er sich an mein Ohr.

»Guten Morgen, Frau Friedland.«

»Guten Morgen«, nuschelte ich und schielte auf meinen Wecker. Zehn nach acht! Möglicherweise ist das eine geschäftsübliche Zeit, mir lag sie nicht! Vor zehn Uhr bin ich eher wortkarg, aber das schien meinen Gesprächspartner nicht zu stören. Er vergewisserte sich, ob ich in der Immobilienbranche tätig sei, was glaubhaft zu machen mir sogar kurz nach dem Aufwachen möglich war.

»Wunderbar. Ich habe nämlich einige Häuser in Planung, die ich gerne über eine Agentur vermarkten möchte.«

Irgendwie drang »einige Häuser« bis zu mir vor, und mit einem Schlag war ich richtig wach.

»Wenn Sie mir vielleicht einige nähere Angaben machen würden …«

»Selbstverständlich. Ich wollte einen Termin mit Ihnen vereinbaren.«

Wunderbar, ich hier verknäuelt im Bett mit einer schwarzen Katze, die eben anfing, ihren Kopf so fest am Telefonhörer zu reiben, dass er mir fast aus der Hand flog, und der Terminkalender befand sich in meiner Handtasche im Irgendwo.

»Entschuldigen Sie, ich muss erst …«

Plumps – der Hörer rutschte unter das Bett. Luzi sprang hinterher und kickte ihn noch weiter nach hinten. Das durfte doch nicht wahr sein! Auf allen vieren angelte ich das Gerät zwischen den Wollmäusen hervor und verfluchte die schnurlose Technik. Luzi tobte im Galopp durch das Schlafzimmer und versuchte, die aufgewirbelten Staubflöckchen zu fangen. Ich musste niesen. Etwas atemlos fragte ich dann ins Telefon: »Herr Ungermann, sind Sie noch da?«

»Ja natürlich. Sagen Sie, habe ich Sie etwa mit meinem Anruf aus dem Bett geholt?«

Es war eine Art von unterdrücktem Lachen in der Stimme, was mich ärgerte.

»Das macht nichts«, schoss ich zurück. »Ich erledige meine Arbeit gerne im Bett!«

Wenn ich mich ärgere, rutschen mir leider manchmal Formulierungen heraus, die bei späterem Überdenken nicht besonders gut gewählt erscheinen. Das beredte Schweigen am anderen Ende zeugte davon, dass es mir mal wieder gelungen war.

»Ich kann Sie auch gerne später noch einmal zurückrufen, Frau Friedland.«

Die Belustigung schwang noch immer in der Stimme mit, aber ich hatte inzwischen sowohl meine Handtasche als auch meinen Kalender gefunden. Mit meiner nüchternsten Stimme schlug ich ihm vor: »Wir können jetzt gerne über einen Termin sprechen.«

»Können Sie morgen am Nachmittag zu uns herauskommen?«

»Wo finde ich Sie?«

Er nannte mir eine Adresse in der Innenstadt, ein renommiertes Geschäftshochhaus der oberen Klasse, was mich noch wacher machte.

Luzi sprang auf meinen Terminplaner und schlug die Krallen in die Seite. Diese Katze war offensichtlich vom Teufel besessen.

»Geh da runter, du Vieh!«, fauchte ich sie an, was natürlich der Herr Ungermann mitbekam, der daraufhin freundlich nachfragte: »Wie viele Mitarbeiter haben Sie eigentlich?«

»Keine, das ist nur eine Katze, die verrückt spielt.«

»Ich hatte auch nicht vermutet, das eben sei der Ton Ihres Hauses.«

Ja, lief denn bei diesem Gespräch alles schief? Ich atmete einmal tief durch und schlug vor: »Morgen um elf habe ich einen Besichtigungstermin. Ich könnte also um vierzehn Uhr bei Ihnen sein.«

»Sehr gut. Dann sehen wir uns morgen Mittag. Einen schönen Tag noch, Frau Friedland.«

»Den wünsche ich Ihnen auch!«

Von Herzen. Einige Häuser! Hoffentlich nicht nur Bausünden. Sollte das Schicksal es endlich wieder gut mit mir meinen? Ich konnte gut einen größeren Auftrag gebrauchen, denn nachdem ich naives Huhn endlich entdeckt hatte, was Engelbert mir angetan hatte, waren da einige Probleme entstanden. Ich hatte ihn kalt und knapp rausgeschmissen, und Freund Engelbert war vor meinem Zorn ohne Angabe seiner neuen Adresse geflüchtet. Damit hätte die Geschichte zwar vorbei sein können, war sie aber nicht. Denn ich sank anschließend von einer schwarzen Wolke in die nächste, kümmerte mich nicht richtig um den Immobilienmarkt, fand keine Kraft mehr, gegen Ricarda, meine schärfste Konkurrentin hier im Ort anzugehen, vergraulte meinen Anwalt, die Jungs vom Grundbuchamt und den Menschen vom Anzeigendienst der Lokalzeitung mit meiner Giftlaune.

Monatelang ging das so, bis mein Steuerberater zufällig vorbeischaute und etwas von einem drastischen Umsatzeinbruch faselte. Er hatte ja so recht, nichts lief mehr, aber zumindest schockierten mich die Zahlen so, dass ich wenigstens Alizia anrief, um mich endlich mal richtig auszuheulen.

Meinen Gedankengang unterbrach die schwarzen Kätzin, die ganz offensichtlich nicht das Bedürfnis hatte, das Haus wieder zu verlassen. Sie erwartete mich vor der Küchentür und maunzte. Sofern mich meine Erinnerung an das Katzenvokabular nicht täuschte, verlangte das Tier nach Futter.

»Ich bin mir nicht sicher, ob du bei mir bleiben kannst, Luzi. Ich mag zwar Katzen, aber vielleicht vermisst dich jemand. Möchtest du nicht doch wieder dahin zurückgehen, wo du hergekommen bist?«

Diese faszinierenden Augen sahen mich durchdringend an, dann schüttelte die Katze heftig ihren Kopf und kratzte sich mit der Pfote am rechten Ohr. Das konnte man so oder so deuten. Vermutlich hatte sie Parasiten. Und ich durfte mit ihr zum Tierarzt. Aber das Ohr brachte mich auf eine Idee. Wenn sie tätowiert war, konnte man anhand der Nummer den Besitzer herausfinden.

»Komm, lass mich mal sehen, Süße. Ja, bist eine ganz Liebe, so eine hübsche Katze«, redete ich sanft auf sie ein, während ich sie untersuchte. Weder Milben noch Täto, kein Halsband mit Adresse und Namen. Wenn wir beide also wollten, konnten wir zusammenbleiben.

Ich liebe Katzen, wirklich! Manchmal trauere ich sogar noch um meinen alten Kater Tiger, der vor Jahren gestorben war. Aber kurz danach kam Engelbert, und der liebte Katzen nicht.

Jetzt gab es keinen störenden Engelbert mehr, und wenn ich die hungrig maunzende Luzi betrachtete, war ich erstmals seit langer Zeit richtiggehend froh darüber. Und bereit, mich dem Problem der Verpflegung zu widmen.

Ungeschminkt und im schlabberigen Jogginganzug ging ich also aus dem Haus, um in dem kleinen Tante-Emma-Lädchen ein paar Dosen Katzenfutter zu erstehen.

Am Eingang angebunden fand ich einen kläffenden Staubwedel, der mir signalisierte, dass meine Konkurrentin Ricarda ebenfalls auf Einkaufsbummel war. Ich traf sie in Person an der Kasse. Eine weiße Jeans umspannte eng ihren knackigen Po, ihre dunklen Haare fielen in glänzenden Locken über die rote Bluse, die wie immer einen Knopf zu weit offen stand. Ihre bereits zu dieser frühen Stunde perfekt geschminkten Nofretete-Augen richteten sich auf mich und die Dosen in meiner Hand.

»Na, hast du dir eine Katze zugelegt, oder kannst du dir nichts Besseres mehr zum Frühstück leisten?«

Ich ließ einen ebenso abfälligen Blick auf die Magermargarine und den Sparquark in ihrer beringten Klaue fallen und erwiderte trocken: »Immer noch besser als das, was du darfst.«

»Wie …? Oh, du bist heute Morgen schlagfertig.«

Bevor sie jedoch weitere Kommentare loslassen konnte, piepte es an ihrem knackigen Po, dort, wo das allzeit bereite Handy an den Gürtel geclippt war. Ich bin mir sicher, sie trägt es nur, um ihrer Umwelt zu signalisieren, wie geschäftstüchtig sie ist. Auf jeden Fall wurde ich so unfreiwillig Zuhörer eines kurzen Gespräches, was sehr aufschlussreich für mich war.

»Natürlich, Herr Baumgartner, selbstverständlich bin ich an der Penthousewohnung interessiert!«, flötete Ricarda mit einem triumphierenden Lächeln in meine Richtung. Sie wusste, dass ich derzeit Probleme hatte, das fiese Schaf!

Was sie nicht wusste, war, dass ich Baumgartner, den Bauträger eines noblen Mietobjektes ebenfalls kannte. Vielleicht sogar etwas besser als sie, denn wir hatten schon mehrere Projekte erfolgreich miteinander abgewickelt. Und das Blöde an solchen

Telefonaten zwischen Tür und Angel ist, dass man verhältnismäßig arbeitsunfähig ist. Eine Einkaufstüte ersetzt eben keinen Terminkalender. Ricarda versprach, zurückzurufen. Ich nahm mir das Gleiche vor.

Gemeinsam verließen wir den Laden, und Ricarda machte den Flederwisch los, der jetzt hechelte und mit den Ohren schlackerte, um eine Runde Gassi gehen zu dürfen.

»Was ich dich schon immer mal fragen wollte, Ricarda – nimmst du den auch zum Staubwischen?«

»Warum gehst du nicht nach Hause und machst dir ein schönes Döschen Hackmaus auf?«

Im Grunde finde ich Ricarda nicht völlig unsympathisch, nur ein paar wesentliche Züge an ihr. Eigentlich alle, auf die ich neidisch bin. Zum Beispiel ihre Figur und diese Selbstdisziplin, sich nie so schlampig in der Öffentlichkeit zu zeigen, wie ich es gerade tat. Dafür hatte ich bisher die besseren Geschäfte gemacht, zumindest noch vor ein paar Monaten. Und das sollte jetzt auch wieder so werden.

Sofort nachdem ich Luzi verköstigt hatte, rief ich Baumgartner an und berichtete ihm ganz harmlos von einem Interessenten für eine möglichst große und elegante Wohnung. Ob denn noch etwas frei sei?

Da Ricarda noch mit dem hündischen Staubwedel in sanitären Angelegenheiten unterwegs war, bekam ich den Zuschlag für eine schöne Penthousewohnung, für die ich wirklich einen Interessenten hatte.

Gerold Schriver hatte sich schon vor ein paar Tagen an mich gewendet, ich rief ihn umgehend an und vereinbarte einen Termin am Nachmittag.

»Wo wollen wir uns treffen, Frau Friedland?«

»Wenn es Ihnen nichts ausmacht, bei mir im Büro.«

»Wäre es nicht besser, wir würden uns gleich an dem Haus treffen?«

»Herr Schriver, mir ist es lieber, mich mit meinen Kunden an einem neutralen Ort zu verabreden. Am Objekt kann das zu unangenehmen Verwechslungen führen.«

Vor allem, wenn solche Freibeuter wie Ricarda ebenfalls interessiert sind, dachte ich bei mir.

Gerold Schriver willigte ein und kam um drei im frühlingshaft offenen Kabrio vorgerauscht. Als er ausstieg, blieb mir fast das Herz stehen. Er und der flüchtige Engelbert hätten Zwillinge sein können.

Reiß dich zusammen, Viktoria, mahnte ich mich, das ist nur ein Kunde, und zwar hoffentlich ein zahlender. Ich beobachtete von meinem Bürofenster aus, wie er sich nach der Hausnummer umsah und dann zielstrebig auf meinen Eingang zuging. Luzi, die neben mir auf der Fensterbank gesessen hatte, sprang hinunter und folgte mir um meine Beine wuselnd zur Haustür. Das war ungewöhnlich, denn bisher hatte sie sich als etwas menschenscheu erwiesen. Meiner Putzfrau war sie weiträumig aus dem Weg gegangen, vor dem Briefträger hatte sie sich unter den Büschen versteckt, und bei einem Läuten an der Tür wurde sie regelrecht unsichtbar.

Ich hatte mich wieder einigermaßen im Griff, als ich öffnete, aber dann machte Gerold Schriver den Mund auf, und in mir fing es an zu brodeln. Gleiche Masche wie Engelbert! Auch wenn er bei näherem Hinsehen sowohl etwas älter um die Nase als auch etwas fülliger um die Hüften war. Ein flotter Fuffziger mit sacht gewelltem aschblondem Haar und konservativer Metallbrille.

»Ah, Frau Friedland, welch ein reizendes Häuschen Sie hier haben. Beinahe ganz mein Traum. Wenn Sie für Ihr eigenes Heim ein so gutes Händchen haben, dann bin ich bestimmt gut bei Ihnen aufgehoben.«

War es Galle, die da so bitter in meinem Mund schmeckte? Mühsam beherrscht bat ich ihn, vor meinem Schreibtisch Platz zu nehmen, um ihm das noch druckwarme Exposé und die Pläne der Wohnung vorzulegen. Seltsamerweise strolchte Luzi noch immer um mich herum und hockte sich sogar auf die Rückenlehne meines Bürosessels. Auf meinen Kunden musste das eine bezaubernde Wirkung haben, denn er bot sein hinreißendstes Lächeln auf und schnurrte: »Frau Friedland, das schwarze Kätzchen steht Ihnen wundervoll zu ihren goldenen Haaren. Aber Sie werden doch wohl keine böse Hexe sein, die mich in ein Knusperhäuschen locken will.«

»Ich möchte Ihnen lediglich eine Wohnung anbieten, Herr Schriver«, antwortete ich nüchtern und begann mit meinen Erklärungen. Mit großer Aufmerksamkeit hing er allerdings nicht an meinen Lippen. Und schließlich unterbrach er mich.

»Entschuldigen Sie, wenn ich so eigen bin, aber könnten Sie Ihrer charmanten Pelzpfote wohl nahelegen, sich einen anderen Platz zu suchen? Sie werden es nicht glauben, aber der Blick Ihrer Katze macht mich nervös. Sie fixiert mich jetzt schon seit fünf Minuten.«

Beinahe wäre mir ein Spruch über den bösen Blick herausgerutscht, aber dann besann ich mich und bat Luzi höflich, den Raum zu verlassen. Mich erstaunte, als sie die Bitte ohne Murren befolgte, als habe sie mich verstanden.

»Gut erzogen, das Tierchen!«

»Katzen erzieht man nicht.«

Jedenfalls konnte Gerold Schriver sich anschließend besser auf das Objekt konzentrieren, und wir beschlossen aufzubrechen, um es in natura zu besichtigen. Ein kurzer Kampf ums Fahrzeug, und ich saß im Kabrio. Na gut, es war wirklich ein schöner Frühlingstag, und es wäre ein Jammer gewesen, sich nicht den lauen Fahrtwind um die Ohren wehen zu lassen.

An dem ausgefallenen Terrassenbau angekommen, bemerkte ich eine leise Wandlung in Schrivers Verhalten. Er schien ruhiger zu werden und dämmte seinen professionellen Charme ein wenig ein. Das war mir erheblich angenehmer.

Die Besichtigung verlief hervorragend.

»Wunderbar, Frau Friedland. Genau so habe ich es mir vorgestellt. Sehen Sie«, er kam mir etwas näher und streifte dabei meine Haare, als er mir mit vertraulich gesenkter Stimme gestand, »eine luxuriöse Wohnung ist für mich ein Muss, denn meine Position verlangt von mir, gewissen Repräsentationsverpflichtungen nachzukommen.«

Schön für ihn, dachte ich und zählte schon in Gedanken die Dollars.

»Es freut mich, wenn wir auf Anhieb das Richtige getroffen haben. Ihre Frau Gemahlin wird sich aber sicher die Wohnung auch noch ansehen wollen?«

Diesen Hinweis erlaubte ich mir einzustreuen, denn mir war nicht entgangen, dass Gerold Schriver es sich angelegen sein ließ, mir immer näher auf die Pelle zu rücken. Er reagierte jedoch nicht darauf, sondern sah versonnen aus dem Fenster, von dem man zugegebenermaßen einen beeindruckenden Blick über das Tal hatte. Er drehte sich um, nahm die Brille von der Nase und rieb sich mit einer beinahe hilflos wirkenden Geste die Nasenwurzel. Dann sah er mich kurzsichtig an und lächelte bedächtig.

»Ich denke, Sie sollten mir den Mietvertrag gleich mitgeben.«

»Na gut, dann fahren wir im Büro vorbei und regeln die Formalitäten.«

Auf der Rückfahrt verstärkte sich mein vager Verdacht, als seine eheberingte Hand beim Schalten immer häufiger in verdächtige Nähe meines Knies kam.

Nun halte ich mich nicht für eine besonders verführerische

Person. Tat ich übrigens noch nie, und jetzt, mit fünfunddreißig und einer gescheiterten Beziehung, war mein Selbstbewusstsein auf dem absoluten Nullpunkt angelangt. Außerdem gehört es zu meinem beruflichen Auftreten auch nicht dazu, irgendwelche Gelüste zu wecken, weder durch Worte, Werke noch Taten. Auch nicht durch Kleidung. Anders als Konkurrentin Ricarda, die mit geschlitztem Minirock oder dezent verrutschtem Dekolleté ihre vermutlich hypnotisierten Kunden verblüfft. Ich trage Hosen, Pullover, Blusen, eher sportlich als elegant. Außerdem ist meine Figur auch nicht das, was man gerne als Model auf dem Laufsteg sehen würde. Was also trieb Schriver die Begehrlichkeit in die Augen? War das seine Masche? Oder stand der auf so unscheinbare Typen wie mich?

Nachdem ich ihm die Unterlagen in die Hand gedrückt hatte, verblüffte er mich mit dem Vorschlag: »Hätten Sie denn vielleicht heute Abend etwas Zeit für mich, um diese erfolgreiche Transaktion zu feiern? Ich fand letzthin den ›Grünen Hasen‹ ganz annehmbar. Wir könnten ein Häppchen essen!«

Tiefstapler! Der ›Grüne Hase‹ ist unter Kennern *die* Adresse, und ich gehöre leider zu den Verfressenen, die einem exquisiten Essen sehr zum Schaden der Figur nicht widerstehen können. Außerdem kam mir die Idee, dass dieser flotte Fuffziger, wenn er wirklich seine Midlife-Crisis mit mir ausleben wollte, wenigstens einen kleinen Teil von dem zurückzahlen könnte, was Engelbert mir schuldete. Scheinheilig grinsend ging ich also auf seine Einladung ein.

Luzi wartete auf mich in der Küche und strich mir zur Begrüßung mit leisem Miauen um die Beine. Und ich, seit Wochen zum ersten Mal wieder gut gelaunt, nahm sie hoch und flüsterte ihr in die gespitzten Ohren: »Hey, Süße, heute Abend wollen wir mal einen Kater vernaschen. Machst du mit?«

Sie schnurrte, wahrscheinlich, weil ich ihr das Kinn dabei kraulte. Dann sah ich meine Termine durch und befand, für diesen Tag genug Umsatz gemacht zu haben. Gerold Schriver sollte eine gepflegte Viktoria kennenlernen. Ja, mir war fast nach Übermut und sexy Aufmachung. Mal sehen, was der Kleiderschrank dazu zu bieten hatte. Wie gesagt, eher weniger, aber dann fanden sich doch ein kniekurzer schwarzer Rock – sooo schlecht sind meine Beine auch wieder nicht – und ein anschmiegsames Seidenblüschen. Und dieser schwarze Spitzenbody, denn ich einmal zu Ehren von Engelberts Geburtstag erstanden hatte, passte auch noch. Er durfte ein wenig im Ausschnitt blitzen.

Luzi beobachtete im Bad mein Hantieren mit Töpfen, Tuben und Tiegeln aufmerksam vom Wannenrand aus und folgte mir dann auf dem Fuße ins Schlafzimmer, wo ich mich in meine Ausgehkluft zwängte.

»Na, kann ich so auf Männerfang gehen?«

Luzi warf sich auf den Teppich und wälzte sich mit Lust, aber als ich mich bückte, um ihr weiches Bauchfell zu kraulen, fuhr sie völlig unerwartet die Krallen aus und zog mir einen langen Kratzer über die frischgelackten Fingernägel. Aggressiv war sie bisher noch nicht gewesen, deswegen fehlten mir im ersten Moment die Worte, um mit ihr zu schimpfen. Und dieses wild gewordene Biest stand auf, setzte sich auf die Hinterbeine und begann leidenschaftlich den Bettpfosten zu zerkratzen. Er ist aus Kiefernholz, und die Aktion gestaltete sich wirkungsvoll. »Spinnst du? Luzi! Sofort aufhören!«, schrie ich sie an.

Sie hörte auf, setzte sich vor mich hin und sah mich mit schräg geneigtem Kopf lange an, fast, als ob sie mir etwas sagen wollte.

Ich halte viel von der Intelligenz der Tiere; ich glaube, man unterschätzt sie oft. Gerade mit Katzen hatte ich gute Erfahrungen gemacht, darum behielt ich diesen merkwürdigen Blick auch weiterhin im Gedächtnis.

Gerold Schriver holte mich ab, nicht ohne mich sofort mit schmeichelhaftesten Komplimenten zu überschütten. Und ich, gewillt, zu genießen, was mir so freizügig geboten wurde, nahm die Bewunderung mit kühlem Lächeln auf.

Im ›Grünen Hasen‹ schien Schriver bekannt zu sein, und als wir mit unserem Kir royal anstießen, fiel mir die schmale weiße Linie an seinem rechten Ringfinger auf. Da hatte vor ein paar Stunden noch ein goldener Ring gesessen. Na, wenn das nicht eindeutig war. Einfaltspinsel, der! Ich bestellte ungeniert.

Unsere Konversation plätscherte dahin, wir betrachteten das Wetter und seine diversen Varianten, den Immobilienmarkt im Allgemeinen und Besonderen, mondäne Urlaubsbeschäftigungen …

»Letzten Sommer habe ich einen Kurs in Drachenfliegen gemacht. Es ist unbeschreiblich gewesen!«

Ich hatte in meinem letzten Urlaub einen Kurs in Computertechnik gemacht, das war auch unbeschreiblich. Aber vermutlich in einem anderen Sinne. Außerdem interessierte es hier nicht, sondern Bewunderung war gefordert. Ich erlaubte mir das Stichwort.

»Ja, ist das denn nicht gefährlich?«

»Nun ja, ein wenig schon. Aber ein Mann muss bereit sein, Risiken einzugehen. Vor allem, wenn das Ergebnis derart lohnenswert ist.«

Sein Blick streichelte mein Seidenblüschen. Sollte ich ihn noch ein bisschen hochheben?

»Und Sie haben sich nicht verletzt dabei? Man hört doch von so schrecklichen Unfällen.«

»Ach, ein paar Kratzerchen, ein verstauchter Knöchel. Was ist das schon?«

Dich möchte ich erleben, wenn du einen Kratzer abbekommst! Engelbert zum Beispiel konnte wundervoll leiden, wenn er sich einmal beim Rasenmähen den Knöchel aufgeschrammt hatte.

»Und gehen Sie diesem Sport jetzt auch noch nach?«

»Leider nein. Die Zeit, Sie wissen ja, die Verpflichtungen ...«

»Die Familie ...?«

Sehr angelegentlich beschäftigte sich mein Begleiter mit dem Wein, den ihm der Ober eingoss. Kennerisch ließ er ihn im Glas kreisen, schmatzte leise den Probierschluck und nickte dann wohlwollend.

Gut abgelenkt!

»Ach ja, ich komme immer nur im Urlaub zum Sport. Aber da probiere ich dann alles aus. In Portugal bin ich geritten, an der Riviera gesurft, ich kenne die Tennisplätze der besten Hotels. Das ist eben der Ausgleich zu meinem anstrengenden Beruf.«

»Sehr wichtig.« Ich nickte und legte Bewunderung in meine Mundwinkel.

»Und was haben Sie für Hobbys?«

Hatte ich welche? Ich bedachte mich kurz und kam zu dem traurigen Schluss, dass ich keine hatte. Jedenfalls keine vorzeigbaren wie Spitzen klöppeln, Kung-Fu oder Arachniden züchten. Bisschen lesen, bisschen kochen, das war's schon. Aber da mein Begleiter zu der Gattung der Redner und nicht der Zuhörer gehörte, konnte ich ihn leicht ablenken. Wir streiften also seinen Einrichtungsstil – antik –, seine bevorzugten Automarken – sportlich –, seine Lieblingsspeisen ... und seine Hand lag immer häufiger auf meinen bloßen Armen. Ich schlürfte gelassen meinen Wein, entzog mich den Anspielungen und Annäherungen und genoss seinen anbetenden Blick, der sich mit fortschreitender Stunde glutvoll steigerte. Gut, ich gebe zu, die Andeutung eines Kribbelns wagte sich in meinem Bauch zu rühren. So schlecht sah der flotte Fuffziger nun auch wieder nicht aus, auch wenn die Unterhaltung mit ihm sich am Rande der Dümmlichkeit bewegte. Was mich wunderte, denn der gute Mann rühmte sich elitärer Bekanntschaften, berufsbedingt, denn als politischer Redakteur der Westdeutschen Zeitung hatte er sicher keinen schlechten Job. Aber seine Anspielungen auf seinen Freund, den Minister, und seinen guten Kumpel, den Staatssekretär, begannen mich nach dem dritten Aufguss zu langweilen. Das Kribbeln versiegte allmählich, und ich gähnte demonstrativ, was Schriver völlig richtig auffasste.

»Entschuldigen Sie, Viktoria, Sie haben einen anstrengenden Tag hinter sich, und ich langweile Sie mit den Histörchen aus meinem Alltag. Erzählen Sie von sich. Ich bin fasziniert davon, wie Sie Ihr Leben angehen. Es gibt so wenige Frauen, die sich erfolgreich in ihrem Beruf durchsetzen. Sie sind noch so jung. Wie sind Sie nur dazu gekommen, Maklerin zu werden?«

»Ach, Herr Schriver …« Ich betonte die Anrede besonders, denn sein Vorname stand noch nicht zur Debatte, doch prompt unterbrach er mich und säuselte: »Nennen Sie mich Gerold, bitte. Ich habe das Gefühl, Sie kennen mich jetzt wirklich schon richtig lange.«

Das Gefühl hatte ich meinerseits auch. Und mich sollte er jetzt kennenlernen. Das Kribbeln im Bauch war definitiv weg, und wieder kochte diese mörderische Wut in mir hoch. Wie gesagt, Engelberts Masche! Mit einer einfachen Frage zu seinem beruflichen Werdegang lenkte ich sein scheinheiliges Interesse an meinem Wirken ab. Es klappte hervorragend. Der Mann genoss es, sich selbst gründlich zu feiern. Vermutlich dachte er, mich damit beeindrucken zu können, wenn er mir seine einzelnen Karriereschritte schilderte. Mir kam allerdings zwischenzeitlich wieder Luzis seltsames Verhalten in den Sinn. Erst hatte sie sich lustvoll geräkelt, dann plötzlich zugekrallt.

Das war eigentlich eine Idee. Krallen hatte ich auch. Und

lustvoll räkeln … Na, einen Versuch zur Hebung des Selbstwertgefühls war's wert!

Mit leichter Hand führte ich als die Situation dahin, dass Gerold sich bemüßigt fühlte, mich nach Hause zu fahren, ließ mir einen leidenschaftlichen Kuss im Auto gefallen und lockte dann mit Kühle. Gerold bettelte wie ein Primaner, ernsthaft in Fahrt gekommen. Ich ließ mich erweichen – nur ein Kaffee noch in meiner Wohnung. Das Spiel fing an, mir Spaß zu machen.

Nach dem Kaffee wollte er deutlicher werden, ich wurde noch deutlicher.

»Finger weg, Herzblatt, das steht nicht im Vertrag.«

Er zog mich an sich und stöhnte mir leise ins Ohr: »Viktoria, ich begehre dich. Ich begehre dich mehr als jede andere Frau.«

»Was würde denn deine Frau dazu sagen?«

»Meine Frau?«

Verletzte Blicke trafen mich.

»Komm, schummle nicht, Gerold. Der kleine, goldene Ring war heute Mittag noch an dem Finger. Ich habe die ganze Zeit deine subtile Taktik bewundert, das Thema abzubiegen, wenn ich darauf zu sprechen kam.«

Bingo, das hatte gesessen. Mitten im Schwung einer neuerlichen Umarmung blieb ihm der Unterkiefer hängen. Er fasste sich jedoch schnell und tischte mir das alte Märchen von der bevorstehenden Trennung auf.

»Hübsche Story. Ist sie dir zwischen Umziehen und Essengehen eingefallen?«

»Viktoria, glaub mir doch. Meine Frau versteht mich nicht!«

Der klassische Ausspruch. Es gab ihn also wirklich. Und nur eine Erwiderung darauf: »Verstehst du sie denn?«

Ein kummervoller Dackelblick traf mich. Ich verstand ihn auch nicht, oje, oje. Bevor er ein gefühlstriefendes Lamento anstimmen konnte, empfahl ich ihm: »So, und jetzt wäre ein würdevoller Abgang nicht verkehrt, sonst wundert sich dein Freund, der Minister, morgen über die dunklen Ringe unter den Augen.«

»Aber Viktoria, du ...«

»Ich wollte mal sehen, wie weit du so gehen würdest. Den Versuch können wir an dieser Stelle abbrechen.«

Er war schwerer wieder auf den Boden zu bringen, als ich dachte, es bedurfte noch ein paar sehr eindringlicher, scharfkralliger Ermahnungen, bis ich endlich in mein einsames Bett fallen konnte. Und das fand ich in diesem Moment auch ganz gut so.

Außerdem war da noch Luzi, das teuflisch schwarze Katzentörtchen, das zufrieden wie eine ganze Mannschaft Holzfäller schnarchte.

Wenn ich dachte, das Thema Schriver sei damit beendet, dann täuschte ich mich. Gerold hatte sich offensichtlich ein Problem eingehandelt. Er behauptete steif und fest, mich bis zur Besinnungslosigkeit zu lieben. Stündlich erhielt ich Telefonanrufe, Blumensträuße, Mails, immer mit der flehenden Bitte, ihm noch ein, nur ein weiteres Treffen zu gewähren. Ich weidete mich an seiner Qual – und blieb unerreichbar.

Abgesehen davon hatte ich zu tun. Endlich lief das Geschäft wieder an.

Es war zum Mäusemelken, seit zwanzig Minuten suchte ich schon diese dämliche Waldstraße, wo angeblich das komfortable Landhaus der Wenzels stehen sollte. Ich hasse es, unpünktlich zu Besichtigungsterminen zu kommen. Außerdem war das hier ein Millionenobjekt, was mir nicht nur finanziell, sondern auch imagemäßig ungeheuer gut in den Kram passen würde. Mietwohnungen in Mehrfamilienhäusern bringen zwar das tägliche Brot; Butter, Lachs und den trockenen Weißen brachten die Einfamilienhäuser.

Aber der Schuppen schien nicht nur in einer ruhigen Waldrandlage zu liegen, sondern sich gänzlich von dieser Welt zurückgezogen zu haben. Selbst das Navi versagte mir seine Dienste, und mit der Straßenkarte auf dem Lenkrad fuhr ich noch einmal langsam aus dem Ort hinaus, als mich ein ohrenbetäubendes Hupen zusammenfahren ließ. Himmel, was für ein Rüpel. Klar, was fährt auch schon einen weißen BMW! Als er an mir vorbeirauschte, sah ich nur das vorwurfsvolle Kopfschütteln eines hartgesichtigen Mannes. Meinen kochenden Blick ignorierte er.

Kurz darauf hatte ich endlich die Waldstraße gefunden, die mit Recht so hieß. Gerade noch pünktlich. Aber die Lage ... Immerhin war der Feldweg asphaltiert.

Ich holte dreimal tief Luft, denn die Herrschaften sollten genau der seriösen Maklerin begegnen, der sie schon immer vertrauensvoll ihr trautes Heim zum Verkauf überlassen wollten. Dann stieg ich aus meinem Wagen und sah mir das Landhaus von außen an. Es war, milde gesagt, gewöhnungsbedürftig. Aber wenigstens würde ein etwas weniger enthusiastischer Bayernfan die Lüftelmalerei einfach überstreichen können.

Auf mein Klingeln öffnete mir die Dame des Hauses. Und die Begegnung mit meinem ersten, Wirklichkeit gewordenen Alptraum begann. Nicht nur, dass dieses Haus von vorne bis hinten verbaut war, nein, Rosmarie Wenzel hatte auch eine sehr dezidierte Vorstellung davon, in welcher Höhe der am Markt zu realisierende Preis für das Liebhaberobjekt anzusetzen war.

»Und – äh – wie sind Sie auf diesen Preis gekommen?«, wagte ich schüchtern zu fragen.

»Der Gatte der Schwester meines Mannes ist aus der Branche! Er hat eine Schätzung vorgenommen. Bei der Quadratmeterzahl, dem Grundstück, der Lage und vor allem der komfortablen Ausstattung hat er gemeint, der Wert sei durchaus realistisch.«

Frau Wenzel brachte das mit einem solchen Brustton der Überzeugung heraus, dass ich die Qualifikation ihres Schwippschwagers nicht in Abrede stellen wollte. Nein, ich war kurz davor, das Terrain mit drei, vier vernichtenden Kommentaren zu verlassen, als sich dann auch noch der Herr des Hauses hinzugesellte.

»Guten Tag, mein Name ist Doktor Wenzel.«

Er war etwas kleiner als seine Frau und äußerst schmächtig. Daher rührte wahrscheinlich auch sein etwas kraftloser Händedruck. Ich begrüßte ihn recht kühl, halb im Begriff, zu gehen, doch Frau Wenzel hielt mich auf.

»Wir sind ja beide berufstätig, Frau Friedland, mein Mann ist Germanist, und ich bin in den musischen Fächern tätig. Und dennoch haben wir viel, viel Zeit investiert, uns ein kuscheliges Zuhause zu schaffen. Sie müssen sich unbedingt ein Bild davon machen.«

So, damit brauchte ich erst einmal nicht auf den dummen Gedanken zu verfallen, der Herr Gemahl sei nur ein popeliger Pädagoge. Nein, Vollgermanist war der Mann. Sie aber war von den Musen geküsst, die sie befähigten, Musik, Kunst und Handarbeit zu unterrichten.

Gemeinsam schilderten sie mir mit eindringlichen Worten und anhand vieler innenarchitektonischer Beispiele, mit wie viel Liebe sie gemeinsam in ihrer karg bemessenen Freizeit ihr Heim gestaltet hatten. Und jetzt, jetzt hatte er, der Herr Doktor, die einmalige Chance erhalten, in einer anderen Stadt Schulleiter zu werden. Ich vermied es, ihn darauf hinzuweisen, dass andere Leute auch schon mal eine halbe, Dreiviertelstunde Fahrzeit auf sich nehmen würden, um an ihren Arbeitsplatz zu kommen. Jedenfalls hatte er wenigstens so viel Feingefühl, zu bemerken, dass ich bei der Bewertung des Objektes unter Zahnschmerzen zu leiden begann, und fragte mich nach meiner Vorstellung. Ich rechnete kurz nach und pokerte dann. Vielleicht, vielleicht fand sich ja wirklich ein Freund abgelegener Bausünden. Und meine Courtage ... Ich brauchte sie dringend, also willigte ich zu einem etwas herabgesetzten Preis ein, den architektonischen Heuler auf den Markt zu bringen. Beladen mit Plänen und Unterlagen und schon wieder durch die Redseligkeit der Lehrerzunft in Zeitdruck geraten, donnerte ich mit durchdrehenden Reifen vom Hof.

Denn als Nächstes stand das vielversprechende Geschäft mit dem Herrn Ungermann von U. M.-Bau auf dem Terminplan. Die Bemerkung von »einigen Häusern« hatte mich inzwischen richtig neugierig gemacht. So ein bisschen wunderte ich mich während der Fahrt, wie dieser Mann ausgerechnet auf mich gekommen war. Aber womöglich hatten ihn meine geschmackvollen Anzeigen angesprochen. Jedenfalls, wenn ich einen Exklusivvertrag über »einige Häuser« bekommen könnte, wäre ich für die nächste Zeit alle Sorgen los. Sogar der Landhausalptraum war ein Erdnüsschen dagegen. Umso mehr war mir daran gelegen, bei Ungermann einen guten Eindruck zu hinterlassen. Und der fing damit an, pünktlich zu sein.

Ich war knapp in der Zeit, und meine Nachsicht für langsam bummelnde Verkehrsteilnehmer näherte sich dem unteren Grenzwert. Laut vor mich hinschimpfend, quetschte ich mich an Trödeljohnnies und Transusen vorbei, und erst als ich einmal empört auf die Hupe drückte, fiel mir wieder ein, wie ich mich selbst darüber vor noch nicht allzu langer Zeit geärgert hatte. Mit einem unwillkürlichen Lächeln empfand ich beinahe Verständnis für den BMW-Fahrer.

Dieses neuerworbene Verständnis verflüchtigte sich jäh, als ich in eine Lücke rückwärts einparken wollte und ebendieser BMW sie mir belegte. Es war derselbe! Ich erkannte den dunkelhaarigen Fahrer. Mit schierer Selbstdisziplin hielt ich mich am Lenkrad fest, um nicht auszusteigen und dem Kerl in gesetzten Worten die Meinung zu sagen. Knurrend kreiste ich anschließend noch geschlagene drei Mal um den Gebäudekomplex und erschien dann mit einer viertelstündigen Verspätung bei meinem Termin.

Diese Verspätung wurde mir zum Glück nicht übelgenommen, im Gegenteil – Heinz Ungermann und ich schieden nach zwei Stunden konstruktivster Unterhaltung als gute Freunde. Ich begann schon, Luftschlösser zu bauen. Fünfundzwanzig Luftschlösschen! Nur für mich! Natürlich lag der Wohnpark etwas außerhalb meines üblichen Aktionskreises, aber bei den Werten war auch ein bisschen Fahrzeit durchaus akzeptabel.

Ich spendierte mir deshalb zum Abendessen ein großes Steak, von dem mir Luzi eine reichliche Portion abbettelte. Aber ich war in Geberlaune.

Eine arbeitsreiche Woche später genehmigte ich mir einen freien Nachmittag und besuchte auf ein Schwätzchen meine Freundin Alizia, die mir schon mehrfach aufs Band gesprochen hatte, ich solle mich doch mal melden.

»Hallo, Viktoria! Hey, gut siehst du aus.«

Mit diesen aufmunternden Worten begrüßte sie mich und scheuchte mich in ihr – na ja, Zimmer kann man es kaum nennen – eher in das Tempelinnere. Alizia hat eine schrille Phantasie. Aber irgendwie hat dieser Raum was. Und ich habe schon absurdere Einrichtungen gesehen als diese.

»Willst du einen Tee?«, fragte Alizia, als ich mich auf ein schwarzes Polster unter lila Draperien fallen ließ.

»Es darf auch Champagner sein«, lockte ich sie, weil ich wusste, dass sie nicht viel von Alkohol hielt.

»Kriegst du nicht, aber ich hab' eine tolle neue Mischung grünen Tee.«

»Und du meinst, der Genuss dieser Mischung raubt mir nicht den Verstand?«

»Welchen?«

Alizia durfte das. Sie verschwand für ein paar Minuten und ließ mich die Atmosphäre genießen. Die verhüllten Fenster ließen kaum einen Sonnenstrahl herein. Es duftete nach Räucherwerk und Wachskerzen, und seltsame Amulette, Maskottchen oder ähnlicher Zauberkram zierten die Wände.

Mit der dampfenden Kanne kam Alizia zurück und fragte wissbegierig: »Dir scheint es ja wirklich besser zu gehen. Erzähl!«

»Schon gut, schon gut, du willst ja nur hören, ob dein komischer Hokuspokus geholfen hat. Aber so, wie du die Folgen beschrieben hast, war es eigentlich nicht. Statt der Hilfe von oben kam eine Katze von unten. Sie ist mir zufällig an dem Abend zugelaufen und scheint sich recht wohlzufühlen. Weißt du, so ein Haustier kann ganz schön tröstlich sein. Was mir aber viel mehr geholfen hat, wieder zu mir zu finden, ist ein Haufen Arbeit. Hier, ich hab' da vielleicht ein Objekt am Hals. Sag mal, möchtest du nicht in ein Hexenhaus am Waldesrand ziehen? Ich hätte da gerade war Passendes an der Hand.«

Alizias schwarze Augen glitzerten begierig. Sie liebt es, wenn man sie mit den Hexentum in Verbindung bringt.

»Erzähl!«

»Nun, es steht völlig abseits eines kleinen Fleckens, umgeben von hohen Eibenhecken. Der Eingangsbereich ist eine Halle mit kleinkarierten schwarzweißen Bodenfliesen. Bleibst du länger als zwei Minuten in deren Betrachtung versunken stehen, beginnt sich alles um dich zu drehen, und die Welt wird schwarzweiß kariert. Der ideale Raum, um in Trance zu fallen! Das Wohnzimmer – die Möbel Gelsenkirchener Barock – ist nach Norden gerichtet. Hohe Tannen weisen nicht nur die Sterne, sondern auch jedes Licht ab. Ich stelle mir das insbesondere in der Nacht schaurig schön vor, wenn das Käuzchen ruft. Ein bisschen unpraktisch für Tischerücken und solche spiritistischen Übungen sind Küche und Essbereich, denn das Meublement ist dort gemauert. Eine Anlehnung der beiden Pädagogen an eine Bildungsreise in die ärmlicheren Gegenden Spaniens, wie ich belehrt wurde.«

»Oh, oh!«

»Du sagst es.«

»Und, hast du schon einen Interessenten?«

»Ich habe mit Mühe eine Anzeige formuliert, die nicht gleich jeden Käufer abschreckt.«

»Warum tust du dir das eigentlich an?«

»Weil endlich mein Geschäft wieder anläuft und ich das Geld brauche. Und wer weiß, jedes Töpfchen braucht ein Deckelchen. Vielleicht findet sich so ein verbeulter Deckel, der gerade darauf passt. Und im Übrigen möchte ich ein paar Alternativen haben, falls wider Erwarten dieses Bauträgerprojekt schiefgeht.«

»Aha, du hast Großes aufgetan?«

Verschmitzt zwinkerte Alizia mir über ihrer Tasse Tee zu. Was immer in der Mischung drin war, sie machte mich beschwingt, und leichtfüßig berichtete ich über Heinz Ungermanns fünfundzwanzig Einfamilienhäuschen, die er auf einem Grundstück in einer idyllischen Gegend bauen wollte. Ich war so in mein Entzücken der Schilderung der traumhaften Lage versunken, dass mir Alizias ernster, irgendwie durchdringender Blick erst auffiel, als ich einen weiteren Schluck von diesem Teufelsgebräu zu mir nahm.

»Ist was, Alizia?«

Ich sah, wie ihre Hände zuckten. Sie weiß ganz genau, wie sehr sie mich mit ihrer Wahrsagerei und den Karten nervt. Darum hielt sie sich verbissen zurück.

»Nun sag schon, Kassandra. Welch böses Omen habe ich heraufbeschworen?«

»Schon gut. Hast du noch andere Geschäfte?«

»Kleine Sachen, die den Lebensunterhalt für mich und Luzi sicherstellen.«

»Luzi?«

»So habe ich die Katze genannt, die mir an dem besagten Abend zugelaufen ist. Ich dachte erst daran, sie Luzifer zu nennen, aber sie machte mir sehr schnell klar, dass sie ein Mädchen ist.«

»Luzifer, der Lichtbringer! Manchmal hast sogar du Instinkt, meine liebe Viktoria.«

Alizia ist eigentlich eine nüchterne Geschäftsfrau, sie betreibt eine gutgehende Buchhandlung, aber in ihrer Freizeit lässt sie sich von weniger rationalen Beweggründen leiten. Und weil es unsere Beziehung womöglich belastet hätte, wenn sie weiter ihre Neigungen unterdrücken musste, willigte ich schließlich ein.

»Okay, zeig uns, was die Karten sagen!«

Zufrieden lächelnd zog sie das abgegriffene Päckchen Karten aus der Schublade des niedrigen Tischchens zwischen uns, räumte die Tassen beiseite und mischte mit Inbrunst. Dann musste ich zehn dieser Karten mit der linken Hand ziehen, und sie legte sie nach einem bestimmten Muster aus.

»Also, dies hier ist die Ausgangssituation«, erklärte sie dann und deutete auf ein buntes Bild, was mir wenig, ihr hingegen wohl einiges Erheiterndes sagte. »Der Teufel!« Sie grinste. »Hin und wieder auch Luzifer genannt. Schauen wir mal, was er für Kräfte animiert.«

Sie deckte die nächste Karte auf, und ihr Grinsen vertiefte sich.

»Die Luscht! Bist du eigentlich noch immer ab von den Männern?«

Manchmal schießt sie so ins Blaue und trifft ins Schwarze. Das da saß ziemlich gut, weil ich mich plötzlich an den flotten Fuffziger erinnerte, der gerade heute wieder mit seiner Leidenschaft meine Mailbox verbrüht hatte. Ich berichtete in kurzen Worten.

»Dann betrachten wir mal deine Erwartungshaltung zu diesem Thema. Zwei Kelche! Mhh, das sieht mir nach dem Schrei nach Liebe aus.«

»Blödsinn, Alizia. Das Letzte, was ich derzeit anstrebe, sind rosarote Liebeswölkchen.«

»Sicher? Könnte auch der Wunsch nach Freundschaft und Vertrauen sein. Hast du den nicht?«

»Na gut, den hat wohl jeder Mensch. Aber ich komme derzeit ganz gut ohne allzu vertraute Freunde aus. Wenn der Laden wieder richtig läuft, gönne ich mir den Luxus vielleicht mal wieder. Haben die Karten nichts Intelligenteres zu sagen?«

Alizia sah mich mit einem Gesichtsausdruck an, den ich lieber nicht hinterfragen wollte. Dann wandte sie sich wieder den Karten zu.

»Sehen wir uns mal an, wie die positiven Kräfte sich auswirken. Das wird interessant! Hast du in der letzten Zeit einen erdverbundenen, zuverlässigen Mann mit einem gesunden Kontostand kennengelernt? Bisschen sinnlich dürfte er auch noch sein.«

»Schön wär's. Ich glaube nicht, dass es solche Figuren gibt.«

»Na, kommt vielleicht noch. Ich habe ...«

Mir fiel gerade der Telefonanruf von heute morgen ein, und ich unterbrach sie: »Zumindest den Mann mit der sinnlichen Stimme habe ich kennengelernt. Er rief mich heute an, weil er eine Wohnung sucht. Ich habe einen Termin mit ihm nächste Woche vereinbart. Dann wird es sich zeigen, wie sein Kontostand ist. Vermutlich ist seine Stimme sein einziges Kapital.«

»Mann, kannst du bitter sein, Viktoria!«

Ich zuckte mit den Schultern.

»Okay, schauen wir, welches die negativen Aspekte sind.«

Die Karte kannte ich, mit der hatte sie mir schon mal vor der Nase herumgewedelt. Damals zu Beginn meiner Beziehung zu dem Kollegen Engelbert. Die sieben Schwerter. Betrügerische Geschäfte. Etwas beklommen machte mich das jetzt doch, denn genau das hatte dieser mistige Engelbert ja mit mir betrieben. Aber das passierte mir nicht noch einmal. Diesmal war ich auf der Hut. Wahrscheinlich sollte ich die Sache mit dem Landhaus noch etwas tiefer durchleuchten.

»Sieht nicht gut aus, was?«

»Na ja, es ist schon ein bisschen Vorsicht angebracht.«

»Obwohl da im Augenblick alles ziemlich gut abgesichert ist.« Mir kam ein übler Gedanke. »Meinst du, der Stinker Engelbert taucht wieder auf und macht mir Schwierigkeiten?«

»Woher soll ich das wissen, liebe Viktoria? Ich lege dir nur die Karten, um deine Situation mal auszuleuchten.«

Manchmal ist sie wirklich unmöglich. Ich beschloss für mich, dass das ganze Theater ihr genauso wenig sagte wie mir und nur zu ihrem geheimnisvollen Habitus gehörte. Darum versuchte ich das Gespräch endgültig in andere Bahnen zu leiten und erzählte ihr, wie ich Ricarda bei der Vermietung eines Mehrfamilienhauses um eine Nasenlänge voraus war.

»Schön für dich. Aber wird sie sich nicht revanchieren? Ich habe sie ja nur einmal kennengelernt, aber mit ihrer gelbgrünen Aura wirkte sie ziemlich kratzbürstig.«

»Dazu brauchst du nicht ihre Aura anzusehen, das langt, wenn sie den Mund aufmacht. Klar wird sie darauf aus sein, mir ins Handwerk zu pfuschen. Aber das Spiel kenne ich schon. Ich bin kreativ genug, ihr immer noch eins draufzusetzen.«

»Die Stab-Prinzessin eben. Hier liegt sie.«

So, damit hatte Alizia den Bogen wieder geschafft. Ich seufzte leise auf und ergab mich in ihre Deutung. Aber sie hielt sich zurück, drehte nur noch die letzte Karte um, zeigte mir einen einstürzenden Turm und meinte trocken: »Du wirst noch einiges erleben in der nächsten Zeit. Aber davon willst du ja nichts wissen.«

»Nein, wirklich nicht, Alizia. Und ich muss auch langsam lostigern, meine Aufgaben für morgen machen. Grüß deinen Marcel!«

Alizia hat einen ungeheuer netten, verständnisvollen und absolut realistischen Mann, der ihre seltsamen Anwandlungen mit einer Mischung von Humor und Toleranz erträgt. Manchmal frage ich mich, ob sie ihn verhext hat.

Luzi empfing mich mit freundlichem Um-die-Beine-Streichen in meinem leeren Haus und dirigierte mich damit sanft zu ihrem leeren Futternapf. Katzen sind doch verlässlich – wenn sie Hunger haben, schmeicheln sie; sind sie satt, ist man ihnen weitgehend gleichgültig. Das ist eine prima Basis für das Zusammenleben.

Ich hörte meinen Anrufbeantworter ab, auf dem die pedantische Nachricht von Herbert Wenzel weilte: »Hier spricht Dr. Wenzel, Telefon fünf zwo zwo sieben. Bezüglich Ihres Schreibens vom Siebzehnten möchte ich mich mit Ihnen noch einmal unterhalten. Wäre es Ihnen recht, wenn ich morgen gegen vierzehn Uhr fünfzehn bei Ihnen vorbeischaute? Mit freundlichen Grüßen, Dr. Wenzel.«

Das musste er abgelesen haben, so sprach kein Mensch auf Band. Ich schüttelte nur meinen Kopf. Was wollte der nur »bezüglich meines Schreibens«? Das Ding war mir tierisch schwergefallen, sowohl die Anzeigentexte als auch die Hausbeschreibung. Ich hatte mich äußerst zurückgehalten und vorsichtig formuliert: »Freistehende Landhausvilla in absolut ruhiger Lage mit vielen individuellen Extras.« Was dem gewieften Käufer natürlich sagte, dass sie ab von allem lag und ein architektonischer Abortus war. Aber eine ruhige Lage zog ja heute doch der eine oder andere vor. In der Beschreibung hatte ich den topgepflegten Zustand, das südländische Ambiente von Küche und Essraum hervorgehoben, die gemütliche Kaminecke betont und dabei verschwiegen, dass es aus der Feuerstelle wie Hechtsuppe zog und sie groß genug war, um darin einen Ochsen zu braten. Ich hatte von außergewöhnlicher Architektur geschwärmt, während die Lüftelmalerei der Frau Kunstlehrerin unerwähnt blieb.

Na, mal sehen, was Herr Dr. Wenzel wollte. Vielleicht gefiel ihm meine Makler-Prosa nicht, oder ich hatte in dem Anzeigentext den falschen Versfuß erwischt.

Den nächsten Vormittag verzog ich mich in mein Büro, während meine Perle, eine lebenslustige Sechzigjährige, ihren Geschäften nachging. Ich habe definitiv kein Händchen für den Haushalt, deshalb stehe ich immer wieder fassungslos davor, wenn Adda mit Leidenschaft den Staubsauger über die Teppiche brausen lässt, mit quietschendem Leder die Fenster blankpoliert, unter Dampfwolken meine Blusen zu exakten Vierecken formt, mit Mordlust im Blick den Spinnen ihre Behausungen aus den Ecken kehrt und feuchte Wäsche aus dem gierigen Maul der Waschmaschine zerrt. Ich hatte anfangs ein paar Wochen lang versucht, das Häuschen – es ist wirklich nicht groß – selbst in Schuss zu halten. Aber immer genau dann, wenn ich meine Arme bis zum Ellenbogen in Seifenlauge hatte, klingelte das Telefon, glitschte ich über nasse Böden zum Apparat und versuchte mit aufgequollenen Fingern den Hörer festzuhalten. Die Qualität meiner Gespräche litt darunter. Daher gab es bald darauf Adda, die in der Nachbarschaft wohnte. Sie ärgerte sich über ihren Frührentnergatten, der sich zu Hause langweile und die Luft verdarb. »Selbst ist die Frau«, hatte sie sich dann wohl gesagt und stand schon am selben Tag, an dem meine um Hilfe schreiende Anzeige in der Zeitung erschienen war, vor meiner Tür. Inzwischen habe ich natürlich herausgefunden, dass ich ihr viel zu viel bezahle. Sie hatte es mir selbst gesagt. Aber schließlich macht sie mir die Drecksarbeit, und da soll es mir auch auf das eine oder andere Extra nicht ankommen. Alizia hat dazu nur etwas von »Du mit deinen blödsinnigen Schuldgefühlen« gemurmelt, aber *so* ist das wirklich nicht.

Jedenfalls kam ich mit meiner Arbeit für Heinz Ungermann recht gut voran. In den nächsten Tagen konnte ich die ersten Besichtigungen seines Musterhauses und der vorgesehenen Parzellen einplanen.

Es war ein schöner Tag, in dem kleinen Garten, den Addas Göttergatte hin und wieder durchpflügt, blühten die Sträucher. Ich hatte die Schiebetür aufgemacht und konnte das Schauspiel beobachten, wie meine Hausgefährtin Luzi mit höchst konzentriertem Blick durch das Gras schlich. Vermutlich lag ich mit dem Schluss nicht falsch, dass es eine Maus auf dem Grundstück gab. Jetzt hielt sie inne, ein schwarzer, unbeweglicher Fleck im Grünen. Faszinierend, wie sich dieses Tier verhielt. So geduldig, so ganz gebannt von ihrer Aufgabe. Da, der Schwanz peitschte durch die Halme. Das Hinterteil zuckte. Wieder unbewegliches Schwarz – dann … Mit einem Satz verschwand Luzi unter dem Busch. Doch es dauerte nicht lange, da tauchte sie wieder auf, Schwanz und Ohren steil nach oben, quer im Maul ein kleines, graubraunes Etwas. Das ganze Arrangement bewegte sich vollmundig maunzend in direktem Kurs auf mein Büro zu.

Wie gesagt, ich kenne die Katzen und gehöre nicht zu den dünnhäutigen Menschen, die bei der Beschaffung kätzischer Leckerbissen leise zitternd »Rettet die Maus!« kreischen. Luzi hatte ihrer Jagdlust gefrönt und war mit Recht stolz auf ihre Beute. Indes, Madame schien nicht hungrig zu sein und hatte sich somit nicht das Dessert zum Katzenschmatz-Menü gefangen, sondern ein Spielzeug. Der Nagezahn lebte noch, wenn auch deutlich gezaust um den Nacken. Auf jeden Fall sauste die Maus schrill pfeifend in die vermeintliche Freiheit in meinem Büro. Luzi hinterher. Kralle rein, hochgeworfen, Maus k.o.! Luzi stupste die Spielverderberin mit der Samtpfote und maunzte mürrisch. Die Maus kam zu sich, das Spiel begann von Neuem. Laufenlassen, hochwerfen, drüberspringen … Ich kann es nicht leugnen, irgendwann empfand ich doch so etwas wie Mitleid für den kleinen Nager und pflaumte meine schwarze Begleiterin an: »Komm, mach Schluss mit ihr oder lass sie laufen!«

Wie nicht anders zu erwarten, erntete ich nur einen verständnislosen Blick aus goldenen Augen, darum nahm ich ein Stück Papier – ein verworfener Entwurf einer Alptraum-Anzeige –, packte die total verängstigte Maus und brachte sie in den Garten.

Luzi schien das als Eingriff in ihre Privatsphäre zu betrachten, raste hinter mir her, stürzte sich auf die Maus, und anschließend hörte ich sie genüsslich die Mauseknochen knacken.

Sind Katzen grausam?

Herr Oberstudienrat Doktor Herbert Wenzel erschien, wie angekündigt, pünktlich um Viertel nach zwei. Ein grauer Mann, graue Hosen, grauer Pullover, angegrautes Haar. Na ja, und mit der Gesichtsfarbe war es auch nicht weit her. Ganz das Gegenteil von dem flotten Fuffziger Gerold. Und dann kam's. Er hatte mein Schreiben Korrektur gelesen. Nicht nur meine Zeichensetzung gefiel ihm nicht, er hatte, warum auch immer, eine Abneigung gegen Bindestriche. Außerdem war da ein Komma zu wenig. Und noch schlimmer, er klaubte an Wörtern rum. »Topgepflegt« war ein Wort, das in der deutschen Sprache nicht vorkam. Vermutlich verstieß es gegen das Reinheitsgebot. »Äußerst gepflegt«, ja, damit konnte man sich abfinden. »Südländisches Ambiente« sei nicht konkret genug, südspanischer Bauernstil sei korrekter. Ich konnte mir nicht verkneifen, ihn auf die Ärmlichkeit südspanischer Bauernhäuser aufmerksam zu machen und ihn vorsichtig daran zu erinnern, dass er für seine Villa einen Tick mehr haben wollte als für eine solche Finca.

Gerade wollte er mir meine großartige Erfindung der individuellen Extras madig machen, und ich war kurz vor dem Überkochen, da kam Luzi aus dem Garten geschlendert. Zu meinem Erstaunen verhielt sie sich genauso, wie sie es bei Gerold Schriver auch gemacht hatte. Sie sprang auf die Rückenlehne meines Bürosessels und starrte den Herrn Doktor an. Der starrte indigniert zurück.

Leicht säuerlich, denn er hatte meine Nerven ziemlich angespannt mit seiner Nörgelei, fragte ich etwas spitz: »Mögen Sie keine Katzen?«

Es dauerte etwas, bis er zu einer Antwort bereit war. Er schien einen Augenblick lang ganz weit weg gewesen zu sein.

»Mhh ... äh ... Katzen? Ja, doch, äh ... Schon. Aber ich habe da so eine Allergie.«

»Luzi«, wandte ich mich an die schwarze Schöne, »Luzi, der Herr muss gleich niesen. Könntest du wohl das Büro verlassen?«

Völlig selbstverständlich sprang Luzi daraufhin auf den Boden, sah mich noch mal von der Seite an, und fast schien es mir, als spiele ein verständnisvolles Lächeln um ihr Mäulchen.

Jedenfalls wurde nach ihrem Verschwinden das Gespräch mit Dr. Wenzel wesentlich leichter. Er schien nicht mehr ganz so verbissen um jede germanistisch einwandfreie Formulierung zu kämpfen. Die gemütliche Kaminecke durfte gemütlich bleiben, und die künstlerische Fassadengestaltung brauchte nicht aufgenommen zu werden. Ja, er vertraute mir, als er sich ein wenig lockerer zurücklehnte, sogar an, sein Hobby sei die Beschäftigung mit der deutschen Sprache, was ich eigentlich für seinen Beruf gehalten hatte.

»Nein, nein, als Lehrer verdiene ich nur das notwendige Brot, meine ganze Liebe und Leidenschaft gilt der Literatur.«

Das korrekte Stichwort war hier: »Ahhhh, schreiben Sie selbst, Herr Dr. Wenzel?«

Ich gönnte es mir, und ihm entging der ironische Unterton gänzlich. In hochtrabender Bescheidenheit berichtete Herbert Wenzel – den Doktor durfte ich plötzlich weglassen, was schon fast einem unsittlichen Antrag nahekam – über seine Erfolge als Lokalmatador der regionalen Kulturszene. Seine Gedichte waren bereits über die Grenzen seines Grundstückes hinaus bekannt geworden und von der Presse äußerst wohlwollend aufgenommen worden. Derzeit arbeitete er an einem tiefgründigen Roman, der die psychologisch schwierige Situation eines Bauernjungen im Zweiten Weltkrieg wiedergab, der unter der allzu strengen Zucht seiner brustamputierten Großmutter zu leiden hatte. Ja, da war alles drin, deutsche Vergangenheitsbewältigung, seelische Kindheitskonflikte, die gesellschaftliche Problematik behinderter Frauen und das Ganze vor dem hinreißenden Szenario nordhessischer Kartoffeläcker. Ich fragte ihn, ob auch ein Neger darin vorkam, aber wie er mir ernsthaft auseinandersetzte, spielte sich die gesamte dramatische Handlung lediglich auf dem Bauernhof, ja eigentlich nur in der Küche desselben ab, wohin die Besatzungstruppen zu der Zeit noch keinen Zugang hatten.

Vergessen war die Anzeige, vergessen das Exposé, verschwunden die graue Gesichtsfarbe, verschwunden das stumpfe Grau seiner Augen – Herbert Wenzel war in seinem Element. Enthusiastisch sprach er über Stoff und Stil, von Klimax und Katharsis, von Metaphern und inneren Monologen in einem äußeren Monolog, der mir die Tränen der Langeweile in die Augen trieb. Endlich fiel ihm wohl dann doch mein Schweigen auf, und er bremste sich.

»Ah, Frau Friedland, Sie sind eine so hinreißende Zuhörerin, ich fürchte, ich habe mich gehenlassen.«

»Ach, kaum, Herr Wenzel. Es war nett, mit Ihnen zu plaudern. Darf ich denn davon ausgehen, dass meine schlichte Prosa jetzt Ihre Genehmigung zur Veröffentlichung erhält?«

»Selbstverständlich. Sie können das Imprimatur daruntersetzen.«

Das musste ich später nachschlagen, im Moment reichte es mir, dass er wohl sein Okay gegeben hatte.

»Und, Frau Friedland, weil es Sie ja so interessiert hat, hätten Sie denn einmal Lust, ein oder zwei meiner Werkchen zu lesen?«

Um Himmels willen, keine brustamputierten Bauernjungen! Verzweifelt suchte ich eine passende Ausrede.

»Sehen Sie, Herr Wenzel, meine Tage sind so eng verplant, da bleibt nur allzu wenig Zeit, etwas mehr als die Tageszeitung zu lesen.«

»Nein, nein, ich wollte Ihnen nichts Umfangreiches zumuten. So unbescheiden bin ich nicht. Nur ein paar Verse, ein paar Zeilen.«

»Na gut, werfen Sie sie mir in den Briefkasten, wenn Sie mal wieder vorbeikommen.«

Er erhob sich, ein glücklicher Mann. Mit sanftem Nachdruck drängte ich ihn zur Tür hinaus, denn die Zeit wurde schon wieder knapp. Doch einen Knaller musste ich noch einstecken.

»Auf Wiedersehen, Herr Wenzel. Ich melde mich, wenn ich den ersten Interessenten für Ihr Haus habe.«

»Auf bald dann. Frau Friedland, ich muss es noch einmal sagen, Sie sind eine wundervolle Frau!« Ein schmachtender Blick hing an meinem Türrahmen, als ich mich hurtig zurückzog. Was war denn auf einmal in die Männer gefahren?

Immerhin, wenn meine Ausstrahlung auf Männer durch den Abgang des wortgewandten Engelbert so gestiegen war, dann konnte ich ja mit guter Laune dem Termin mit Philipp Henning entgegensehen, auch ein Doktor, jedoch einer, der nicht auf seinem Titel bestand. Der Mann mit der angenehmen Stimme hatte sich nämlich mit mir zu einem Besichtigungstermin an einem Mehrfamilienhaus verabredet.

Luzi begleitete mich bis zum Auto und rieb noch einmal ihr schwarzes Köpfchen an meinem Bein. Diese Katze legte allmählich ihre Scheu und Ängstlichkeit ab und wurde von Tag zu Tag zutraulicher und verschmuster. Schade, dass man so wenig von diesen Tieren erfahren konnte, woher sie kamen. Vielleicht hatte sie in ihrer Vergangenheit schlechte Erfahrungen mit Menschen gemacht. Ich schmeichelte mir, ihr ein katzenwürdiges Leben zu ermöglichen, und sie empfand wohl deshalb eine gewisse Zuneigung.

Mit diesen erhebenden Gedanken machte ich mich auf den Weg.

Der Gebäudekomplex war neu, alle Wohnungen waren Erstbezug, gut ausgestattet und in Ortsrandnähe. Ein risikoloses Geschäft, um das sich die Makler rissen. Der Bauherr hatte die Wohnungen an mich und zwei weitere Kollegen vergeben, alles Einzelkämpfer, worum ich froh war, denn den Jungs und Mädels von Thorwald und Partner wollte ich nach dem Debakel mit Engelbert nicht so gerne wieder begegnen.

Allerdings traf ich zwei andere, um deren Vorhandensein ich auch nicht gebeten hatte. Als Erstes sah ich den weißen BMW samt seinem dunkelhaarigen Fahrer vor dem Haus parken, und als Zweites rauschte Ricarda mit ihrem tiefergelegten Schlitten an mir vorbei. Klar, auch sie hatte hier Gold zu schürfen. Ich gönnte ihr den unhöflichen Schnösel.

Was mich allerdings nach einer halben Stunde maßlos ärgerte, war, dass der Mann mit der sympathischen Stimme ganz offensichtlich den Termin vergessen hatte. Wie bestellt und nicht abgeholt hing ich vor dem Eingang herum und zählte die Steine der Verklinkerung. Ich hasse vertane Zeit. Konnte der Typ nicht wenigsten anrufen? Meine Handynummer hatte er doch.

Konnte er nicht, denn als sich der BMW-Schnösel mit Handschlag von Ricarda neben meinem Wagen verabschiedete, tat er es mit der mir bekannten angenehmen Stimme.

Es wundert mich immer noch, dass nicht die Sitzpolster in Flammen aufgingen. Ich hätte schwören können, dass Stichflammen aus meinen Nasenlöchern schossen. Vor allem, als Ricarda mir noch mit einem Augenzwinkern den nach oben gedrehten Daumen zeigte, womit diese miese Zicke wohl andeuten wollte, sie habe das Geschäft gemacht. Das war übelstes Piratentum – und – das war das Leben.

Als ob dieser Tag nicht schon genug Ärger produziert hätte, erwartete mich zu allem Überfluss auch noch eine Nachricht von Heinz Ungermann in der Mailbox. Er sei gerade seine Termine durchgegangen und wolle mal nachhören, wie weit denn die Verkäufe gediehen seien. Wann wir uns denn mal treffen könnten?

Verkäufe, Mann Gottes! Ich war schon stolz, überhaupt Anzeigen und Exposés auf die Reihe bekommen zu haben. Mühsam schluckte ich meinen Ärger hinunter und fuhr nach Hause.

Aus dem Briefkasten quoll mir ein dicker Umschlag entgegen – nicht postalisch angeliefert, sondern von dem reitenden Boten Herbert Wenzel, wie sich herausstellte. Das Ritterlein ohne Wurst und Radl hatte mir, wie angedroht, die Hausmacherlyrik serviert. Das war genau das, was mir jetzt einfach noch zu meinem Glück gefehlt hatte. Ich wollte mit dem Packen, den die ein, zwei Verslein ausmachen sollten, ins Haus schlüpfen, um mich fern von der bösen Welt meinem Ärger hinzugeben, als ich durch hysterisches Kläffen abgelenkt wurde.

Huuugo, der Nachbarsköter gemischten Ursprungs – geerbt hatte er äußerlich wie charakterlich nur die schlimmsten Gene seiner zweifelhaften Vorfahren – jagte mit wehender Zunge hinter einem schwarzen Blitz her. Besagter Blitz hatte einen Schwanz wie eine Flaschenbürste und schoss die Jungpappel am Straßenrand empor, von wo aus dann gelbäugige Verachtung auf den Verfolger troff. Luzi genoss aufregende Spiele mit dem Hund! Das Schauspiel wollte ich mir nicht entgehen lassen, denn jetzt war der kläffende Staubwedel unter dem Baum und sprang nervös hoch. Luzi, die Kralle bei der Hand, setzte ihm dieselbe zügig auf die Nase, was ein Jaulen und die Verschlechterung von Huuugos Laune zur Folge hatte.

»Na, na, Luzi, ist das die feine kätzische Art?«, fragte ich zeigefingerwackelnd. Madame ignorierte mich und fauchte Huuugo herzhaft an. Irgendetwas Böses glomm in den Hundeaugen auf, weshalb ich mich meiner Gepäckstücke entledigte und mich zum Eingreifen bereit machte. Da geschah es auch schon. Bei einem nächsten Tatzer verlor Luzi den Halt, rutschte ab und landete vor Hugos Beinen. Sie war fix, sicher, aber der Hund auch. Ich konnte nur hoffen, dass kein Auto vorbeifuhr. Die wilde Jagd ging die Straße hinauf, durch die Vorgärten, und hinter einem parkenden Kombi verlor ich die Übersicht. Ich tröstete mich damit, dass Katzen schneller und geschickter sind als Hunde, aber als Luzi nach einer halben Stunde noch immer nicht wieder da war, wurde ich unruhig, ließ Ungermanns Pläne Pläne sein und machte mich auf die Suche nach meiner Hausgenossin.

Ich fand Luzi – aber wie! Sie hatte sich hinter der Mülltonne verkrochen, die Augen angstgeweitet schlug sie nach mir und fauchte in allen Tonlagen. Als ich sie endlich hervorgelockt hatte, war ich entsetzt. An ihrer Flanke klaffte eine tiefe blutende Bisswunde.

Wir verbrachten einen unerfreulichen Spätnachmittag beim Tierarzt.

In Anbetracht von Luzis seltsamer Herkunft hätte ich mir spätestens jetzt mal ein paar Gedanken machen sollen. Machte ich aber nicht, sondern schimpfte nur gutmütig mit ihr, dass man sich verletzen könne, wenn man sich mit Gegnern anlegte, denen man nicht gewachsen sei.

Wie wahr!

Die Mailbox strömte rosa Wölkchen aus, verursacht von Gerold, der mich zu seiner Wohnungseinweihung in der nächsten Woche einlud. Bitte, bitte, schöne Frau, komm doch auf ein Gläschen Champagner …

Mal sehen. Nach einem Flirt mit dem flotten Fuffziger war mir im Augenblick wirklich nicht, darum rief ich ihn nicht an. Und da lag auch noch die Hausmacherlyrik auf dem Schreibtisch. Ein bisschen neugierig war ich natürlich doch, was ein Vollgermanist so zustande brachte. Vielleicht waren es ja heitere Knüttelreime, die mich etwas aufmunterten.

Du Du
Leuchtend lispelt das
Sommersäuseln sanft um meine Sinne
seufzend sucht mein Herz
schwer ersehnend
tränenreich
DICH
!

Urrrgh! Und davon zehn Seiten.

Dann lieber Champagner mit Gerold.

Aber wie sich dann herausstellte, gab es sogar noch andere Alternativen.

Der nächste Morgen brachte mir Heinz Ungermann ins Büro. Eigentlich war mir an einem so zügigen Termin gar nicht gelegen, aber Ungermann hatte bei meinem Rückruf darauf bestanden. Er sei sowieso in meiner Gegend verabredet, ich könne mir daher den Weg in die Stadt sparen.

Luzi hatte eine schlechte Nacht gehabt und lag apathisch mit ihrem Verband um den Leib in ihrem Körbchen. Sie tat mir ja so leid, und darum nahm ich sie mitsamt Korb in mein Büro, wo ich sie im Sonnenschein am Fenster deponierte. Als ich ihr den Kopf streichelte, schnurrte sie ganz leise.

Ungermann kam um halb zehn. Es war mir bei dem ersten Treffen gar nicht so aufgefallen, was für ein ansehnlicher Mann er war. Mir kam erst einmal nur ein Wort in den Sinn – stattlich! Groß war er, breitschultrig, grau überhauchte Schläfen, markiges Gesicht, doch nicht ohne vielversprechende Lachfältchen. Sein leichter Sommeranzug saß perfekt und ließ an fleißige Schneiderlein denken, Krawatte und Hemd waren vom Feinsten und farblich harmonisiert. Vielleicht war er ein wenig zu breit im Nacken, aber das war ja der Junge mit der Weltkugel auf den Schultern auch.

Der Stadt-Atlas gab sich nüchtern und ein wenig ungeduldig. Meine Prosa interessierte ihn weniger als meine Terminvorstellungen. Ich schnaubte schon wieder vor Zorn auf diese Machotypen, die immer alles ganz schnell, ganz perfekt und ganz zu ihrer Verfügung haben wollten. Zum Glück hatte ich Terminvorstellungen und begann, ihm meine Vorgehensweise zu erläutern. Dabei sah er allerdings die ganze Zeit an mir vorbei, den Blick unkonzentriert aus dem Fenster ins Grüne gerichtet.

»Und nächste Woche habe ich dann …«

Der Mensch hörte mir gar nicht mehr zu.

»Ähem, Herr Ungermann, ich wollte Ihnen die Planung für die kommende Woche …«

»Ein schönes Tier, Ihre Katze. Beinah so schön wie ihre Herrin. Hat sie einen Unfall gehabt?«

Das war doch nicht zu fassen! Erst Gerold, der flotte Fuffziger, dann Wenzel, das Dichterwürstchen, und jetzt Ungermann, der Stadt-Atlas! Ich bremste meinen Redeschwung und legte eine Runde Smalltalk ein, um meine Haltung zu stabilisieren, was schwerer denn je wurde, da der gute Mann die Plauderei zum Anlass nahm, mir hübsche, jedoch nicht unbedingt sachdienliche Komplimente zu machen. Wenigstens entkrampfte es die Terminsituation, denn er beharrte nicht auf weiteren Details, sondern überließ meinen fähigen, sensiblen Händen die notwendigen Feinheiten. Anschließend musste ich eben diese Detailarbeit als Ausrede verwenden, um nicht seinen diversen Einladungen folgen zu müssen.

Zum Glück hatte auch er noch weitere Termine an diesem Vormittag und ließ mich bald darauf in tiefer Verwirrung zurück.

Irgendetwas ging hier nicht mit rechten Dingen zu. Seit dieser blödsinnigen Kerzenpikserei im Garten fingen alle Männer in meiner Umgebung sofort an zu spinnen.

Alle? Nein, nicht alle. Nicht der Briefträger, nicht die Kollegen, nicht mein Notar. Und sofort auch nicht. Herbert Wenzel wurde erst zum Minnesänger, nachdem ich ihm hier im Büro zugehört hatte, Heinz Ungermann erst heute, als er versonnen aus dem Fenster schaute. Lag das an meinem Garten? Ich sah ebenfalls versonnen aus dem Fenster, wobei mein Blick die schwarze Luzi traf, die mir lange in die Augen sah und mir dann zweimal langsam zublinzelte.

Hölle, Tod und Teufel! Sollte Luzi wirklich die Antwort auf meinen Wunsch nach Rache sein?

Ach, Unsinn, alles Zufall. Alizia hat mich schon völlig dusselig geredet mit ihren dämlichen Karten, Luzifer und der »Luscht«.

Wahrscheinlich lag es am Frühling, dass die Männer alle munter wurden. Eigentlich war das ja ganz erheiternd, drei Anbeter zu haben. Solange ich mich nicht verliebte …

Und Luzi war eine liebe Katze. Ich fuhr ihr über ihr sonnenwarmes, schwarzes Fell, und sie drehte lustvoll ihr Köpfchen in meiner Hand. Spaßeshalber fragte ich sie: »Luzi? Was für seltsame Kräfte liegen in deinem Blick?«

»Mauuu! Schnurrrrrrr!«

Was in dieser Situation eine durchaus verständliche Antwort war.

Nach diesem kleinen Intermezzo machte ich mich wieder an die Arbeit. Wirklich, das Geschäft lief wieder. Wäre ja auch ein Wunder, wenn nicht. So wie ich mich ins Zeug legte. Es hätte ja auch im letzten Jahr gefluppt, wenn ich nicht so viele Aufträge an Thorwald und Partner verloren hätte. Aber darüber wollte ich mich jetzt nicht ärgern.

Es gab ja Lichtblicke – wie diesen Nachmittag. Ein hübsches Doppelhäuschen, nicht verwohnt, nett gelegen, die Besitzer von erfreulich realistischer Einschätzung des erzielbaren Preises. Sie boten mir ihr Objekt exklusiv an. Ein Besichtigungstermin in dem Wohnkomplex lief reibungslos und ohne die üblichen Mäkeleien über Teppichbodenfarbe und Badezimmerausstattung, und auf dem Anrufbeantworter waren drei Anfragen zu meinen Anzeigen, was zwar ein arbeitsreiches Wochenende bedeutete, da die Herrschaften nur samstags und sonntags besichtigen konnten. Aber was hätte ich mit einem freien Wochenende auch schon groß anfangen sollen?

So schleppte sich die Woche arbeitsam dahin. Zweimal hatte ich den abtrünnigen Philipp Henning noch auf Band, aber ich verspürte keine Lust, ihn zurückzurufen. Sollte Ricarda ihren Triumph haben.

Am nächsten Samstagabend gestand ich mir zu, dass ich eine Ablenkung verdient hatte. Luzi war wieder einigermaßen hergestellt und konnte ohne Pflege allein gelassen werden. Also würde ich meinen flotten Fuffziger ein bisschen um den Finger wickeln.

Ich hatte mir einen Friseurtermin gegönnt, und die Dame mit den duftenden Shampoos und dem kleinen Scherchen hatte meinen ausgefransten Haarschnitt zu einem kinnlangen, blondglänzenden Helm frisiert, was mich befriedigte. Die schwarze Hose nahm meiner Figur das Bäuchlein, und die türkisfarbene Jacke gab meinen Schultern Format, ich fühlte mich einigermaßen richtig angezogen. Bis ich bei Gerold in die Wohnung trat. Seine Repräsentationspflichten nahm er offensichtlich ernst, die Cocktailparty verlangte entsprechende Kleidchen. Dass ich ein solches nicht trug, störte allerdings ihn weniger als mich.

Er hatte Crème eingeladen, Bürgermeister und Stadtparlamentarier aller Farben, die Kulturredaktion hatte für das schmückende Künstlervölkchen gesorgt, und selbst die Kirche war vertreten. Nur seine Frau nicht. Dafür krallte Gerold sich an meinem Jackenärmel fest und führte mich vor. Das war mir zwar nicht sonderlich recht, aber ich konnte mich nicht wehren, ohne unliebsam aufzufallen. Viel zu besitzergreifend stellte er mich Kollegen, Freunden und Bekannten vor, und ich machte drei Kreuze, als er endlich in eine Fachsimpelei verwickelt wurde und ich mich auf eigene Faust etwas umsehen konnte. Gut, die Größen aus dem Dorf kannte ich von Aussehen, nicht von Person, aber im Gewimmel entdeckte ich ein Ehepaar, dem ich vor einem Jahr ein Haus verkauft hatte. Ich steuerte auf sie zu.

»Ach, Sabine, sieh mal! Das ist doch unsere Frau Friedland!«

Ach, Sabine sah mal und zeigte ein erkennendes Lächeln. Wir kamen ins Gespräch. Zum Glück waren die beiden noch immer zufrieden mit ihrem Heim, kein versteckter Mangel trübte das Besitzerglück, kein rücksichtsloser Anwohner hatte seine Garage vor die malerische Aussicht gebaut, und die Nachbarn hatten auch noch keine Pitbullzucht ins Leben gerufen.

»Wirklich unser Traumhaus, was Sie da für uns gefunden haben.«

Hört man gern. Noch lieber hörte ich dann die nächste Äußerung.

»Ach, Sabine, sag mal, die Simpsons suchen doch auch etwas hier in der Gegend. Ob wir Frau Friedland nicht einmal unverbindlich fragen könnten …«

Ach, Sabine sagte mal: »Unverbindlich hört Frau Friedland sicher nicht gerne.«

Sabine hatte ein Stein bei mir im Brett, darum vermittelte ich Bereitschaft und Entgegenkommen. Wer weiß, manchmal kriegt man so auf einfache Art und Weise seinen Alptraum los. Und dafür war mir inzwischen jedes Mittel recht, denn vier Exposés hatte ich schon wieder zurückbekommen.

»Ja, also, das sind Freunde von uns. Er ist Amerikaner und leitet hier eine Niederlassung. Aber die Familie lebt noch in Köln, wo er bislang gearbeitet hat. Sie möchten hierherziehen, seine Frau und die beiden Kinder.«

Amerikaner? Ich habe ja keine Vorurteile, aber möglicherweise trafen ja Lüftelmalerei und südländisches Ambiente den Geschmacksnerv. Nötigenfalls konnte man ja noch ein paar Kuckucksuhren aufhängen.

»Da wird sich sicher etwas finden lassen«, versicherte ich Sabines Gatten. »Ich habe einige Häuser zur Hand. Sogar ein ausgesprochen originelles Objekt …«, köderte ich vorsichtig.

»Schicken Sie uns doch die Beschreibung mal. Und vielleicht auch etwas weniger Originelles. Betty ist nämlich eher konservativ.«

Da hatten wir's! Keine Kuckucksuhren. Aber eventuell Ungermanns Siedlung?

»Wann wollen die Herrschaften denn umziehen? Ich hätte da ein Planungsprojekt von fünfundzwanzig Einfamilienhäusern in der Nähe von Waldsteinbach. Sehr idyllisch gelegen.«

»Ach, Sabine, sind wir da nicht neulich vorbeigefahren? Da, wo diese Tafel aufgestellt war. Das Gelände an dem See, erinnerst du dich?«

Ach, Sabine erinnerte sich: »Ja, genau. Wo ich noch gesagt habe, das wär das Richtige für Betty und Marc. Wie heißt der Bauträger noch? Wundermann?«

»Ungermann, genau. Das Projekt meine ich.«

War doch keine so ganz schlechte Idee, diese Party zu besuchen.

»Sie vermarkten die Häuser auch? Wunderbar! Kann man schon etwas besichtigen?«

»Es gibt ein Musterhaus dort. Und natürlich die Pläne. Mit den Erdarbeiten ist gerade begonnen worden.«

Sabines Gatte hatte bereits einen Terminplaner in der Hand, und wir vereinbarten, in den nächsten Tagen miteinander zu telefonieren.

»Wirklich eine schöne Gegend dort! Ich kenne sie noch von früher. Meine Großeltern wohnten in Waldsteinbach. An dem See sind wir immer spazierengegangen. Irgendwo stand in der Nähe noch eine kleine Fabrik. Aber die ist wohl pleitegegangen.«

»Eine Fabrik? Die muss entweder woanders stehen oder abgerissen worden sein. Mir sind keine Fabrikgebäude aufgefallen. Das Gelände ist als reines Wohngebiet ausgewiesen.«

Das fehlte mir noch, am besten eine Fabrik, die irgendetwas Stinkendes mit schwarzem Fallout aus den Schornsteinen produzierte. Die grauenvollste Pleite hatte ich mal erlebt, als mir ein

Hausbesitzer die Gerberei in der Nachbarschaft verschwiegen hatte. Er hatte immer nur an Sonn- und Feiertagen Zeit für Besichtigungen. Heute würde mir das zu denken geben. Ich beschloss, bei der nächsten Gelegenheit Heinz Ungermann noch einmal einer intensiven Befragung zu unterziehen.

»Hier bist du, meine Liebe!«

Gerold bekam wieder meinen Ellenbogen zu fassen und lotste mich von Ach, Sabine nebst Gatten weg. Ich muffte ihn kurz an: »Ich knüpfe geschäftliche Kontakte, du kannst mich nicht einfach mit deinem Neandertalergriff da wegzerren.«

»Vicky, bitte …«

»Und nenn mich bitte nicht Vicky!«

»Verzeih, Viktoria. Warum bist du so ungehalten mit mir? Komm, wir schleichen uns in die Küche und naschen schon mal ein Häppchen.«

Ohne Aufsehen zu erregen, konnte ich mich nicht von Gerold befreien, also folgte ich ihm in die Küche – alles Weiß und Chrom, wie ein OP. Und leider verstand dieser leidenschaftliche Gorilla unter Häppchen naschen offensichtlich Viktoria vernaschen, denn er drückte meinen protestierenden Leib gegen die Arbeitsplatte und seine feuchten Lippen in mein Gesicht. Mit meiner freien Linken tastete ich hinter mich und bekam einen metallischen Gegenstand in die Hand, leise hoffend, es handele sich um ein scharfes Küchenmesser. Es war aber nur eine Kupferkasserolle, die ich ihm dann aber doch nicht über den Kopf stülpte, weil er, einem Instinkt folgend, mich gerade rechtzeitig losließ. Nichtsdestotrotz war ich seinen verbalen Ergüssen ausgesetzt. Wenn ich seinen leidenschaftlichen Versicherungen glauben konnte, hatte er während der letzten vierzehn Tage ununterbrochen an mich gedacht, von mir geträumt und dabei weder geschlafen noch gegessen.

»Kann nicht sein. In zwei Wochen Nulldiät hätte diese Prinzenrolle verschwunden sein müssen«, erwiderte ich trocken und kniff in den Rettungsring oberhalb der Gürtellinie.

»Spotte du nur, grausame Viktoria!«

Ein Dackelblick. Ich leugne es nicht, der rührte mich, und ich streichelte seine Wange. Er legte ganz zahm den Arm um mich und fütterte mich mit einem Lachshäppchen. In diesem Moment geschah etwas, das meinen Zorn wieder zum Auflodern brachte. Eine mir nicht unbekannte angenehme Stimme klang von der Tür her: »Ich habe unseren Gastgeber gefunden!«

Und ausgerechnet dieser unternahm gerade einen neuen Versuch, mich auf den Küchenfliesen zu vergewaltigen. Diesmal war ich schneller und entwand mich, wodurch nur meine Frisur und mein Make-up Schaden nahmen. Ausgerechnet der Typ musste sich auch noch hier auf der Fete herumtreiben. Und ich im Clinch mit Gerold! Ohne freundliche Empfehlung rauschte ich aus der Küche und auf dem kürzesten Weg ins Badezimmer, um mich zu restaurieren. Dr. Philipp Henning wollte ich gerüstet und in vollständiger Kriegsbemalung gegenübertreten.

Ich hatte ihn ja bislang nur zweimal im Auto und einmal kurz vor dem Wohnkomplex gesehen, aber ich erkannte ihn sofort wieder. Wie kam ein Mensch mit einem solch kantigen Gesicht und derart schlechtem Benehmen nur zu so einer angenehmen Stimme? Ich war noch immer geladen und wartete auch nicht darauf, ihm vorgestellt zu werden. Ich nahm den Kampf ohne Vorwarnung auf.

»Guten Abend. Sie sind Herr Dr. Henning, nicht wahr?«

Er sah irritiert zu mir hinunter, was nicht jeder Mann kann, denn schließlich bin ich mit Schuhen eins achtzig groß.

»Ja, der bin ich. Und Sie sind … o weh, fressen Sie mich nicht auf, F… Frau Friedland. Ich habe zwei Mal versucht, Sie zu erreichen und Ihnen das Missverständnis zu erklären.«

»Missverständnis? Das war ziemlich unmissverständlich! Was

haben Sie sich eigentlich dabei gedacht, mit mir einen Termin auszumachen und sich dann mit einer anderen Maklerin dort zu treffen? Ich werde …«

Mit Schadensersatz wollte ich drohen, aber die angenehme Stimme unterbrach mich.

»Bitte, Frau Friedland, es war wirklich ein Versehen. Ich wusste doch nicht, wie Sie aussehen, und als ich die andere Dame ansprach, ob sie die Maklerin sei, antwortete sie mit Ja.«

Da war was dran. Aber Ricarda war eine miese Schnepfe! Das sollte wohl die Retourkutsche zu der Wohnung sein, die ich ihr für Freund Gerold abgeluchst hatte.

»Sind Sie immer so vertrauensvoll, dass sie jeder dahergelaufenen Frau aufs Wort glauben?«

Ich war schon ein bisschen weniger zornig auf ihn, aber spielte mich noch ein bisschen auf.

Er lachte leise, was meinen Zorn beinahe ganz zum Schwinden brachte, und meinte: »So dahergelaufen wirkte sie eigentlich nicht. Aber sie *ist* doch eine Maklerin? Zumindest stand das auf der Visitenkarte, die sie mir übergeben hat. Einen gültigen Mietvertrag habe ich auch inzwischen erhalten.«

»Natürlich ist sie eine Maklerin. Meine beste Konkurrentin. Was mich in diesem Fall besonders freut, lieber Herr Henning.«

»O weh, was für ein Missgeschick! Ich möchte eigentlich sehr gerne etwas tun, um diese Verwechslung wiedergutzumachen …«

»Überweisen Sie mir die Courtage.«

Einen kleinen Moment lang war er still und sah mich nur nachdenklich an. Er hatte schöne, graue Augen. Dann sagte er mit dieser höchst sympathischen Stimme: »Wenn Sie darauf bestehen, werde ich das natürlich tun. Schließlich war es meine Schuld.«

Ich kapitulierte. »Vergessen Sie es, das war nicht ernst gemeint.

Ich hoffe, die Wohnung gefällt Ihnen. Vielleicht empfehlen Sie mich Ihren Freunden und Bekannten weiter, dann wären wir quitt.«

»Machst du wieder Geschäfte, Viktoria, oder darf ich dich noch einmal zu meinem Chef entführen?«

Gerold war wieder aufgetaucht, nicht weniger besitzergreifend, aber ich bekam langsam Übung darin, seinem Griff auszuweichen. Lieber hätte ich noch mit Philipp Henning geplaudert, aber der ließ nur einen abschätzenden Blick zwischen Gerold und mir hin und her gehen und verabschiedete sich dann höflich von mir.

»Woher kennst du den denn?«, wollte Gerold sofort wissen.

»Ich mache auch Geschäfte mit Männern. Und woher kennst du ihn?«

»Er ist der neue Leiter des Grundbau-Institutes. Wir haben uns in der Altölaffäre kennengelernt.«

Ich erinnerte mich an einen Skandal, der kürzlich die Lokalpolitik erschüttert hatte, und nickte. Dann durfte ich wieder Konversation machen und mir den Titel »Frau Schriver« gefallen lassen.

Ich entzog mich durch Flucht.

Luzi erwartete mich hungrig und verschmust, und wir beide schlüpften kurz nach Mitternacht in die Federn.

Der Sonntag versprach schön zu werden, ein Frühlingstag, wie man ihn sich wünschte. Ich hatte keine Termine, Adda hatte meine Blusen alle gebügelt, und die Zeitung war bereits nach dem ersten Brötchen durchgelesen. Hätte ich jetzt wie meine Altersgenossinnen einen angemessenen Ehemann und zwei wohlgeratene Kinder, würde ich mich sicher mit einem Picknickkorb (Kartoffelsalat, Klöpschen, Cola light und für Papa ein Bier) bewaffnet zu einer Fahrradtour aufmachen.

Zum Glück brauchte ich das nicht. Aber auch bei mir war der Drang nach draußen übermächtig. Sollte ich vielleicht endlich mal die Stunde joggen, die ich mir mit ausreichend schlechtem Gewissen vornahm, seit die Waage die fünfundsiebzig Kilo locker umspielte? Oder wenigstens einen strammen Spaziergang … Ich sah aus dem Fenster. Den Liegestuhl hatte ich letzte Woche schon aus dem Keller geholt. Und es war doch Sonntag.

Nach zwei Stunden wurde es mir aber dann doch langweilig. Der Gesellschaftsroman, der mir aus Bestsellerlisten wärmstens empfohlen worden war, konnte es mit der Spritzigkeit meines Gartenschlauchs nicht aufnehmen, das Kreuzworträtsel der Fernsehzeitschrift hatte ich mit links gelöst, und meine Fingernägel glänzten aufgrund selten intensiver Pflege wie Perlmutt. Ich wälzte mich also gelangweilt aus dem Liegestuhl, streifte mit einem kühlen Blick noch einmal die Joggingschuhe und fasste dann einen ganz anderen Entschluss. Ich würde mir Ungermanns Grundstück ausgiebig ansehen. Erstens war es dort wirklich schön, und zweitens spukte mir noch die Bemerkung mit der Fabrik im Kopf herum.

Mit offenem Schiebedach und flatternden Haaren rollte ich gemächlich meinem Ziel entgegen.

Das Baugelände lag am Rand des Ortes und wurde im Süden von einem kleinen See begrenzt. Die letzten Häuser von Waldsteinbach waren ein paar Gründerzeitvillen in großen, alten Gärten. Hierhin hatte sich also schon Reich und Schön der vorigen Generationen geflüchtet. Ich parkte den Wagen am Straßenrand ein und machte mich zu Fuß auf den Weg zum Grundstück. Die Sonne schien warm, doch nicht brennend, ein leichter Wind drückte mir das weiße T-Shirt an den Körper. Unter dem kurzen Hosenrock stellte ich meine nackten Beine der Allgemeinheit zur Schau, wohl wissend, dass die Haut noch viel zu bleich war. Aber es war ja menschenleer hier um die Mittagszeit. Nur zwei, drei Autos fuhren an mir vorbei. Aus den Gärten wehte süßer Fliederduft, und ich konnte nicht widerstehen, auf eines der Mäuerchen zu klettern und einen Blick darüber zu werfen. Wenn ich auch selbst kein Talent zur Gartenarbeit habe, bewundere ich diese gepflegten Anlagen trotzdem. Und diese hier war schön. In dicken Polstern aller denkbaren Rot- und Gelbtöne quollen die Rhododendren über einen samtig grünen Rasen, dunkle, immergrüne Hartlaubgewächse bildeten den rechten Gegensatz zu den weißen, violetten und dunkellila Fliederbüschen, von der Hauswand flossen blaue Wistarien, und neben einem weißen Pavillon schwankten die Blüten des Goldregens an langen Zweigen. Ich mochte mich kaum von dem zauberhaften Anblick losreißen, doch das Herannahen eines weiteren Fahrzeugs überzeugte mich von meiner undamenhaften Haltung. Ich begab mich wieder auf den staubigen Boden der Tatsachen und setzte meine Wanderung fort. Wer immer hier wohnte, war mit Sicherheit nicht besonders glücklich über die Bauarbeiten. Vielleicht auch nicht über das fertige Produkt. Ich zumindest wäre es nicht. Aber in diesem Fall sollte das meine geringste Sorge sein.

Ein Lattenzaun umgab das Baugelände, eine hohe Tafel wies einen Lageplan und eine Menge Namen auf. Unter anderem auch den meinen nebst Telefonnummer. Selbstverständlich hatte ich den Schlüssel, um in den umzäunten Bereich zu kommen, genauso wie den Schlüsselbund für das Musterhaus.

Ich schloss also auf und besah mir noch einmal das Terrain. Es lag wirklich wunderbar. Leicht abfallend zum See hin, links ansteigend zum Wald, vereinzelte Streuobstbäume, die aber sicher dem Gartenbau zum Opfer fallen würden. Das Musterhaus stand gleich am Eingang. Ein weißes Häuschen mit rotem Walmdach und kleinem Erker, Wintergarten, Balkon und Terrasse. Ach ja, klassische Aufteilung: unten Wohn-Ess-Zimmer,

Küche und Elternschlafzimmer, oben zwei Kinder und ein Gast oder Arbeit.

Fünfundzwanzig glückliche Familien würden demnächst hier wohnen. Sonntagmittags, etwa jetzt um diese Zeit, würde aus allen Küchenfenstern der Duft von Braten strömen, würde das leise Klappern des Geschirrs das melodische Summen der Hausfrau untermalen, Papa brummelnd mit den Schwiegereltern Konversation machen und die wohlerzogenen Kinder sich die ohnehin sauberen Finger waschen. Ich sah die glücklichen Familien am Nachmittag auf den schattigen Terrassen Kaffee trinken und am Abend auf dem gepflegten Rasen den Grill anzünden.

Wochentags würde es leerer sein, Papa würde morgens mit dem Auto aus dem Carport fahren und im Büro oder im Amt gewichtigen Geschäften nachgehen, die Kinder an der Haltestelle darauf warten, dass der Schulbus sie zu neuem, größerem Wissen entführe. Nur die Mütter blieben daheim, um saubere, weichgespülte Wäsche in den aprilfrischen Wind zu hängen, und der Müll würde säuberlich getrennt in seinen bunten Tonnen der Abfuhr harren.

Später dann fröhliches Kinderlachen, müßiges Geplauder über den Gartenzaun oder schweigende Pflege der Rabatten. Erst wenn die Väter vom harten Berufskampf heimkehrten, würde das Dröhnen der Rasenmähermotoren die friedliche Stille durchbrechen, des Heimwerkers Betonmischmaschine rumpeln, um den Gartenteich zu betonieren, Motorsägen kreischen und Hämmer klopfen, um Gartenzäune und Spaliere zu errichten.

Bis dann zur Fernsehzeit wieder das Schweigen über der Siedlung liegen würde, und nur der bläuliche Schimmer der Mattscheiben durch die dichten Gardinen der Wohnzimmerfenster fiele.

Ah, welche Klischeeklitschen ich verkaufte! Keine von ihrem Mann vergewaltigte Frau, kein einziges misshandeltes Kind, kein pflegebedürftiger Tyrann, keine schmutzige Wäsche zwischen den Nachbarn, kein verhaltensgestörter jugendlicher Brandstifter, kein Sex, keine Drogen und schon gar kein Rock 'n' Roll würden das Gemeinwesen stören, und auch von Blut, Schweiß und Tränen nicht die geringste Spur.

Morbiden Gedanken nachhängend, umkreiste ich noch einmal das Musterhaus, dann rief ich mich selbst zur Ordnung. Das waren nun wirklich nicht die Trauben, nach denen ich zu haschen versuchte. Darum brauchte ich sie mir auch gar nicht sauer reden. Familienidylle war bisher nicht mein Ding und würde es auch in Zukunft nicht sein.

Ich schlenderte den geschotterten Weg weiter und besah mir den Fortschritt in den Erdarbeiten. Insgesamt neun Baugruben waren abgesteckt, drei davon schon ausgehoben, in einer bereits das Fundament gegossen. Die Erde war rot und roch säuerlich. Von den nächtlichen Regengüssen standen Pfützen auf dem Beton, in denen das Wasser aussah, als habe man Milch und Blut zusammengegossen. Mit Rücksicht auf meine weißen Tennisschuhe sparte ich mir einen näheren Kontakt. Ich blieb auf dem trockenen Schotter, bis die Straße im hohen Frühlingsgras endete.

Mit dem Gedanken an das Gespräch bei Gerolds Feier sah ich mich um. Weit und breit keine Anzeichen irgendeines Fabrikgebäudes. Also musste das doch schon seit langer Zeit dem Erdboden gleichgemacht worden sein. Wie gut. Nichts hätte meinen Anzeigentext »Wohnen wie im Urlaub« unglaubwürdiger erscheinen lassen als ein Industriegebäude, so unscheinbar es auch immer sein mochte.

Die Halme streiften meine Beine, Bienen summten in den knorrigen Apfelbäumen, die aufgrund eines kühlen Aprils noch immer blühten, und auf dem See blitzten kleine Wellen im Sonnenlicht. Ich fand einen warmen Stein in passender Höhe und lehnte mich, die Beine ausgestreckt im weichen Gras, dagegen. Mit halbgeschlossenen Augen döste ich eine Weile vor mich hin. Ich roch den Frühling, fühlte die Luft in meinen Haare spielen, die Sonnenstrahlen meine Haut streicheln, hörte das zärtliche Flüstern der Blätter und Gräser, das Zwitschern und Flöten der verliebten Vogelpärchen, das Summen und Zirpen partnersuchender Käfer und Grillen.

Entschlossen machte ich die Augen wieder auf. Warum nur, warum war ich so unzufrieden? Jetzt hatte ich doch mein Leben wieder so richtig im Griff, ging genau der Beschäftigung nach, die mir lag, kam mit Dutzenden von Menschen zusammen, hatte drei Männer an der Hand, die nur darauf warteten, mir aus derselben zu fressen, hatte eine Katze und eine gute Freundin. Was brauchte ich noch mehr?

Zwei gelbe Schmetterlinge tanzten vor mir auf und ab, flatterten umeinander, kreisten, spielten, ließen sich treiben.

Und das Weibchen in mir hob sehnsüchtig sein Haupt und schmachtete. Auch in meinem Bauch hatten einmal die Schmetterlinge getanzt. War es das, was mir fehlte? Das Gefühl, verliebt zu sein? Nein, bei näherem Überdenken nicht. Verliebt sein macht verletzlich. Mir genügten die Schrunden aus dem letzten Anfall temporären Wahnsinns völlig. Ich deckelte das Weibchen brutal, denn was hatte es mich nicht alles meinem Engelbert zuliebe tun lassen. Obwohl, schniefte es in mir, es war ja so schön am Anfang.

Das Maklergeschäft im Alleingang ist hart, und man kämpft gerade zu Beginn ziemlich allein gegen den Rest der Welt. Es tut dann gut, abends einen Freund zu haben, bei dem man über all die Pleiten und kleinen Lichtblicke reden kann. Vor allem, wenn der auch aus der Branche kommt. Engelbert war nämlich angestellt bei Thorwald und Partner, derselben Agentur, bei der ich auch angefangen hatte.

Klar hatte mich Alizia gewarnt. Ihr dunkles Gemunkel von der Sieben der Schwerter und drohendem Ruin hatten mich in meiner anbetenden Verliebtheit natürlich überhaupt nicht beeindruckt. Auch ihre Warnungen, als ich mich selbstständig machte, tat ich mit einem Schulterzucken ab – der Erfolg gab mir ja so recht. Ich baute meine eigene Immobilienmaklerei auf, Engelbert blieb jobmäßig zwar bei Thorwald und Partner, zog aber in mein Häuschen ein.

Und dann die Enttäuschung!

Nein, derartige Schmetterlingsgefühle fehlten mir nicht. Ich beschloss, diese kleine, leere Stelle in mir einfach zu ignorieren, und rappelte mich von meinem Sonnenplätzchen auf. Zurück ging ich einen anderen Schotterweg und sah in die letzten zwei Baugruben. Nichts Besonderes zu erkennen. Der Aushub war lehmig, durchsetzt hier und da von ein paar alten Ziegeln. Vielleicht wirklich die Überreste der besagten Fabrik. Ich würde Ungermann fragen.

Ich kam schon bald dazu. Bereits am Montagmorgen hatte ich zwei Besichtigungstermine im Musterhaus und gleich anschließend am frühen Nachmittag den nächsten. Sehr ökonomisch. Übermorgen war eine Besprechung mit Ungermann angesetzt. Ein Grund, mich richtig ins Zeug zu legen, um mit mindestens einem Skalp zu erscheinen.

Yvonne und Hans-Peter Wagner waren die beiden ersten Kandidaten. Ohne Zweifel Superkandidaten für die am Sonntag von mir erträumte Siedlungsidylle. Er trug Jeans, Jackett, Krawatte und eine Brille, die ihn sichtlich intelligent machte, sie Birkenstocks und einen Achtmonatszwillingsbauch stolz vorweg. Beide noch unter dreißig, wenn ich mich nicht verschätzte, und mit einem fleißigen Bausparkassenvertreter gesegnet. »Das bisschen Abtrag … Und die staatliche Förderung … Gerade für junge

Familien …« Ich hörte ihn förmlich argumentieren. Nach drei Jahren saß die junge Familie dann vermutlich händeringend im spärlich möblierten Wohnzimmer und überlegte, wie man noch mehr Heizungskosten, Wasser und Strom sparen konnte, weil das dann die einzigen flexiblen Bestandteile des Lebens waren.

Aber auch das war nicht mein Problem.

Die beiden Jungfamilienanwärter waren bestens für die Besichtigung gerüstet. Hans-Peter hatte nämlich eine Checkliste dabei. Die Küche war der erste Raum.

»Quadratmeter?«

»Zwölf.«

»Fenster nach?«

»Bitte?«

»Welche Himmelsrichtung?«

»Ähhh …«, entfuhr es mir nicht ganz professionell, denn darüber hatte ich mir keine Gedanken gemacht, das stand doch in den Plänen. Außerdem würde es in jedem Haus ein wenig anders sein. Aber man ist ja gerne gefällig. Es war Vormittag, da steht die Sonne normalerweise im Osten, und da sie sichtlich nicht die Küche erhellte, gab ich frech an: »Nordnordwest.«

Hans-Peter trug sorgfältig »NNW« in die vorgesehene Spalte ein.

Dann gingen wir die Anschlüsse einzeln durch, zählten Steckdosen und Elektrokabel, prüften die Haltbarkeit der Fliesen, und erst nach zwanzig Minuten schmeichelhaftesten Interesses überließen wir die Küche wieder sich selbst, um das Wohn-Ess-Zimmer in Augenschein zu nehmen. Dieser Bereich hatte nun insgesamt über dreißig Quadratmeter, und ich schätzte daraus die hier zu verbringende Zeit auf eine Dreiviertelstunde. Wir schafften es in dreißig Minuten. Aber trotzdem verblieben noch sechs weitere Räume und der Keller, und ich überlegte, ob ich die zweite Partei einfach mit in das Haus führen sollte. Doch das

Schicksal war mir gnädig. Yvonne, die zwar nur bewundernde Blicke für ihren sorgfältigen Gatten übrig hatte, bekam das lange Herumstehen offensichtlich nicht mehr besonders gut. Ein, zwei mitfühlende Bemerkungen meinerseits, und sie brach zusammen. Nicht wörtlich, sondern in ihrer Duldsamkeit.

»Hans-Peter, vielleicht sollten wir später noch einmal wiederkommen. Weißt du, mir geht es heute gar nicht gut.«

Ich erwartete halb und halb, dass Hans-Peter nun eine Checkliste aus der Tasche ziehen und die einzelnen Symptome abfragen würde, aber nein, er reagierte ganz unerwartet.

»Dann wollen wir uns die anderen Räume nur oberflächlich ansehen. Das wird reichen, um einen Überblick zu bekommen. Meinst du nicht auch, Liebling?«

Liebling meinte auch, und wir zogen im versammelten Galopp durch das Haus. Ich kann aufgrund einiger Jahre Erfahrung inzwischen ganz gut einschätzen, wann es bei den Leuten zündet. Und hier hatte ich – trotz penibler Untersuchung der einzelnen Räume – einen solchen Fall. Yvonne wollte so ein Haus. Ich sah die Flamme des Begehrens in ihren Augen glühen. Wenn eine Frau erst einmal ein bestimmtes Haus will, ist der Gatte meist schnell überzeugt. Nur ein Problemchen gab es noch zu überwinden.

»Hans-Peter, es ist doch wirklich zu schade, dass das Elternschlafzimmer unten ist und die Kinderzimmer oben. Das wird in den ersten Jahren sehr unbequem sein.«

Hans-Peter sah ratlos auf seine Liste. Ich schaltete mich mit einem Vorschlag zur Güte ein.

»Nun, Sie könnten ja in den ersten Jahren eines der Kinderzimmer oben zu Ihrem Schlafzimmer machen. Und erst, wenn die Kleinen etwas älter sind und unter sich sein wollen, das untere Zimmer nutzen. In der Zwischenzeit machen Sie es einfach zum Spielzimmer oder zum Gästezimmer.«

»Ja, aber …«

»Ja, kann man das so einfach? Ich meine, in den Plänen ist das doch ganz anders vorgesehen?«

Superflexibel, die beiden. Ich half nach.

»Das wird Ihr Haus. Sie bestimmen darin, welcher Raum welche Funktion hat. Niemand macht Ihnen Vorschriften, außer vielleicht die Vernunft.«

Das Glimmen in Yvonnes Augen wurde intensiver, und ich vermutete, die derzeitigen Wohnverhältnisse wurden stark von Eltern oder Schwiegereltern dominiert.

Beide verabschiedeten sich mit dem festen Versprechen, sich in den nächsten Tagen zu melden. Fein, achtzig Prozent vermerkte ich auf meiner kopfinternen Checkliste.

Dann brach Frau Bertram-Axt über mich herein, eine guterhaltene Mittfünfzigerin im kleinen Chanel. Sie hatte keine Checkliste, dafür aber handgefertigte französische Stilmöbel. Ich lernte schon im Eingangsbereich das Louis-XIV-Schuhschränkchen und seine bezaubernde Geschichte kennen. Viertelstunde. Dann rauschte Madame an mir vorbei in die Essecke, wo die handgeschnitzten, handvergoldeten, handbestickten Louis-XV-Stühlchen hinkommen sollten. Und der Aubusson-Teppich, nach eigenen Angaben gewebt. Dann folgte das Vertiko im Régence, die Chaiselongue im Empire, danach verlor ich die Übersicht und langsam die Geduld. Ich extrapolierte Zimmer mit Möbeln und kam zu dem Schluss, es würden ein bis zwei Übernachtungen notwendig sein, um die Einrichtung in ihrer Gesamtheit zu würdigen. Denn nicht nur die einzelnen Schmuckstückchen mussten von Provenienz, Herstellungsart und Aussehen detailliert beschrieben werden, sondern auch alle Historchen, die sich um sie herumrankten, einschließlich der schlechten Angewohnheiten des Herrn Gemahls.

Meinen Frühstücksjoghurt hatte ich inzwischen längst verdaut und hatte mich eigentlich auf einen kleinen Salat im örtlichen Bistro gefreut, doch das konnte ich mir inzwischen weidlich abschminken. Zunächst vorsichtig versuchte ich den Redeschwall der Gnädigen einzudämmen, was sie hingegen locker ignorierte. Wir waren beim Himmelbett angelangt, was ein großes Möbel war und daher viel Zeit brauchte. Ich vergaß nach weiteren zehn Minuten meine Vorsicht und unterbrach Frau Bertram-Axt rüde mit dem Hinweis, dass in wenigen Minuten ein weiterer Interessent vor der Tür stehen würde.

»Ach!«, säuselte sie und schaute auf das zierliche Ührchen, das an einer delikaten Goldkette von ihrem faltigen Halse baumelte. »Hab' ich mich doch schon wieder verschwatzt. Aber ich muss Ihnen doch noch unbedingt die Geschichte von den Nachtschränkchen …«

»Nein, Frau Bertram-Axt. Um es ganz offen zu sagen, ich glaube nicht, dass dieses Haus Ihrem exquisiten Stil gerecht wird. Wir sollten uns statt nach einem Neubau doch lieber nach einer Villa im passenden Alter umsehen.«

Ich war der Meinung, das sei ein sehr guter Vorschlag, Frau Bertram-Axt fasste das allerdings anders auf. Sie giftete los: »Ihr Makler seid doch alle gleich! Villa! Villa! Klar, da ist die Courtage höher. Kaum verliert man mal ein einziges Wörtchen darüber, wie man eingerichtet ist, taxiert ihr kalt, was man hinblättern kann.«

»Frau Bertram-Axt, so hatte ich das wirklich nicht gemeint. Aber sehen Sie doch selbst, würde in so niedrigen Räumen Ihr Louis-XV-Vertiko überhaupt zur Geltung kommen?«

»Régence, Frau Friedland. Régence. Und wenn Sie das alles so genau wissen, warum bieten Sie mir dann erst dieses schäbige Häuschen an?«

Wenn ich nicht so hungrig gewesen wäre, hätte ich in diesem Moment die Komik der Situation wahrscheinlich zu schätzen gewusst, jetzt hingegen sah ich rot. Ich bugsierte die protestierende Madame unhöflich in Richtung Ausgang. Und musste mich sehr zurückhalten, ihr nicht den im Vorgarten vergessenen Vorschlaghammer nachzuwerfen. Null Prozent, hakte ich sie ab. In meiner Handtasche fand ich zwei Bonbons, und der leicht erhöhte Blutzuckerspiegel versetzte mich danach in die Lage, der dritten Kohorte einigermaßen gefasst entgegenzusehen.

Es gab auch solche wie die. Wieder ein passendes Pärchen, doch diesmal weniger akribisch, was die Verteilung von Steckdosen und die Raumnutzung anbelangte. Außerdem hatte man bereits zwei Kinder im schulpflichtigen Alter. Wir schieden im Guten, ich machte ein weiteres Achtzigprozenthäkchen auf meiner Liste und fuhr nach Hause.

Luzi und ich fielen mit Heißhunger über unser Futter her.

Auf dem Anrufbeantworter war eine Reihe Anfragen, die ich gewissenhaft abarbeitete. Eine Dame machte mir allerdings Schwierigkeiten, denn obwohl ich bei meinem Aufsprechtext um Adresse oder Telefonnummer bat, hatte sie nur um Rückruf gebeten. Da sie nun leider auch noch den ebenso schönen wie geläufigen Namen Müller führte, sah ich mich außerstande, sie zu kontaktieren. Ich tröstete mich damit, dass sie sich bei Interesse wieder melden würde. Auch Frau Wenzel hatte eine Nachricht hinterlassen. In reichlich zickigem Tonfall mahnte sie mich, doch endlich den Verkauf ihrer Villa voranzutreiben. Sonst müsse sie sich eventuell nach einem anderen Makler umsehen.

Erpressung liebe ich! Obwohl, von ihrer Seite aus war die Reaktion sicher verständlich. Seit fast drei Wochen lag das Objekt jetzt auf dem Markt, und nichts hatte sich bislang getan. Die Exposés waren alle wieder zurückgekommen, ohne dass jemand auch nur im Entferntesten einen Besichtigungstermin ins Auge gefasst hätte. Ich überlegte, wie ich die Lehrerin bei Laune halten konnte. Vielleicht mal mit einem Alibikunden vorbeigehen. Das Dumme ist ja, die Verkäufer sehen nie, was man im Hintergrund alles für sie tut. Nur ein lebendiger, greifbarer Käufer überzeugte.

Luzi setzte sich erwartungsvoll auf meinen Schreibtisch und putzte sich ein Ohr. In Ermangelung eines anderen Gesprächspartners ließ ich sie an meinen Gedankengängen teilhaben.

»Bei der Frau Lehrerin könnte ich doch etwas arrangieren«, überlegte ich laut. Luzi nickte aufmunternd und putzte sich das andere Ohr.

»Weißt du, in meiner Sparte lernt man schnell, Spreu von Weizen zu trennen. Sprich, ernsthafte Kundschaft von Interessierten zu unterscheiden. Letztere haben nämlich nur ein Interesse – sich anzusehen, wie andere Leute wohnen. Hier haben wir doch auch schon die Namen der weiblichen Mitglieder des Tennisvereins und des Golfclubs. Die geben sich nämlich in flauen Zeiten, wenn Schneematsch und Regengüsse die Plätze unbespielbar machen, besonders gerne dem Immobilientourismus hin.«

Ich öffnete die Schublade, in der das entsprechende Kästchen stand, und Luzi kickte gezielt einen Radiergummi hinein. Ich beglückwünschte sie zu der Leistung, dann widmete ich mich der Kartei, in der alle die Namen der Personen verzeichnet waren, die nach der dritten Besichtigung mit einer fadenscheinigen Absage gekommen waren. Ihnen vorbehalten waren solche Fälle wie Wenzels Waldvilla. Ich suchte die Mailadresse von Frau Goldmann-Weiden, Frau von Sengfeld und Frau Leidersdorf-Schulz-Bangelmann heraus. Der Wetterbericht sprach von Gewittern und einer regnerischen Kaltfront. Na bitte! Wenzels sollten wohl noch in dieser Woche ihr Fest bekommen.

Dann nahte der Termin bei Heinz Ungermann. Und ich hatte zwei Skalpe! Die Checklistenauswertung hatte zur Kaufabsicht geführt, das andere Paar hatte bereits am gleichen Tag noch zugesagt. Die Vertragsentwürfe waren in der Post, die Termine bei Theo Bittner, meinem Lieblingsnotar, anvisiert und ich auf dem Weg zu Ungermann, um vom Erfolg zu künden. Außerdem hatte ich weitere Besichtigungstermine für den Freitag. Siegesgewiss gewandet in eine dunkelgrüne Hose mit einem goldbraunen Top, eilte ich in die Stadt.

Der Stadt-Atlas sah mal wieder imposant aus. Und war verhältnismäßig wenig aufdringlich, obwohl da noch was in der Luft lag. So ein feines Vibrieren zwischen uns. Ich gebe zu, ganz so unangenehm berührt war ich nicht davon, und als wir das Geschäftliche hinter uns hatten, ließ ich mich zu einem Häppchen überreden. Heinz war ein angenehmer Zuhörer, es machte mir Spaß, ihm die schaurige Geschichte von den französischen Stilmöbeln, die Checklisten-Manie und andere heitere Episoden aus dem Maklerleben zu berichten. Außerdem waren die Tomaten mit Mozzarella köstlich, das Kalbsfilet wundervoll gewürzt und der Weißwein genau so fruchtig, wie ich ihn liebe. Was machte es da schon, wenn Heinz häufiger als notwendig seinen intensiven Blick auf mir ruhen ließ? Erfreulicherweise ließ es sich mit ihm auch schweigen, einfach so entspannt am Wein nippen und zurückgelehnt das Treiben begutachten.

Ich hing unausgesprochenen Gedanken nach, die sich um mein Gegenüber drehten. Viel wusste ich nicht von ihm. Nur, dass er offensichtlich ein erfolgreicher Bauunternehmer war, der jetzt in das Immobiliengeschäft einsteigen wollte. Vermutlich lohnte es sich für ihn, er machte nicht den Eindruck, als ob er irgendein Geschäft aus wohltätigen Zwecken abwickelte. Fünfundzwanzig Häuschen zu einem gängigen Marktpreis, das war ja schon mal was, zumal er selbst einen Teil der Bauarbeiten durch seine Firma übernahm. Wenn ihn das Grundstück nicht allzu viel gekostet hatte, konnten da schon ein paar Millionen hängenbleiben. Ein solcher Betrag, selbst nach Steuern, war mehr als ein nettes Taschengeld. Also durfte er gerne das Essen bezahlen.

»Worüber sinnierst du, Viktoria? Soll es doch noch ein Dessert geben?«

Ich sammelte mich wieder im Hier und Jetzt und verneinte. Dafür fiel mir aber mein Anliegen ein.

»Nein, nichts Süßes. Aber ich war gerade in Gedanken unten am See. Sag mal: Wie bist du eigentlich an dieses Grundstück gekommen? Mich wundert, dass das nicht schon längst bebaut worden ist.«

»Natürlich nicht, meine Schwiegereltern hatten etwas dagegen, den Pöbel in ihrer Nachbarschaft anzusiedeln.«

»Schwiegereltern?«

Nicht schon wieder diese Leier! Verstohlen suchte ich nach dem blassen Streifen am Ringfinger, aber da war nichts an seinen Händen. Durchgängig gebräunt und schmucklos.

»Sie leben nicht mehr, und meine Frau starb vor drei Jahren bei einem Verkehrsunfall. Von ihr habe ich das Grundstück geerbt.«

»Das tut mir leid. Nicht das mit dem Grundstück, sondern das mit deiner Frau.«

Irgendetwas muss man ja sagen.

»Sprechen wir nicht mehr davon. Jedenfalls fand ich genau wie du, das Gebiet könne sich hervorragend für einen modernen Wohnpark eignen. Das Haus, in dem meine Schwiegereltern wohnten, ließ ich renovieren und habe es für einen guten Preis verkauft.«

»Sollte das diese Gründerzeitvilla mit dem fantastischen Garten sein, die neben dem Baugelände steht?«

»Genau die. Wir nannten sie immer die ›Fabrikantenvilla‹. Sie ist ein bisschen protzig, aber was damals als neureich galt, hat heute ja schon Tradition.«

Die Fabrik fiel mir ein.

»Warum Fabrikantenvilla. War man Unternehmer?«

»Der Vater der Schwiegermutter hatte eine Fabrik auf dem Gelände aufgebaut und mit der Fertigung von Messgeräten und Labormaterial ganz schön Geld gemacht. Aber im Krieg hat das Werksgebäude einiges abbekommen, weshalb man in den Sechzigern alles abgerissen und eingeebnet hat. Es war einfach nicht mehr rentabel.«

»Ich hoffe nur, es liegt nicht noch ein alter Flächennutzungsplan vor, der die Umgebung für industrielle Zwecke freistellt. Das würde deinen Häuschen nicht zum Vorteil gereichen.«

»Da hast du natürlich recht. Die Gefahr bestand einmal, aber inzwischen ist die ganze Gegend zum reinen Wohngebiet umgewidmet worden.«

Ich merkte mir vor, das doch lieber noch mal zu prüfen, wenn ich Heinz auch glaubte. Warum sollte er sich selbst in den Finger schneiden?

Dann verließ ich das Thema, und wir unterhielten uns noch eine Weile über Belangloses, wobei ich ihn beobachtete. Ein lediger Stadt-Atlas ist nämlich von einer gewissen Anziehungskraft. Anders als Gerold, dessen sportliche Aktivitäten sich auf den Urlaub beschränkten, schien Heinz entweder auf dem Bau noch kräftig mit anzupacken oder etwas konsequenter den Muskelaufbau zu pflegen. So kurz vor Mitternacht wird das Weibchen in mir empfänglich für breite Männerschultern.

Ich gab besagtem Weibchen einen Tritt ans Schienbein und konzentrierte meinen Blick auf die Armbanduhr. Mit dem Hinweis, nur eine ausgeschlafene Maklerin mache makellose Geschäfte, erhob ich mich. Heinz verabschiedete mich mit einem Handkuss, was das Weibchen noch einmal aufseufzen, mich aber kalt ließ.

Die freundlichen Doppelhausbesitzer riefen an, um mir mitzuteilen, ihre andere Hälfte wolle auch verkaufen. Sie hätten mich der Familie Werner empfohlen. Telefonnummer und Name folgten. So muss der Laden laufen! Ach, Sabines Mann gab mir Bescheid, seine amerikanischen Bekannten wollten sich demnächst wegen eines Termins im Musterhaus melden. Frau Leidersdorf-Schulz-Bangelmann war äußerst an der Waldvilla interessiert, denn es regnete Bindfäden, und Frau Müller hatte wieder ohne Angabe von Adresse und Telefonnummer um Rückruf gebeten. Manche Leute haben ein Selbstbewusstsein!

Ich sortierte meine Termine und den Tagesablauf, plante eine halbe Stunde Einkaufen – von irgendetwas muss der Mensch ja leben – und zwei Viertelstunden Luzi-Schmusen. Dann stürzte ich mich ins Geschehen.

Ein einigermaßen verträglicher Polizeibeamter besichtigte das Doppelhaus, und ich besuchte im Anschluss die Nachbarn. Frau Werner empfing mich mit kühl abschätzendem Blick. Ich schätzte sie nicht minder kühl ab. Es war ja gut gemeint, mich zu empfehlen, aber die andere Hälfte war weiß Gott nicht die bessere. Nicht nur, dass sich die Räumlichkeiten in einem eher pflegebedürftigen Zustand befanden – die Teppichböden waren stellenweise bis auf den Estrich abgewetzt, im Keller gab es eine notdürftig übertünchte braune Stelle an der Wand, im Heizungskeller roch es durchdringend und verräterisch nach Öl, was die kettenrauchende Hausherrin aber nicht zu bemerken schien. Der ungebärdige Hund hatte die Türen in seinem Freiheitsdrang mit Zähnen und Krallen bearbeitet, was dem Holz ein anmutiges, jedoch unregelmäßiges Muster gab. Gut, das mochte alles noch hingehen, denn jeder Neubesitzer hat gewohnheitsmäßig schon seit Jahrtausenden den Wunsch, seinem Revier eine eigene Markierung zu verleihen. In der Jetztzeit übernahmen so etwas meist die Fachkräfte aus dem Maler- und Dekorationsgewerbe. Was mich aber mehr als der verwohnte Zustand störte, waren die Klumpen von Wäsche die überall in unterschiedlichstem Reinheitsgrad herumlagen. So etwas würde bei einem Besichtigungstermin das hurtige Aus bedeuten. Schwer zu verkaufen, klassifizierte ich.

Ich änderte in »nicht zu verkaufen«, als ich die Preisvorstellung der guten Frau Werner hörte. Warum sie zu dem Schluss kam, fast ein Drittel mehr als die Nachbarn verlangen zu müssen, war mir schlichtweg ein Rätsel. Ich versuchte, ein wenig Realitätssinn in ihren unfrisierten Kopf zu bekommen, was scheiterte. Diesmal war ich zum Glück in der besseren Position. Einmal Alptraum reichte, ich lehnte die Vermarktung ab, was mir einen giftigen Blick und die eisige Verabschiedung eintrug: »Sie sind ja nicht die Einzige auf dem Markt!«

Richtig. Ich bremste mich kurz, um ihr nicht Ricardas Nummer zu nennen. Es gibt Dinge, die tut man nicht einmal seiner schärfsten Konkurrentin an.

Zu Hause gab es dann noch einen Lichtblick. Philipp Henning rief an. Und seine Stimme ging mir wieder runter wie Öl. Bei Gelegenheit musste ich mal analysieren, was das war. Auf jeden Fall war der Mann von Gewissensbissen zernagt und wollte Wiedergutmachung.

»Ein Studienkollege von mir wird zum nächsten Ersten hier im Amt anfangen und würde gerne umziehen. Eine Eigentumswohnung, so vier Zimmer, stellt er sich vor. Bearbeiten Sie solche Dinge auch oder nur Vermietungen?«

»Dann würde ich ganz schön ärmlich dastehen. Der Herr sollte sich mit mir in Verbindung setzen, ich stelle schon mal zusammen, was ich habe. Sind Sie denn inzwischen in Ihre neue Wohnung eingezogen?«

Dann wusste man wenigstens, wo der Mann wohnt, wenn die Analyse seiner Stimme etwas Positives ergab.

»Nächste Woche ist es so weit. Sie sind mir doch nicht mehr böse?«

Was trieb mich nur, was trieb mich nur?

»Wegen des Kaperzugs meiner Frau Kollegin nicht. Wenn Sie sich jetzt noch abgewöhnen würden, orientierungslose Autofahrerinnen anzuhupen und ihnen dann auch noch den letzten freien Parkplatz zu rauben, wären Sie mir fast sympathisch.«

Schweigen in der Leitung. Dann …

»Sie fahren einen roten Mazda.«

»Ja. Und Sie erinnern sich wohl recht gut an Ihr überwältigendes Benehmen«, antwortete ich und legte auf.

Was trieb mich bloß …?

Luzi sprang auf den Schreibtisch und rieb ihren Kopf an meinem Arm. Ich nahm sie hoch, und wir genehmigten uns die eingeplante Viertelstunde Luzi-Schmusen.

Dann war der real existierende Alptraum an der Reihe. Mit einer gewissen Erheiterung sah ich dem kommenden Programm entgegen, allerdings hoffte ich, Herbert, den Dichter beschäftigten noch wichtige Konferenzen über Stundenverteilung, Elternsprechstunden, kreative Zeugnisgestaltung oder was auch immer Lehrers Los war. Oder er hatte doch wenigstens Berge von Heften zu korrigieren, damit ich seinem minniglichen Blick entrückt blieb.

Frau Leidersdorf-Schulz-Bangelmann wartete in ihrem silbernen Mercedes-Kabrio neuester Baureihe an der Kirche des kleinen Fleckens, und ich lotste sie über den asphaltierten Feldweg zu unserem Knusperhäuschen, was mein neuester Titel in der Anzeigenkampagne war. Die passionierte Golfspielerin schwang sich sportlich aus der Karosse und flötete beim Anblick der Lüftelmalerei: »Oooh, wie originell!« Ein Ausruf, der zur Leitmelodie dieses Besuches werden sollte.

Frau Wenzel öffnete uns, und ich wurde zur unsichtbaren Beobachterin des Duells zweier Diven. Es begann mit der abschätzenden Beurteilung der Gewandung. Frau Leidersdorf-Schulz-Bangelmann im adretten, figurbetonten Nachmittagskleidchen der gehobenen Mittelklasse, dezente Perlenkette, Diamant-Boutons in den gelifteten Ohrläppchen, Frau Wenzel im Kunstlehrerboheme-Look, roter Faltenrock und Folklore-Kasack, Ethnoschmuck aus natürlich gewachsenem Holz und ungespritzten Muscheln. Ich stellte vor und wollte die Führung übernehmen, aber gegen den willensstarken Doppelpack hatte ich keine Chance. So folgte ich schweigend genießend dem Paar und hörte mir an, wie Frau Wenzel ihre innenarchitektonischen Leistungen anpries. Bescheiden, wie sie war, ließ sie in jedem Nebensatz ihre künstlerische Begabung durchschimmern, die ebenfalls jedes Mal mit einem Ausruf »Ohhh, wie originell!« oder zur Abwechslung auch mal mit »Ahhh, wie apart!« gekontert wurde. Wie nicht anders zu erwarten, kamen wir bei dem gemauerten Küchen- und Essbereich auf Leidersdorf-Schulz-Bangelmanns Ferienhaus an der Costa muchas Pesetas und die pädagogisch wertvolleren südspanischen Fincas zu sprechen. In diesem spannenden Moment traf dann auch der Herr des Hauses ein. Kaum beachtet von den beiden Damen, widmete er natürlich sofort mir seine ganze Aufmerksamkeit. Ob ich denn seine Zeilen bekommen hätte? Ich bestätigte nüchtern den postalischen Eingang. Ob ich denn auch schon einmal Zeit gefunden hätte … Erwartungsvoll hatte er seine Augen erhoben zu den Bergen, von wo ihm Hülfe käme. Da er einen Kopf kleiner war als ich, waren die Berge in meiner Anatomie zu suchen. Ich gab ihm zu verstehen, dass ich seine Blickrichtung erkannt hatte, und er erglühte sanft. Um ihn von der Lyrik abzulenken, stellte ich ihm die Frage nach dem Fortschritt an seinem dramatischen Werk.

»Schrecklich, Frau Friedland, ganz schrecklich. Meine Muse hat mich verlassen. Nichts will mir mehr gelingen. Seit Tagen versuche ich, einen neuen Anfang zu finden. Die Dichte der Handlung überwältigt mich schier. Und dann hat mir ein guter Freund, der für eine Literaturagentur arbeitet, auch noch gesagt, heute müsse wenigstens ein kleiner Spritzer Erotik in einem Roman sein, sonst verkaufe er sich nie. Ich frage Sie, Frau Friedland – wie soll ich über Erotik schreiben?«

»Nun, Sie sind verheiratet, nicht wahr?«

Ich wusste es, es war ein Teufelchen. Wahrscheinlich hatten Alizias Karten doch recht.

»Sicher, sicher«, beeilte sich Herbert mit einem schrägen Seitenblick auf die Damen zu bemerken. Und damit ich ihn ja nicht falsch verstand, vertraute er mir an: »Nur in trockener Prosa will es mir nicht aus der Feder. Die Liebe bedarf der Poesie.« Ein leicht erhitzter Blick traf mich und dann die geflüsterten Worte: »Wie Sie ja aus meinen Versen ersehen können.«

»Sie sollten sich doch auch etwas um Frau Leidersdorf-Schulz-Bangelmann kümmern«, schlug ich nüchtern vor, denn der Besichtigungstermin schien in eine kritische Phase zu geraten, in der die Welten sozialer Unterschiede aufeinanderprallten. Der Tonfall zwischen den beiden Damen näherte sich der Gefriergrenze, und ich schob Herbert vor, damit er sich mit seinem ganzen Charme einbrachte. Dann unterstützte ich die Verhandlung mit dem Vorschlag, man solle sich doch die Räumlichkeiten im oberen Stockwerk ansehen. Dort hatte Frau Wenzel ihr Atelier und konnte wieder Pluspunkte sammeln.

Der Termin war keine gelungene Veranstaltung, aber wenigstens hatte ich bewiesen, potentielle Käufer bei der Hand zu haben. Mit einer Loseblattsammlung neuester lyrischer Anbetung verließ ich in strömendem Regen den Ort des Grauens, gewiss, dass mich spätestens übermorgen eine Absage von Frau Leidersdorf-Schulz-Bangelmann ereilen würde. Ich war lediglich gespannt darauf, wie sie sie diesmal formulierte.

Luzi traf ich in heller Aufregung. Sie sauste zwischen Sofa und Küche hin und her, flitzte mir ständig um die Beine und plapperte in ihrem mir leider nicht verständlichen Katzenkauderwelsch vor sich hin. Ich kontrollierte sicherheitshalber Futterschüssel und Katzenklo, aber alles schien in Ordnung zu sein. Nach draußen wollte die Süße auch nicht, was ich verstehen konnte, denn es hatte wirklich Bindfäden geregnet, und die Natur tropfte. Inzwischen war es allerdings etwas aufgeklart, und ich hoffte, es war jetzt für die nächsten Tage genug Feuchtigkeit, denn wenn ich wieder zum Musterhaus sollte, war die Besichtigung durchweichter Baustellen kein reines Vergnügen.

Viel los war auch nicht, nur ein Anruf blinkte auf dem Anrufbeantworter still vor sich hin. Ich drückte die Abhörtaste.

»Jetzt habe ich Sie schon zweimal um Rückruf gebeten. Sie haben's ja wohl nicht nötig, mich zurückzurufen!«, fauchte mich die adressen- und telefonnummerlose Frau Müller an. Zicke, die!

Und dann, als ich mich mit meinem kärglichen Abendessen in meine Sofaecke kuschelte, erfuhr ich, was Luzi so aufgeregt hatte. Über die Terrasse vor dem bodentiefen Schiebefenster paradierte ein graugetigerter Kater vorbei. Ich kannte ihn, er war ein alter Bekannter, der hier irgendwo in die Straße gehörte und schon früher häufig durch meinen Garten gestrichen war. Jetzt allerdings hatte Luzi diesen Bereich zu ihrem Revier erklärt und war entsprechend sauer auf den Eindringling. Mit aufgestellten Schnurrhaaren und entblößen Reißzähnen saß sie fauchend am Fenster und machte den Jungen an. Der – ganz Frechheit in Person – drehte sich um und markierte die Hausecke. Mit einem Satz war Luzi aufgesprungen, stand auf den Hinterbeinen und trommelte ein Furioso an die Scheibe. Was wiederum die Aufmerksamkeit des Getigerten weckte, der eine ähnliche Show auf der anderen Seite der Glasscheibe abzog. Du liebe Zeit, meine scheue Luzi konnte aber auch ein aggressives Geschöpf sein! Ihre sprühenden Augen und blitzenden Zähne waren regelrecht furchteinflößend.

Ihr Gegenüber war offensichtlich auch beeindruckt und ließ von der Scheibe ab. Aber erst, als er sich durch die Hecke verdrückt hatte, glättete sich Luzis Plusterschwanz wieder, und sie gab nur noch kleine, schimpfende Laute von sich, als sie sich wieder in die Küche trollte, um sich eine kleine Stärkung auf die Auseinandersetzung hin zu gönnen.

Der nächste Tag begann mit einem erfreulichen Termin – dachte ich. Denn zwei Parteien hatten zueinandergefunden und wollten vor dem Notar den Kaufvertrag unterschreiben, was bei mir immer zu einem Zahlungsfluss führt. Es lief auch ganz reibungslos. Theo Bittner ist nicht so ein furchtbarer Buchstabenfuchser wie sein Partner. Auch wenn das Vorlesen des Vertrages eine immer wieder anödende Sache ist. Besonders, wenn man dann noch Käufer hat, die alles genauestens erklärt haben wollen. Oder, wie ich es einmal erlebt hatte, ein ausländisches Ehepaar, das seine sämtlichen Deutschkenntnisse vergessen hatte und die ganze Angelegenheit mit einem Übersetzer gestaltet haben wollte. Noch nie hatte ich so lange in Bittners Büro gesessen. Und noch nie hatte ich den gutmütigen, geduldigen alten Herrn so nahe an der Grenze seiner Geduld erlebt.

Nun ja, diesmal war die Lesung schnell abgehandelt, die Unterschriften waren geleistet, und ich konnte in meinem Zeitplan eine Viertelstunde Luft verzeichnen. Mit freundlichen Worten geleitete ich die beiden Ehepaare in das chrom- und glasglänzende Vorzimmer und verabschiedete sie, dann wollte ich noch ein Schwätzchen mit Inge, der Herrin eben dieses Vorzimmers halten, als aus dem Büro von Bittners Partner zwei andere Parteien in Begleitung eines mir nicht unbekannten Maklers traten. Es blieb mir sprichwörtlich die Spucke im Hals stecken, als ich die hochgewachsene Gestalt mit den leicht gewellten blonden Haaren erkannte. Es war mir für einen Moment schlicht unmöglich, mich zu bewegen.

Engelbert hatte solche Probleme offensichtlich nicht. Mit einem widerlich freundlichen Lächeln auf den Lippen kam er auf mich zu, als ob nie etwas gewesen sei.

»Hallo, Viktoria! Na, auch mal wieder einen Abschluss gemacht?«

Ich versuchte zu schlucken, was nicht ging. Sprechen konnte ich auch nicht, mein Hals war vor lauter Wut wie zugeschnürt. Zu meinem Glück kam mir Inge zu Hilfe, die ihn nach seinem nächsten Termin fragte. Das gab mir Zeit, mich einigermaßen zurechtzurütteln und einmal tief durchzuatmen. Sobald wieder Leben in mich gekehrt war, sah ich eigentlich nur das Bild meiner fauchenden Luzi vor mir, wie sie am Tag zuvor den Getigerten angepfiffen hatte. Deshalb hatte ich auch meine Hände schon zu Krallen geformt, als sich Engelbert wieder zu mir umwandte und mir freundschaftlich die Hand auf die Schulter legte.

»Wie geht's dir denn so? Wir sollten uns vielleicht doch mal wieder treffen, was meinst du?«

»Ich habe nicht das Bedürfnis danach.«

Engelbert nahm mit der mir so vertrauten Geste die Brille ab und rieb sich die Augen.

»Aber, Viktoria, sei doch nicht so nachtragend. Wir können doch Freunde bleiben. Zumindest sind wir doch Kollegen.«

Ich hatte gerade noch so viel Selbstdisziplin, ihm hier in diesem vornehmen Anwaltsbüro keine Szene zu machen. Ich bemühte mich, sehr leise und sehr bestimmt zu sprechen.

»Engelbert, jedes Wort ist überflüssig!«

Es wurde ein ziemliches Zischen daraus, aber er ließ nicht nach, was ich mir eigentlich hätte denken können.

»Du, ich bin nicht mehr bei Thorwald und Part...«

»Frau Friedland, hätten Sie vielleicht noch eine Minute Zeit für mich? Da gibt es noch ein Thema, über das wir sprechen müssen.«

Nie war ich Theo Bittner so dankbar wie in diesem Augenblick. Ich drehte mich um, ließ Engelbert wortlos stehen und floh in Bittners nüchternes Büro. Er bat mich an seinen Schreibtisch und bot mir einen Tee aus seiner Thermoskanne an, was ein Zeichen größter Vertraulichkeit war. Und ich muss sagen, in diesem Moment schmeckte mir der Pfefferminztee besser als je zuvor.

Ein bisschen komisch war es aber dann doch, wie er sein Gespräch begann.

»Ja ... also ... ähem. Frau Friedland, ich sah Sie eben mit Ihrem – mhhh – Bekannten sprechen. Und da fiel mir ein ... Also, ich möchte Ihnen ja nicht zu nahe treten, aber ... Nun, da gibt es etwas, bei dem Sie eventuell einen gewissen Einfluss auf Herrn Große nehmen sollten.«

Mit wachsender Verblüffung hörte ich Theo Bittner zu. Ganz offensichtlich wollte er mir etwas Vertrauliches, vermutlich Peinliches mitteilen. Ich unterbrach ihn.

»Herr Bittner, ich rechne Engelbert Große nicht mehr zu meinen Bekannten.«

»Oh! Nicht? Nun, das ist vielleicht auch besser so. Ach herrje, was haben Sie denn da gemacht? Hier, nehmen Sie mein Taschentuch. Das ist nicht schlimm, das ist ja eigentlich nur heißes Wasser. Und die Papiere sind nur Kopien. Na, na ...«

Es war mir ja so unangenehm, aber meine ganze, mühsam zusammengebastelte Selbstbeherrschung war durch das Wiedersehen mit Engelbert zum Teufel gegangen. Meine Hände zitterten heftig, als ich sie mit Bittners riesigem Batistlappen abgetrocknet hatte. Er goss mir eine weitere Tasse Tee ein und redete mir gut zu, sie langsam auszutrinken. Dabei erzählte er.

»Sehen Sie, wir haben nicht mehr sehr viel mit Herrn Große zu tun, seit er von Thorwald und Partner weggegangen ist. Nur wenn seine Klienten darauf bestehen, kommt er noch zu uns. Aber mein Partner und ich haben es jetzt schon zwei Mal erlebt, dass es kleine Unregelmäßigkeiten in den Verträgen gab. Einmal hatten wir es mit versteckten Mängeln zu tun, und ein anderes Mal war da eine Sache im Grundbuch den Käufern nicht offengelegt worden. Ich sage ja nicht, dass das ein Verschulden des Maklers sein muss …«

»Muss nicht, Herr Bittner. Aber wenn Sie wüssten, wie Engelbert arbeitet, dann ist Ihr Misstrauen gerechtfertigt.«

Meine Hände zitterten immer noch, und ich stellte die Tasse vorsichtig ab. Theo Bittner ist wirklich ein gütiger Mann. Ich weiß gar nicht, womit ich das verdient hatte, denn mit einem väterlichen Tätscheln meines Armes forderte er mich auf, darüber zu reden. Und ich, die ich bislang nur Alizia von dem Desaster berichtete hatte – und ihr auch nur die gefühlsmäßige Seite –, schilderte zum ersten Mal, wie Engelbert mich ausgenutzt hatte.

»Sie wissen ja, ich habe damals bei Thorwald und Partner angefangen.«

»Ja, ich erinnere mich. Sie waren noch sehr jung und schon sehr ehrgeizig damals. Ich fand Ihre Art, mit den Klienten umzugehen, sehr erfrischend. Und Thorwald ist eine erstklassige Adresse.«

»Schmeicheln Sie mir lieber nicht. Vor sechs Jahren kam Engelbert, Herr Große, in die Agentur. Gerade als ich den Absprung in die Selbstständigkeit plante. Ich fand ihn damals hinreißend«, knirschte ich.

»Warum wollten Sie sich eigentlich von Thorwald trennen?«

»Ich glaubte, die Margen für einen allein arbeitenden Makler wären größer. Sind sie sicherlich, wenn man genügend Aufträge hat. Ich bekam ja auch ein paar große Sachen und hielt mich für eine gestandene Immobilienmaklerin. Ich kaufte mir selbst ein kleines Häuschen, und – nun ja, Engelbert wurde – wie Sie es so schön formulierten – mein Bekannter. Ich fand das ungeheuer gut, nicht ganz alleinzustehen, er konnte mir immer mal wieder sachkundigen Rat geben. Darum erzählte ich ihm auch von meinen einzelnen Aufträgen. Was für eine vertrauensvolle Gans ich war …«

»Sagen Sie nur, Ihr Freund hat Ihnen verkehrte Ratschläge gegeben?«

»Ratschläge?« Mein Lachen klang höhnisch. »Verkehrte Ratschläge? Nein, wahrhaftig nicht. Er hat sich allerdings sehr genau die Unterlagen angesehen, die ich bearbeitet habe. Exposés. Pläne, Anzeigen, Adressenkarteien und vor allem meinen Terminkalender. Erst ziemlich spät fing ich an, mich zu wundern, warum mir nach meinen anfänglichen Erfolgen mehr und mehr Geschäfte durch die Lappen gingen. Eigentlich hätte ich stutzig werden müssen, dass ich dabei vieles an Thorwald und Partner verlor. Aber ich war eben entsetzlich blöd. Dann hatte ich eines Tages einen Interessenten, der kurzfristig seinen Termin vorgezogen hatte. Ich fuhr mit ihm zu der in Frage kommenden Millionenvilla. Und aus der trat gerade mein Freund Engelbert mit seinen Kunden. Ich weiß nicht, wie ich den Termin durchgestanden habe, aber anschließend machte ich mir eine Reihe sehr unerfreulicher Gedanken darüber, ob da nicht ein übles Spiel mit mir getrieben wurde. Ich war verletzt an Herz und Finanzen. Also verfolgte ich meinen Kollegen und Hausgenossen heimlich auf seinen Wegen. Nach drei Wochen hatte ich so viele belastende Beweise, dass selbst die blindeste Liebe nicht mehr ausreichte, um das Verhältnis bestehen lassen zu können. So, jetzt ist es raus!«

Es herrschte eine Weile Schweigen in dem Büro, dann stand Theo Bittner auf und sah aus dem Fenster.

»Bitte betrachten Sie mich in diesem Fall in allererster Linie als Ihren Freund, Frau Friedland. Es tut mir leid, dass Ihnen das passieren musste, denn Sie haben in der Branche wirklich einen guten Ruf. Aber …«, er drehte sich zu mir herum, »haben Sie schon mal erwogen, Herrn Große wegen dieser geschäftsschädigenden Handlung zu verklagen?«

»Ja, habe ich, anfangs, als die Wut mir noch nicht jede Energie geraubt hatte. Aber jetzt möchte ich das nicht mehr. Ich will ihn einfach nicht mehr sehen und meinen Job in Ruhe machen. Es steckt zu viel Emotion in der Angelegenheit. Sehen Sie, wenn ein Fremder das gemacht hätte, würde ich wahrscheinlich in den Krieg ziehen. So allerdings reiße ich dabei nur Wunden auf, die mal eben gerade anfangen, zu verheilen.«

»Ja, das kann ich verstehen. Nun ja, Frau Friedland, vielleicht war es aber trotzdem ganz gut, Sie vorhin gebeten zu haben, über den Fall zu sprechen. Manches muss man sich auch mal vom Herzen reden. Es ist ja nicht ausgeschlossen, dass Sie Herrn Große dann und wann noch mal über den Weg laufen. Er ist zwar jetzt bei Immobkauf, die ja vornehmlich Gewerbeobjekte betreuen, damit ist er zumindest kein direkter Konkurrent mehr von Ihnen.«

Bei Immobkauf, oha! Das war eine Neuigkeit, die ich, wenn auch widerwillig, mir merken musste. Tja, und dann fiel mein Blick auf die Uhr, und leichte Panik kam auf. In fünf Minuten musste ich bei meinem Mietshaus sein. Mit ungebührlicher Hast verabschiedete ich mich von Theo Bittner und raste mal wieder mit jaulenden Reifen durch die Gemarkung.

Die Termine hielten mich bis zum Abend auf Trab. Das war auch ganz gut so, denn darüber vergaß ich zunächst einmal die Begegnung mit Engelbert. Und zu Hause war ich erst einmal zu müde, um darüber nachzudenken. Beim Abendessen kam ich auch endlich dazu, die Mittwochszeitung durchzublättern, um den Immobilienteil zu prüfen. Er ist zwar unter der Woche nicht so ergiebig, aber man sollte immer informiert sein. Ich fand meine vier Anzeigen, bewundernswerterweise ohne Druckfehler, das Doppelhaus, die Mietwohnungen, Ungermanns Wohnparadies und Wenzels Knusperhäuschen. Konkurrentin Ricarda hatte zwei Eigentumswohnungen und eine Doppelhaushälfte, die mir von Beschreibung, Lage und Preis überaus bekannt vorkam. Nun, *ich* hatte sie nicht auf Werners schmuddelige Haushälfte draufgehoben. Aber ich würde ihren Erfolg mit scharfen Augen überwachen. Vielleicht hatte ich mich ja doch vertan, und das ungepflegte Objekt war zu diesem Preis unterzubringen. Dann hätte ich wenigstens mal wieder einen Grund, mich richtig zu ärgern.

Ich ging mit dem Finger die Spalten weiter. Keine besonderen Bewegungen auf dem Markt. Aber dann entdeckte ich sie. Die private Anzeige. »Von Privat: supergepflegte Doppelhaushälfte.« Baujahr, Quadratmeter, Räume stimmten überein mit Ricardas Anzeige. Nur der Preis nicht, der war um genau die Maklercourtage niedriger. Besonders beeindruckte mich aber der Nachsatz, der da hieß: »Sie können dieses Haus natürlich auch zu einem höheren Preis über unseren Makler beziehen.« Folgend die Telefonnummer. Die hatte ich mir ja notiert. Das musste ich jetzt wissen.

Im gestreckten Galopp jagte ich in mein Büro, blätterte in meinem Terminkalender und fand auch die Nummer der Werners. Es war dieselbe! Sagenhaft. Da hatte ich ja noch mal Glück gehabt. So langsam konnte ich meinen Instinkten doch wieder trauen. Konkurrenz hin, Konkurrenz her, dieses Wissen würde mir einen genüsslichen Telefonanruf bei Ricarda verschaffen.

Sie hatte die Anzeige übersehen. Die Blütenlese an verbalen Foltermethoden, mit denen sie ihre Verkäufer dann bedachte, wäre es wert gewesen, auf Band aufgenommen zu werden, sofern das nicht die Elektronik vernichtet hätte. Mich wunderte schon, dass das Festnetz diesem erlesenen Wortschwall standhielt. Denn Ricarda kann man nicht unbedingt als eine Person bezeichnen, die auf den Mund gefallen ist.

Nachdem wir die Werners gerädert, gevierteilt und lebendig gehäutet zurückgelassen hatten, streiften wir die kleinen Vorfälle der Vergangenheit, wie etwa eine gewisse Penthousewohnung, die ich einem Herrn Schriver, und eine Dreizimmerwohnung, die sie einem Herrn Henning vermietet hatte, nun mit belustigtem gegenseitigem Verständnis. Dann vereinbarten wir in seltener Einigkeit, den uns bekannten Kollegen eine Warnung bezüglich der Werners weiterzugeben. Dabei kam – rein zufällig natürlich – auch das Gespräch auf Engelbert. Und ich war ganz froh, an diesem Vormittag meine Katharsis zu diesem Thema bereits hinter mich gebracht zu haben.

»Du weißt es wahrscheinlich, er ist als Partner bei Rudolf Schlichting gelandet?«, fragte Ricarda mit leiser, aber unüberhörbarer Neugier in der Stimme.

»Hab' ich heute morgen beim Notar erfahren.«

Womit die Beziehung einigermaßen klargestellt war.

»Hast du auch gehört, dass es ihm da nicht so besonders gut geht? Hat schon ein paar Sachen versiebt.«

Wollte Ricarda mir eine Freude machen?

»Interessiert mich reichlich wenig«, brachte ich scheinheilig hervor, was sie dazu verleitete, einige auserlesene Details seiner Pleiten durchschimmern zu lassen. Alles in allem war es ein durchaus befriedigendes Gespräch, bei dem Luzi sich wohlig auf meinem Schoß ausstreckte und auf Teufel komm raus schnurrte.

Versonnen nippte ich an meinem Glas Weinschorle und knabberte verbotenerweise ein paar Pistazien. Reines Fett, frei von

Ballaststoffen, das sich sofort auf die Hüfte legte, ohne irgendwelche Verdauungsorgane passiert zu haben.

Möglicherweise hatte die Konfrontation mit Engelbert zu einer endgültigen Befreiung geführt. Befreiung von Gefühlen wie zum Beispiel unterdrückter Wut, verletztem Vertrauen und einem Rest schmerzlicher Erinnerung an Liebe und Leidenschaft. Das geschändete Weibchen in mir hatte sich zusammengekuschelt in eine Ecke zurückgezogen und der Welt entsagt. Aber es litt keine Schmerzen mehr.

Luzi erhob sich von meinen Beinen, machte einen Buckel, schlug dann die Krallen der Vorderpfoten in die Polster und streckte sich etwa zwei Meter lang aus. Dann beschnüffelte sie mit ablehnender Miene die Schalen der Pistazien. Das war nichts im Vergleich zu Knusperkatz.

»Ja, ja, Luzerine, ich brauche auch mal ein Leckerchen«, entschuldigte ich mich. »Das habe ich mir heute verdient. Schließlich bin ich meiner Vergangenheit begegnet.« Ich streichelte ihr glänzendes Fell, und mir fiel ein: »Weshalb du ja überhaupt bei mir bist, nicht wahr? Wäre Engelbert nicht so ein Schwein, hätte ich mich nie bei Alizia ausgeweint, dann hätte ich auch nie in die schwarze Kerze gepikst und dich heraufbeschworen.«

Mich überkam ein Kichern bei der Gedankenfolge, aber Luzi sah mich wieder einmal mit diesem unergründlichen, bernsteinfarbenen Licht in den Augen an, dem ich nie widerstehen konnte. Es war mir, als könne man in den goldenen Tiefen versinken. Ihr Blick zog mich tiefer und tiefer in die leuchtenden Abgründe. Ich verlor irgendwie den Kontakt zur Wirklichkeit, hörte keine Geräusche mehr, fühlte meinen Körper nicht mehr, sah nur noch das warme, dunkle Nichts. Und dann war da plötzlich der Gedanke!

Vermutlich hatte ich mir meine Weinschorle während des Gespräches mit Ricarda etwas zu stark gemischt. Als Luzi von meinem Schoß sprang, war mir leicht schwindelig, und ich hatte Mühe, mich im hellen Licht der Deckenlampe zu orientieren. Darum stand ich entschlossen, wenn auch leicht schwankend auf und ging zu Bett.

Aber der Gedanke blieb!

Er war auch noch am Morgen da und faszinierte mich immer mehr. Was wäre, wenn das wirklich stimmen würde? Wenn es da wirklich einen Zusammenhang gab?

Die Einzige, die mir diese Frage beantworten konnte, war Alizia. Die war derzeit in ihrer Buchhandlung, wo ich sie mit solchen überkandidelten Themen nicht belästigen konnte. Aber ich konnte sie zu einem Sushi-Essen einladen. Nicht nur, dass sie dazu nie nein sagen konnte, auch mir schmeckte roher Fisch ganz ausgezeichnet, und ich hegte den nicht unberechtigten Verdacht, meine Zauberkatze würde sich an dem Mahl ebenfalls mit großer Zustimmung beteiligen.

Also rief ich meine Freundin an und teilte ihr mit, ich wolle heute Nachmittag eine Auswahl kleiner Gerichte bei dem japanischen Futter-Service bestellen. Ich hörte nur noch, wie ein Schwall Wasser in ihrem Mund zusammenlief, und sie sprudelte ein begeistertes »Ja, wann soll ich kommen?« heraus.

Da es Freitag war, widmete ich mich am Vormittag meinen literarischen Talenten und entwarf geschmackvolle Anzeigen. Das ging mir bei vielen Sachen locker von der Hand, nur bei Wenzels Alptraum-Villa stockte der kreative Fluss. Ein exklusives Knusperhäuschen hatten wir schon, das attraktive Anwesen im Landhausstil war abgearbeitet, das große EFH in interessanter Architektur breitgetreten, nichts hatte bislang gefunkt. Das Synonymwörterbuch für die große Lüge musste also wieder herhalten. Was fand sich denn unter »Haus«? »Bau«, na ja, das war es allerdings. »Bauwerk« auch, »Wohnsilo« war zwar originell und meiner Meinung nach auch recht passend wegen der ländlichen Atmosphäre, klang aber abwertend. Als »Bungalow« konnte man es eigentlich nicht bezeichnen. »Butze« gefiel mir persönlich ja richtig gut, und vielleicht konnte ich es als »Datscha« verkaufen?

Uneffektiv, alles völlig daneben. Also lieber das Adjektiv ändern. Das Haus musste etwas »Außergewöhnliches« sein. Unter »außergewöhnlich« fand sich »erstaunlich«, was sicher stimmte, aber misstrauisch machen würde. »Extraordinär« hätte ich in diesem Falle auseinandergeschrieben, denn extra ordinär war es mit Sicherheit. Die Vorschläge »unvergleichlich« und »überwältigend« waren überzogen, und »märchenhaft« hätte mir bei dem Knusperhäuschen einfallen müssen. Aber »spektakulär« fand ich gut.

Die Beschäftigung mit diesem Haus hob meinen Wortschatz auf ein ganz unerwartet hohes Niveau. Also hatte ich mein Haus in spektakulärer Bauweise an einem anheimelnden Örtchen. Mal sehen, ob es das jetzt brachte. Aber die extra ordinäre Butze von abseitiger Lage blieb doch auf meinen Schmierzetteln vermerkt.

Luzi verlangte Auslass und ich mein Futter. Anschließend war es umgekehrt.

Alizia kam pünktlich um acht und beeindruckte mich mal wieder durch eine rabenschwarze Lockenpracht. Sie pflegt diesen Stil, auch wenn sie diesmal ganz weltlich in Jeans und Bluse gekleidet war. Ich war höchst gespannt, wie Luzi und sie aufeinander reagieren würden.

Meine Katze, die eben eine Kostprobe von dem rohen Fisch getestet hatte, kam misstrauisch aus der Küche geschlichen, als wir uns in dem kleinen Flur begrüßten.

»Ahh, ist das deine dunkle Lichtbringerin?«

Alizia ging nach unten und Luzis Schwanz nach oben. Grazil schlenderte diese ansonsten so menschenscheue Katze auf die ausgestreckten Hände von Alizia zu und gurrte zärtliche Begrüßungsworte. Alizia antwortete ihr in gleicher Tonlage, und eine Freundschaft wurde geschlossen. Ganz offensichtlich hatten die zwei ihre verwandten Seelen entdeckt, und ich fragte mich, wozu ich meine hexische Freundin überhaupt eingeladen hatte. Die Geste sollte meine Zweifel eigentlich beheben.

Wir hatten alle drei mit großem Genuss die Teller geleert und dabei nichts Magenbedrückenderes als die letzten Bestsellerlisten diskutiert, bis Alizia plötzlich die Sache auf den Punkt brachte.

»Also, Viktoria, du hast mich doch nicht aus reiner Menschenliebe eingeladen. Irgendetwas liegt dir doch mal wieder auf dem Herzen, oder? Neue Pleite im Liebesleben? Der Mann mit der sinnlichen Stimme?«

»Unsinn. Mein Liebesleben ist derzeit frei von Herzensdingen. Aber es geht um das Liebesleben anderer, da hast du schon recht. Ich meine, ich habe einen seltsamen Verdacht, und ich hoffe … öh … na ja … Es ist ziemlich komisch.«

Jetzt, so nüchtern und bei Licht besehen, fiel es mir schwer, meine seltsamen Ideen zu formulieren.

»Du hast etwas Seltsames erlebt. Einen Zufall?«

Alizia legte sich mit angespannten Ohren tief durchatmend in die Kissen und war ganz Aufmerksamkeit. Luzi kroch mit ihrem vom Abendessen geschwollenen Hängebauch träge auf ihren Schoß und fand noch nicht einmal die Kraft, zwei, drei Tritte in Alizias Magen zu landen, wie sie es gerne bei mir tat.

Ich dachte nach. Ja, als Zufall konnte man es bezeichnen. Einigermaßen befangen erzählte ich von den wirklich zufälligen Momenten, in denen Luzi Gerold, Herbert Wenzel und Heinz Ungermann fixiert hatte, und wie anschließend die drei Herren eine ungewöhnliche Neigung zu mir gefasst hatten.

»In der Tat, Zufälle, meine liebe Viktoria!«, meinte Alizia und streichelte geistesabwesend die genusssüchtige Katze, die rechts und links von ihren Beinen hing. Dabei grinste sie irgendwie hinterhältig, was mich misstrauisch machte.

»Du glaubst also auch, Luzis Blick ist der Grund, dass sich jemand in mich verliebt.«

»Nein, wir haben hier den Fall: Luzi sieht einen Mann an – und er verliebt sich. Erkennst du den Unterschied?«

Alizias höhere Weihen schienen mir zu fehlen, mir fiel der Unterschied nicht auf. Sie erklärte noch einmal: »Ihr Blick ist nicht ein ›weil‹, sondern ein ›und‹. Hast du schon einmal vom Begriff der Synchronizität gehört?«

»Klar, ich weiß, was synchron ist, seit das Affentheater des Synchronschwimmens bei der letzten Olympiade zur anerkannten Disziplin wurde.«

»Viktoria, du bist eine Ignorantin. Ich spreche nicht von Gruppenplanschen und solchen Albernheiten, sondern von synchron auftretenden Ereignissen. Zum Beispiel von sogenannten Zufällen.«

»Ach, hör mir auf …!«

»Ich dachte, du wolltest eine Erklärung?«

Hatte ich eigentlich gewollt, aber Alizias seltsame Abhandlungen waren mir zu unlogisch. Ich sagte es ihr.

»Nicht alles ist logisch und kausal erklärbar. Ich weiß, ich weiß, du hast jetzt keinen Nerv mehr dafür. Aber trotzdem, lass mich noch einen Satz dazu sagen.«

»Tu, was du nicht lassen kannst. Außer dich gewaltsam zu knebeln bleibt mir ja keine andere Chance, als dir zuzuhören«, seufzte ich resigniert.

»Nicht böse sein, Viktoria. Du hast mit dem Ritual vor einem Monat die eine Hälfte eines Ereignisses eingeleitet. Und du erlebst jetzt das Eintreten der zweiten Hälfte, das ist die Synchronizität. Luzi kam zu dir, *und* die Männer verlieben sich, wenn sie sie ansieht. Ist doch etwas Feines, das zu wissen. Wer weiß, vielleicht läuft dir dein verflossener Engelbert wieder über den Weg.«

Ein Klirren, und das Weinglas lag in Scherben auf dem Boden. Luzi gab einen protestierenden Maunzer von sich.

»Hab' ich was Falsches gesagt?«, fragte Alizia harmlos.

»Du bist eine miese Hexe. Gestern hab' ich den Stinker getroffen. Und was meinst du wohl, warum ich so viel Geld bei unseren schlitzäugigen Freunden gelassen habe, um dich mit rohem Fisch hierherzulocken?«

»Ach ja? Erzähl!«

Ich merkte bei meinen Schilderungen der Ereignisse, dass mir die Geschichte diesmal noch etwas leichter von den Lippen ging. Alizia nickte befriedigt, schwieg aber. Ich hing ebenfalls einige Minuten meinen Gedanken nach, bis ich die alles bewegende Frage stellte.

»Woher kommt Luzi?«

»Was weiß ich? Vermutlich aus einer Hecke.«

»Alizia, du hast mir einen Akt schwarzer Magie aufgezwungen, und ich Rindvieh habe ein paar düstere Worte nach deinen Anweisungen gemurmelt. Bisher habe ich dem nicht viel Bedeutung beigemessen. Außer es war vielleicht ein psychologischer Trick deinerseits, mich von meiner Lethargie zu befreien. Inzwischen kommen mir so meine Zweifel.«

»So?«

»Ja – so!«

»Ich dachte, du glaubst nicht daran, dass man mit Magie die Realität beeinflussen kann?«

Da hatte sie mich. Natürlich glaubte ich nicht daran.

»Ich glaube nur, was ich sehe.«

»Schön, und was siehst du bei Luzi?«

»Eine schwarze Katze«, antwortete ich verstockt.

»Die Männer anstarrt.«

Luzi hob den Kopf und – nun ja, ihr Gesichtsausdruck ähnelte etwa dem, den sie hatte, als sie mir heimlich die Wurst vom Brötchen geklaut hatte. Es gab nur eine Bezeichnung, und die hieß »schuldbewusst«.

Mir schwirrte der Kopf. Verstand die Katze mich denn?

Ich muss sehr unglücklich ausgesehen haben, denn Alizia versuchte, mich zu trösten.

»Du hast es einfacher, wenn du ein paar Dinge akzeptierst, die du nicht verstehst. Ich meine, du lebst ja auch damit, dass du elektrisches Licht anschaltest, ohne genau zu wissen, wie das funktioniert, nicht wahr?«

»Das ist doch etwas ganz anderes«, begehrte ich auf und warf Alizia ein schlagend logisches Argument an den Kopf. »Wenn ich es auch nicht verstehe, so gibt es doch durchaus verständige, ganz reale Ingenieure und Elektrotechniker, die wissen, wie es funktioniert.«

»Eben.«

»Was heißt eben?«

»Die gibt es auch für die magische Technik.«

»Alizia, hör auf, mich auf den Arm zu nehmen. Du willst mir doch nicht weismachen, dass mit ein bisschen Kerzengeflacker und dumpfem Singsang die Hebel der Welt bedient werden. Das ist mir zu simpel.«

»Ja, das wäre auch simpel. Aber wenn du es richtig gemacht hast – und das scheint mir beinahe so –, dann kann man damit schon etwas bewegen. Nicht mit der Kerze allein, natürlich.«

»Klar, ich habe aus dem Nichts eine Katze geschaffen. Was machen wir das nächste Mal? Ich bräuchte ein neues Auto.«

Sicher, es klang Hohn in meinen Worten mit. Und ich wurde etwas reumütig, als ich merkte, wie sehr sich Alizia in Geduld übte, mir die Sache aus ihrer Sicht aus zu erklären.

»Wenn du es wirklich willst, Viktoria, bekommst du es auch.«

»Ja, ich kann zu einem Autohändler gehen. Wenn ich will.«

»Auch auf die Gefahr hin, dass ich mich wiederhole – eben!«

Ich holte tief Luft, um zu antworten, dann ließ ich es.

Ich wollte ja, dass Engelbert so leiden sollte wie ich. Ich wollte ja meine gekränkten Gefühle in seinem Blut baden. Und jetzt hatte ich zufällig, wenn das stimmte, mit Luzi die Waffe dafür. Nur …

»Was ist Luzi?«

»Ein zufälliges Ergebnis. Du – ich weiß es auch nicht. Aber wenn du dir eine völlig verrückte Theorie anhören willst, so würde ich mal sagen, sie ist einfach eine Katze, die dir zugelaufen ist. Aber in Verbindung mit ihr hast du auf Männer eine ganz besondere Ausstrahlung, weil du ja eigentlich an Luzis und ihre Fähigkeiten, dich zu rächen, glauben willst.«

»Ich will aber nicht auf alle Männer so eine Ausstrahlung haben. Das fängt an, mich zu nerven. Vor allem bei meinem Minnesänger und Gerold, dem Klebrigen. Bei Ungermann macht das ja eventuell sogar noch Spaß, und bei Engelbert hätte es den gewünschten Effekt. Aber die anderen …?«

»Es passiert doch sowieso nicht bei jedem Mann, oder?«

Damit hatte sie recht. Ich überlegte, wie eigentlich die Konstellation bei den einzelnen Fällen war.

»Es passierte nur, wenn ich wütend auf den jeweiligen war.«

»Aha, du bist wütend auf einen Mann. Und Luzi, meine kleine Zweitonnenkatze hier, merkt das und schaut ihn an.« Alizia lächelte und kraulte den schwergewichtigen Pelzbeutel auf ihrem Schoß, dem eindeutig Schlafgeräusche entwichen. »Luzi, nicht jeden, auf den Viktoria böse ist, musst du in sie verliebt machen. Das galt nur für den einen.«

Warum spitzte die Katze gerade jetzt die Ohren?

»Weißt du was, Alizia, ich werde das Gefühl nicht los, dass du mich permanent auf die Schippe nimmst.«

Zu meiner Überraschung nickte sie.

»Da mag was dran sein. Aber das liegt auch daran, weil du manche Dinge anders siehst als ich. Wir sollten in ein paar Wochen noch einmal darüber sprechen. Jetzt überlegst du dir erst mal, ob du den Engelbert nicht noch einmal einladen solltest. Ah ja, Rache kann soooo süß sein. Ich bin mir sicher, Luzi kann dir unter den gegebenen Bedingungen äußerst behilflich sein, nicht wahr, du Hübsche?«

»Schnurrrrrrr!«, war Luzis Beitrag.

»Und wenn nicht?«

»Was hast du zu verlieren?«

Ich überlegte kurz und stellte dann fest: »Äh – nichts!«

»Na dann. Tu, was du willst. Aber jetzt muss ich gehen, Viktoria, Mitternacht rückt näher, und wir haben heute noch ein kleines Treffen.«

So viel zum Nachtleben moderner Hexen.

Am Samstag vertrieb mir ein Haufen Termine jeden Gedanken an Magie oder Zufälle. Ich war redlich geschafft und beschloss, früh zu Bett zu gehen, um mich einmal richtig auszuschlafen. Luzi war anderer Meinung, sie hatte wohl noch eine wichtige Verabredung im Garten. Darum ließ ich das Schlafzimmerfenster offen, damit sie hereinkommen konnte, während ich schlief.

Nur das mit dem Einschlafen wollte nicht funktionieren. Eine Unmenge Gedanken fingen an, in meinem Kopf umherzuwandern, sowie ich ihn auf das Kissen gebettet hatte. Häuser, Wohnungen, mögliche Käufer und Mieter, Risiken, Verluste, unbezahlte Rechnungen schwirrten nur so umeinander. Mal war ich kurz davor, aufzuspringen, um mir wichtige Gedanken zu notieren, doch dann zwang ich mich, liegen zu bleiben, zählte Dutzende von Schäfchen, machte Atem- und Entspannungsübungen, bekam Horrorvorstellungen von geplatzten Terminen und plötzlichen Unfällen, von Konkurrenzkämpfen und Krankheiten. Und Selbstmitleid begann, mich wie eine schwarze Wolke einzuhüllen. Auf der ganzen Welt gab es niemanden, der sich um mich kümmerte. Es gab keinen, der mich vermissen würde, wenn ich eines Morgens in der Dusche ausrutschte und mir das Genick brach. Niemand, der mir bei der anschließenden Lungenentzündung heiße Brühe ans Bett brachte, niemand, der sich fürsorglich um mich kümmerte, wenn ich mit Depressionen und schlechter Laune meine Umgebung vergiftete. Nicht, dass ich so jemanden willkommen geheißen hätte – nein, den armen Menschen würde ich natürlich wegbeißen. Aber wie schön wäre es, wenn er dann trotzdem wiederkommen würde und sich wieder wegbeißen ließe. Und wieder und wieder und wieder, bis alle Dunkelheit aus mir herausgebissen wäre.

Ich hasste diese Gefühle, ich hasste mich selbst, ich beschimpfte mich, ich versuchte, mich mit rationalen Argumenten zu beruhigen. Hatte ich nicht eine Freundin, die ich anrufen konnte, hatte ich nicht gar Eltern, zu denen ich kriechen konnte, wenn nichts mehr ging? Hatte ich nicht drei Männer, die sich in Liebe zu mir verzehrten?

Nur, Alizia hatte einen Mann, einen Beruf und ein aufwendiges Hobby. Klar würde sie mir heiße Brühe ans Krankenlager bringen – aber stundenlang meine schlechte Laune ertragen? Und zu meinen Eltern? Zurückkriechen? Nie! Nie, davor war der Stolz. Wie oft hatte ich mir von ihnen anhören müssen, ich schaffe den Job nicht alleine, meine Freunde seien nicht akzeptabel und mein Lebensstil gefalle ihnen nicht. Nein, ihnen gegenüber nur Erfolgsmeldungen und Lorbeeren. Tja, die drei Männer? Herbert Wenzel verheiratet und für mich ohne jegliche Anziehungskraft. Obwohl, er gehörte zu denen, die man wieder und wieder wegbeißen konnte. Aber sonst? Gerold? Am Krankenbett? Eher legte der sich daneben, als eine Hilfe zu sein. Heinz? Konnte man weder wegbeißen noch sich mit der Teetasse am Siechenlager vorstellen. Immerhin hatte er eine gewisse Anziehungskraft.

Wenn ich es mir so recht betrachtete, litt ich unter einem extremen Anfall von Einsamkeit... Ach, Mist! Was für ein übles Schicksal hatte mich in diese Lage gebracht? War nicht der betrügerische Engelbert besser als gar kein Mann? Und nicht einmal meine Katze befand es für nötig, sich zu mir zu gesellen. Ach, Luzi! Luzi ...

»Luzi?«

Ein nachtschwarzer Schatten mit glühenden Augen landete mit einem eleganten Sprung vom Fensterbrett auf meinen Bauch.

»Maumau!«, sagte Luzi und begann, sich sorgfältig die samtige Brust zu putzen. Darüber schlief ich endlich ein.

Am Sonntagmorgen war ich zum Glück wieder von ungeheurem Tatendrang erfüllt und überwand mich tatsächlich, in die Joggingschuhe zu schlüpfen und mich über den motivierend ausgestalteten Waldpfad zu quälen, der der überfütterten Menschheit Naturverbundenheit und Kalorienverbrauch suggerierte. Ich war mir ganz sicher, dass früher die drei Kilometer viel kürzer und der Anstieg auf dem Rückweg lange nicht so steil wie das Matterhorn gewesen waren. Die Hinweise auf fröhliches Baumstämmestemmen und Kniebeugen auf Kiefernnadeln ignorierte ich geflissentlich, auf mich wirkte viel motivierender, dass mir, als ich in die Zielgerade einbog, Ricarda begegnete, die ihren Pfeifenstopfer von Hund ausführte. In einem orangefarbenen Kleid, das keine Frage zu ihrer Modellfigur offen ließ. Leutselig winkte sie mir zu, als ich wie eine verendende Dampfmaschine an ihr vorbeischnaufte.

Keuchend, mit hochrotem Kopf und schweißnassen Haaren landete ich dennoch irgendwann wieder vor meiner Tür, wo mich Luzi – und das sah ich deutlich – hämisch grinsend von der Papiermülltonne herunter begrüßte.

Aus einem weißen Kabrio begrüßte mich ein glückselig grinsender flotter Fuffziger.

»Hallo, meine sportliche Viktoria! So fleißig schon am frühen Morgen? Hätte ich das gewusst, wäre ich bestimmt mitgekommen.«

Eine schreckliche Vision packte mich. Ich meine, ich bin schon nicht die Fitteste, aber mich dann auch noch mit einem leicht übergewichtigen Mittfünfziger kurz vor dem Herzinfarkt durch den Wald zu wälzen, das überstieg meine Kräfte. Da ich noch immer nach Luft rang, ersparte ich Gerold allerdings die Schilderung dieses Gemäldes und schniefte nur: »Geh jetzt duschen!«

»Darf ich mitkommen?«, lüsterte er mich an.

»Nein!«

»Aber ich darf auf dich warten, ja? Wir können zusammen Mittag essen gehen, irgendwo draußen.«

»Was meinst du, warum ich wohl durch den Wald rase? Wenn du keine anderen Vorschläge hast, kannst du verschwinden.«

»Viktoria, sei doch nicht so streng mit mir«, schmollte Gerold und zog doch wahrhaftig eine Schnute. Aber ich stand unter Dampf. Er hatte mir in den vergangenen Tagen ein paarmal zu oft gefühlvolle Texte aufs Band gehaucht. Und das Dumme war, dass ich die im Gegensatz zu Herbert Wenzels geschriebenen Liebeleien zur Kenntnis nehmen musste, weil sie zwischen den geschäftlichen Anrufen geparkt waren. Ich sah also kurz und verächtlich in Gerolds Schmolleschnute und schlug dann die Haustür demonstrativ hinter mir zu.

Nachdem ich mich geputzt und gebürstet hatte, eine weiße

Leinenhose und ein lose fallendes Seidenshirt über mein hoffentlich bald wieder erstrafftes Bäuchlein gezogen hatte, stand ich mal wieder vor dem Problem, was ich mit einem sonnigen Sonntag anfangen sollte. Nicht, dass sich auf meinem Schreibtisch nicht noch ausreichend Arbeit gestapelt hätte. Aber selbst der Alte mit dem Rauschebart da oben hatte am siebten Tag geruht. Darum quälte ich mich also mit meiner Gottähnlichkeit und der damit verbundenen Langeweile herum.

Eigentlich war es ja doch ganz nett von Gerold, vorbeizukommen, um mit mir den Sonntag zu verbringen ... Eigentlich. Von allen Verehrern war er der zuverlässigste. Ich zögerte noch einen Moment, dann griff ich zum Telefon und wählte seine Nummer.

Er war höchst erfreut. Natürlich könnten wir ein wenig durch die Gegend bummeln. Den Künstlermarkt in der Altstadt, ja, den wollte er sich auch schon immer mal ansehen. Und er habe auch noch eine kleine Überraschung für mich.

Na gut, dann Gerold.

Ich gab mich distanziert und genoss den Fahrtwind im Kabrio. Wir schlenderten im Sonnenschein durch alte Gässchen, fanden den Markt, wo fleißige Hausfrauen ihre selbstgestickten Sofakissen, selbstbemalten Seidentücher, selbstgebastelten Trockenblumenkränzchen, selbstgenähten Servierschürzchen und selbstbeklebten Lampenschirme verkauften. Natürlich trafen wir auch, wie sollte es anders sein, Frau Wenzel mit ihren selbstgetöpferten Abnormitäten und Holzbrettchen mit Bauernmalerei. Trautes Heim und so weiter. Bei ihr der Gatterich Herbert, der mir einen waidwunden Blick zuwarf, als ich ihm am Arm von Gerold freundlich zunickte. Vermutlich würde heute Abend die Fortsetzung von Werthers Leiden entstehen. Im hinkenden Klumpversfuß.

Immerhin, ich war gelassenen Mutes und bereit, mir das Angebot gefallen zu lassen. Gerold neben mir war ebenfalls bereit, auf jede meiner positiv geäußerten Würdigungen eines Ausstellungsstückes sofort eine der Unmöglichkeiten zu erstehen. Ich konnte ihn nur mit Mühe daran hindern, mir ein Seidenkissen mit Pinguin, einen geschnitzten Bratenwender, eine glupschäugige Stoffpuppe und ein Tiffany-Fensterbild mit Nessi in schrillem Meergrün zu kaufen. Allerdings fand ich ein gläsernes Mobile ganz hübsch und erlaubte ihm den Spaß. Dann ließ ich mich sogar breitschlagen, das überfüllte Eiscafé aufzusuchen, wo wir wundersamerweise einen Platz in der ersten Reihe bekamen. Eingedenk meiner morgendlichen Aktivitäten bestellte ich eine kalte Zitrone, während der flotte Fuffziger seinen Rettungsring auf der Hüfte mit einer Copa Curiosa anfüllte.

Es war warm, ein laues Lüftchen wehte, gutgelaunte Menschen spazierten an uns vorbei. Ich beobachtete entspannt das Treiben auf dem Marktplatz, scherzte mit Gerold und war eigentlich richtig guter Laune.

Das orangefarbene Kleid fiel mir natürlich sofort auf. Der übergroße, schlanke Begleiter mit dem harten Gesicht auch. Ich musste die dazugehörige angenehme Stimme gar nicht hören, die mit Ricarda flirtete.

Die Zitrone war eindeutig zu kalt und zu sauer gewesen. Sie wirkte sich nicht besonders gut auf meinen leeren Magen aus, und ein übersäuerter leerer Magen führt bei mir regelmäßig zu ebenfalls übersäuerter Laune. Ich schob den quallig in seinem Plastikstuhl hängenden Gerold an, sich endlich auf die Beine zu stellen und in Bewegung zu kommen. Wir verließen die Altstadt schweigend, und ich bat darum, nach Hause gebracht zu werden.

»Aber natürlich, Viktoria. Geht es dir noch immer so schlecht?«

»Mir geht es nicht schlecht.«

»Ach, ich dachte. Weiß du, eventuell hättest du doch etwas essen sollen.«

Eventuell hatte er ja recht, und ich bemühte mich um Höflichkeit.

»Darf ich noch mit reinkommen?«, fragte er dann vor dem Haus.

»Nein, ich habe genug gebummelt für heute. Morgen ist Makler-Großkampftag, ich habe noch zu tun.«

Er kam aber doch noch mit ins Wohnzimmer, denn er wollte unbedingt loswerden, was er in seinem Plastikbeutelchen des ortsansässigen Reisebüros mit sich herumschleppte.

»Ich will dich nicht mehr lange stören. Aber – das hier, das war meine Überraschung. Sieh es dir wenigstens an.«

Er drückte mir einen Umschlag in die Hand, den ich verdutzt aufmachte. Er enthielt zwei Flugtickets. Und Hotel-Voucher. Datiert vom ersten bis vierzehnten Juli. Und das alles an der türkischen Riviera.

»Hier ist der Katalog, sieh mal, diese Seite ... Es ist das beste Hotel, mit zwei Pools und Vollpens ...«

»Fahr mit deiner Frau dahin, die hat Urlaub genauso nötig wie du. Ich habe Termine zu der Zeit.«

Was bildete sich dieser Freizeit-Macho eigentlich ein! Himmel, diese Vorstellung: ich mich am Strand mit einem schwitzenden, unflotten Fuffziger langweilen, der vermutlich sein schütter werdendes Goldhaar mit einem weißen Käppi schützen musste und dessen behaarter, schwammig bleicher Bauch über dem engen Badehöschen sich langsam in der Sonne rötete. Das alles zwischen sandmatschenden Kleinkindern. Pfui Deibel! Der Gedanke war der absolute Erotikkiller. Energisch drückte ich ihm die Tickets in die Hand und ihn dann aus der Tür.

Sogar Sonntage gehen vorbei, wenn auch langsam. Als dann die Sonne hinter dem Hügel verschwand, folgte ich Luzi ins

Wohnzimmer, und wie von selbst bewegte sich der Ferienkatalog in meine Finger. Es war schon eine ganze Weile her, eigentlich beinahe zwei Jahre, seit ich das letzte Mal so richtig Urlaub gemacht hatte. Mit Engelbert in Italien.

Ach ja, mal wieder so richtig alles hinter sich lassen, keine Eigentumswohnungen mit Hinterhofblick, keine Waldvilla im dunklen Tann, keine drängelnden Käufer, keine quengelnden Mieter, keine schmachtenden Männer, nur ein Zimmer mit Meerblick, Wellenrauschen, ein einsamer Strand und blauer Himmel.

Dieses Bild von Fuerteventura machte mich träumen. Kilometerlang nur Sand und Wasser, Berge, durch die die Seele baumeln könnte, saftige Tomaten zum Frühstück und abends vielleicht ein kleiner Cocktail …

Auf meinem Konto war dank Ungermann ein dickes Plus. Und – ach was – ins Grab konnte ich das ja doch nicht mitnehmen, und Alizia würde Luzi bestimmt für vierzehn Tage nehmen.

Ich war reif für die Insel!

Am Montag früh hatte ich für die übernächste Woche gebucht, am Nachmittag traf ich mich mit Michael und Uschi Peterson, die mir von Philipp Henning geschickt worden waren. Sehr sympathische Leute. Sie sprachen von Eigentum und stellten sich vier Zimmer vor, da in Bälde, aber noch nicht sichtbar, die Familie sich vergrößern würde. Mein Gefühl sagte mir, ich hatte die einzigartige Lösung für sie. Nur waren sie selbst noch nicht darauf gekommen.

»Sie sind ausschließlich an einer Wohnung interessiert, Frau Peterson?«

Die Höhle suchten schon immer die Frauen des Stammes aus.

»Na ja, wir wohnen jetzt zur Miete und sind ganz zufrieden.

Mit einem Haus, befürchte ich, werde ich zu viel Arbeit haben, wenn Sie darauf hinauswollen.«

»Und es sprengt auch unseren finanziellen Rahmen, vor allem in der ersten Zeit, wenn meine Frau nicht mehr arbeitet.«

So ehrliche Käufer mag ich.

»Für das, was Sie für die Wohnung angesetzt haben, bekommen Sie zwar kein freistehendes Einfamilienhaus, Erstbezug und Waldrandlage, aber eine Doppelhaushälfte ist da schon drin.«

Beide sahen mich zweifelnd an. Luzi kam ins Büro geschlichen, und ich schnappte sie mir, um sie mit energischem Griff ins Freie zu befördern. Keine Komplikationen jetzt!

»Bitte glauben Sie nicht, ich wolle Sie mit Gewalt in ein Objekt drängen, was ich unbedingt loshaben will. Ich habe Ihnen ja schon drei Exposés von Wohnungen zugeschickt.«

»Ja, vielen Dank auch. Wir haben uns die Häuser auch schon von außen angesehen.«

Michael Peterson sah nicht ganz so hingerissen aus, seine Frau sprach es aus: »Das eine liegt ja ganz schön, aber – na ja, die…, also, es könnte wohl mal renoviert werden. Und die beiden anderen sind ja mitten im Zentrum.«

»Wie gesagt, in dem Umkreis, den Sie mir genannt haben, kann ich Ihnen augenblicklich nichts anderes anbieten. Sie können natürlich zu meiner Konkurrentin gehen, Herr Henning kennt sie auch. Oder sich dies hier doch vielleicht mal ansehen.«

»Philipp hat uns strengstens verboten, zu der Maklerin zu gehen, die Ihnen das Geschäft weggeschnappt hat«, stellte Uschi Peterson kichernd klar und nahm die Pläne meiner liebsten Doppelhauskunden entgegen. Beide vertieften sich darin, und eine Weile herrschte Schweigen im Raum. Ich beschäftigte mich angelegentlich mit meiner Adressendatei und klapperte eifrig mit den Tasten. Für neue Ideen muss man den Menschen Zeit lassen.

Aber die beiden brauchten nicht lange.

»Das liegt ja ausgesprochen günstig, wenn ich das auf dem Lageplan richtig sehe.«

»O ja. Ruhige Nebenstraße, Neubaugebiet, Bushaltestelle zur Innenstadt …«

»Was meinst du, Uschi, sollten wir …?«

»Mhh. Ich denke, ja. Frau Friedland, meinen Sie, wir könnten statt zu den Wohnungen eventuell jetzt dorthin fahren? Weil, wir haben sonst nicht so viele Möglichkeiten, etwas gemeinsam anzuschauen, denn ich muss ja immer extra herfahren.«

Da ich sogar den Haustürschlüssel hatte, war nur ein Anruf nötig. Aber ich hatte Glück, die Besitzerin war zu Hause.

Mein Gefühl hatte mich nicht getrogen, es war das berühmte Blitzen in den Augen von Uschi Peterson. Ganz abgesehen davon hatte sich sofort ein ausgesprochen positives Verhältnis zu der Dame des Hauses eingestellt, und ich ließ die Parteien, ohne mich groß einzumischen, einander die Vorzüge des Geschäftes erklären. Es gibt im Leben solche Glücksfälle.

Als eine kleine Info am Rande erfuhr ich dann noch, die Nachbarin, diese nette Frau Werner, habe keinen Makler mehr gefunden und denke jetzt darüber nach, das Haus doch um einiges billiger privat zu verkaufen. So etwas nennt man »Lernen am Markt«. Nicht, dass ich ihr dazu besonders großen Erfolg gewünscht hätte.

Tags drauf war ich noch einmal eifrig bei der Arbeit und verkaufte von drei Besichtigern einem ein Haus aus Ungermanns Kontingent. Und ich überlegte stark, ob ich nicht noch eine Woche Urlaub dranhängen sollte.

Es war noch immer schön, ja fast ein wenig zu warm für Ende Mai. Ich reckte mich, schloss das Musterhaus hinter mir ab und sah zum See hinunter. Die Baustellengeräusche waren verstummt, stattdessen sangen die Vögel in den Gärten. Kurz entschlossen machte ich mich zu einem Spaziergang auf. Es war wirklich ein bezauberndes Areal. Ich durchstreifte es eine halbe Stunde bis zum Bauzaun auf der anderen Seite und wanderte dann langsam mit länger werdendem Schatten zurück. Bevor ich zu meinem Wagen ging, blieb ich noch eine Weile stehen und sah auf das golden glitzernde Wasser hinaus.

Ein Arm legte sich um meine Schulter, und eine Stimme murmelte: »Schön, nicht?«

Ich war nur mäßig erstaunt, meinen Stadt-Atlas neben mir zu entdecken. Doch heute war er nicht, wie ich ihn bislang kannte, im strengen Geschäftsanzug, sondern in Jeans, offenem Hemd und Lederjacke, die dunklen Haare vom Wind in die Stirn gezaust, weshalb ganz urplötzlich das Weibchen in mir sein träges Haupt erhob. Und ich meines leicht gegen die atlantische Schulter legte.

»Wir könnten im Dorf eine Kleinigkeit zusammen essen, was hältst du davon, Viktoria? Wie ich hörte, warst du heute ja schon wieder erfolgreich für mich tätig.«

Mir kam das in diesem Moment gar sehr entgegen, und wir verbrachten eine nette Stunde in der dörflichen Gastronomie. Viel sprachen wir nicht, denn ich hatte den ganzen Tag gesabbelt, und Heinz Ungermann war offensichtlich auch nicht nach Reden zumute. Das Schweigen war nicht unangenehm, nicht wie bei Gerold, für den Schweigen immer Verbergen von Gefühlen oder Vorwurf bedeutete. Heinz verbarg hinter seinem Schweigen keine Gefühle. Im Gegenteil, sie lagen sehr offen zutage. Was ich immer dann merkte, wenn er mich ansah. Das Weibchen in mir fing an, ihm kokett zuzuzwinkern, ein Spaß, den ich ihm heute mal gönnte.

Es war dämmerig geworden, als wir wieder auf die Straße traten. Mein Auto stand noch am Bauzaun, und mit Heinzens Arm um meine Schultern schlenderte ich in diese Richtung. Ein leichter Wind vom See brachte Kühle und überzog meine bloßen Arme mit Gänsehaut.

»Du frierst. Hier, nimm meine Jacke.«

Die Lederjacke war warm und roch männlich, was diesmal dem Weibchen die Gänsehaut verschaffte.

»Wollen wir noch ein paar Schritte am Ufer entlanggehen?«, fragte mich mein Begleiter, von dem im Halbdunkel vornehmlich das Hemd zu sehen war. Ich stimmte zu, und er schloss das Tor noch einmal auf. Wir gingen die paar Schritte, die zum Musterhaus führten, als er stehenblieb und mich zu sich heranzog.

Es war einfach so, dass diesmal das Weibchen mir ans Schienbein trat, als ich mich aus seiner bärenhaften Umarmung lösen wollte. Ich murrte nur kurz, dann gab ich ihm nach. Es fühlte sich nämlich sehr hübsch an, und meine Finger fanden in dem Hemdausschnitt ein weites Feld.

»Komm, wir gehen ins Haus«, murmelte der Bär an meinem Ohr, und ich folgte ihm willig.

Es war kurz, aber sehr luschtvoll!

Als ich spät und zerzaust nach Hause kam, traf ich auf eine empörte Luzi. Sie gab mir sehr deutlich zu verstehen, dass das Futter, das ich ihr morgens hingestellt hatte, ungenießbar geworden sei. Sie hatte die Schale umgeworfen, und mit heftigen Scharrbewegungen kehrte sie die trockenen Reste unter den Teppich.

Reumütig füllte ich nach und schnurrte: »Da hast du aber mal jemandem ins Auge geschaut, Süße.«

Kurz vor dem Einschlafen malte sich das Weibchen dann noch aus, wie es denn wäre, wenn der Stadt-Atlas an einem einsamen Strand es in seine muskulösen Arme reißen würde.

Der nächste Tag brachte mir Engelbert, und als er gegangen war, fand ich das Zusammentreffen mit ihm erheiternd, vielleicht, weil ich ein Glas Wein zu viel getrunken hatte. Darum machte ich mir auch keine weiteren Gedanken über Zufälle, sondern war leicht beschwipst und vergnügt, als Engelbert endlich verschwunden war. Ich suchte Luzi. Ich brauchte eine gewisse Weile, bis ich sie auf dem Haufen Seidenpapier fand, in den die Blumen eingewickelt waren, die mein Verflossener wie einen Schutzschild vor sich hergetragen hatte. Diese verrückte Katze hatte mir mit einem kühnen Sprung sofort klargemacht, dass das raschelnd zu Boden gefallene Papier ihr Eigentum sei, darum hatte ich es ihr gelassen. Sie hatte es zu meiner Belustigung durch die ganze Küche gejagt, fachgerecht erlegt, zerfetzt und gebissen. Jetzt lag sie auf dem zerrupften Haufen und schlief. Und zwar in höchst abartiger Haltung. Luzi lag nämlich schnarchend auf dem Rücken, die Pfoten in alle Himmelsrichtungen gestreckt, das weiche Bauchfell nach oben gekehrt.

Kann man da widerstehen?

Ich setzte mich auf den Boden zu ihr hin und begann, sie mit allen zehn Fingern in eben diesem weichen Bauchfell zu kraulen.

Das Schnarchen wurde zum Schnurren höchsten Wohlbefindens. Doch dann öffnete sich ein Auge einen winzigen Spalt breit, und die Vorderpfoten schlossen sich um mein Handgelenk. Mit einer geradezu herrischen Geste zog Luzi meine Hand zu sich und knabberte sanft daran.

»Ach, Luzi, meine kleine Freundin, was bist du für ein süßes Tier!«

Die raue Zunge fuhr über meinen Zeigefinger.

»Und genauso klug wie schön.«

Die schwarze Nase grub sich in meine Handfläche.

»Weißt du, ich fand das besonders geschickt von dir, dich anfangs so unauffällig zu verhalten. Ganz, als hättest du gewusst, dass Engelbert keine Katzen mag.«

»Schnurrrrrrr!«

»Und dann dieser Auftritt, gerade als er mir so kühn darlegte, wie er sich bei Immobkauf jetzt um den neuen Zweig der Privathäuser kümmern würde. Unübertrefflich dein Gang, die Anmut, mit der du auf den leeren Stuhl neben ihn gesprungen bist und deine Pfote auf seinen halbleeren Teller gelegt hast. Natürlich genügt so ein mikrogewelltes Essen unser beider Ansprüchen nicht, aber für Engelbert habe ich ja keine unnötige Anstrengung auf mich nehmen wollen. Wir naschen gleich noch ein Häppchen Räucherlachs, wir beide allein. Einverstanden?«

Luzi kaute hingebungsvoll an meinem kleinen Finger.

»Jedenfalls hast du dir das verdient. Ich sah ihn ja schon zurückzucken und von unappetitlichem Tier sprechen, wie das früher so seine Kommentare zu Haustieren gewesen sind. Aber dann, meine Süße, dann hast du deine wundervollen Augen aufgeschlagen. Du hast ihn so hypnotisiert, er hat gar nicht gemerkt, dass du ihm auf den Schoß gesprungen bist. Ob es das war, was die Dosis verstärkt hatte?«

Die beiden hinteren Pfoten strampelten vergnügt und drückten sich gegen meinen Unterarm.

»Es war fantastisch, Luzi. Die ganze Zeit vorher hatte ich die kühlen Gedanken durch seinen Kopf rattern sehen. Leg ein bisschen Zerknirschtsein und eine Portion deines unwiderstehlichen Charmes an den Tag, dann wird Viktoria schon wieder zahm. Dann versuch es mit den zarten Berührungen, die sie so geliebt hat. Ein gehauchtes Küsschen in den Nacken, ein zufälliges Tupfen am Ohrläppchen ... Luzi, das Weibchen hätte beinahe aufgeheult, wenn da nicht der luschtvolle Heinz gewesen wäre! Ich hingegen war nur kurz vor einen Wutausbruch und nahe dran, ihm eins auf die Ohren zu geben.«

Luzi ließ meine Hand los und rollte sich ebenfalls luschtvoll in ihren Papierschnipseln hin und her, dann kam sie auf die Pfoten und wollte auf meine Beine kletterten. Ich nahm sie hoch und hielt sie in meinem Arm. Ihr Kopf lag an meiner Schulter, ihr Körper an meiner Brust, nur der Schwanz hing herunter.

»Aber dann, meine Schönste, nachdem du so besonders tiefsinnig in seine Augen geschaut hattest, muss irgendetwas Unbeschreibliches mit seinen kühl berechnenden Gedanken passiert sein. *Was*, meine Luzi, hast du getan? In welchem Licht hat er mich plötzlich gesehen? Vergessen waren alle Gedanken an geschäftliche Vorteile, vergessen schnöde Anmache, vergessen die große Schauspielkunst des schlechten Gewissens. Es blieb das Betteln um Vergebung, die Beteuerung tiefer Zuneigung, ja, salzige Tränen tropften in das Vanilleeis, was keine geschmacklich ausgereifte Verbindung darstellt.«

Luzis vibrierende Barthaare kitzelten mich an der Nase. Sie wand sich in meinen Armen, und die Krallen ihrer rechten Vorderpfote gruben sich in meine Schulterposter. »Mauuu!«, kreischte sie und wies mit der linken Pfote auf den Kühlschrank.

»Okay, du willst keine Lobhudeleien, du willst etwas Handfestes. Lass uns den Lachs auspacken!«

Ich stellte sie sanft zu Boden, und sie rieb wieder ihren Kopf an meinem Schienbein. Dann speisten wir beide, höchst zufrieden mit diesem gelungenen Abend.

Von Herbert Wenzel fand ich in der Post eine neue Lieferung Lyrik, und seine Gemahlin nervte mich damit am Telefon, sie wolle unbedingt wissen, wann sich Frau Leidersdorf-Schulz-Bangelmann endlich zum Kauf entscheiden würde. Diese hingegen hatte sich noch nicht gemeldet, und ich hatte Wichtigeres zu tun, als mir ihre fingierte Ausrede anzuhören.

Aber es gab auch andere Anrufe.

»Michael Peterson, guten Tag, Frau Friedland.«

»Oh, hallo. Gibt es Probleme?«

Petersons hatten tags zuvor den Kaufvertrag für die Doppelhaushälfte unterschrieben, und ich wollte doch nicht hoffen, dass sich ein unerwarteter Mangel aufgetan hatte. Aber nein, etwas viel Angenehmeres stand an.

»Absolut keine Probleme. Im Gegenteil – wir sind Ihnen so dankbar, dass Sie uns das Haus gezeigt haben. Wir möchten Sie eigentlich sehr gerne zum Essen einladen. Hätten Sie am Wochenende Zeit?«

Es gab wirklich noch liebe Leute.

»Wie nett von Ihnen. Ich habe am Samstag noch nichts vor.«

»Das passt auch uns, nicht wahr, Uschi?«

Uschi murmelte etwas im Hintergrund.

»Mögen Sie auch ausgefallene Sachen, Frau Friedland?«

»Wenn es nicht gerade gegrillte Ameisen sind …«

»Nein, wir dachten an das Kabuki. Das ist ein …«

»Ooooch ja, ich kenne das Restaurant. Meine Katze lässt anfragen, ob sie mitkommen darf. Die Qualität des Fisches begeistert sie.«

Luzi war in der Tat auf meinen Schreibtisch gesprungen und leckte sich mit Inbrunst die Lippen. Es gab Momente, da war ich mir absolut sicher, dass sie jedes Wort verstand.

Wir verabredeten uns, und ich legte mit dem beschwingten Gefühl, mir Freunde gemacht zu haben, den Hörer weg.

Ich widmete mich der persönlichen Sauberkeit, ein Vorgang, der von meiner Katze wohlwollend begutachtet wurde. Luzi hatte sich mehr und mehr zur Gewohnheit gemacht, sich immer in meiner Nähe aufzuhalten. Neugierig war sie auch, sie sprang auf die Beckenumrandung und reckte sich nach dem Bord mit den Kosmetikutensilien. Viel Auswahl gab es zwar nicht, aber sie schaffte es, als Erstes einen Lippenstift herunterzustupsen. Mit einem leisen Klappern landete er im Becken.

»Du meinst wohl, ich solle mir heute etwas Farbe auf den Lippen gönnen, Süße?«

Klack! Die Wimperntusche rollte auf den Boden.

»Und die Augen schwärzen?«

Klick!

Den Lidschatten konnte ich gerade noch auffangen, bevor er sich auf den Fliesen atomisierte.

»Ist gut, Luzerine, ich mache einen Aufputz. Auch wenn es niemanden gibt, den ich heute bezaubern will. Außerdem würde ich dazu ja sowieso besser dich einsetzen.«

Mit einem Streicheln verabschiedete ich mich dann von Luzi, die mit aufgespitzten Öhrchen am Fenster saß und irgendetwas in der Ferne beobachtete.

Ein Herr im dunklen Anzug verneigte sich höflich vor mir und geleitete mich an einer Reihe weißbemützter Köche vorbei, die ebenfalls einer nach dem anderen in der Hüfte einknickten. Leise Shamisen-Musik klimperte durch den Raum, der in rotem und schwarzem Lack ausgestaltet war. Die einzelnen Tische waren mit papierbezogenen Raumteilern abgegrenzt, so dass ich erst im letzten Moment den dritten Gast sah, der neben den Petersons saß.

»Guten Abend, Frau Friedland. Schön, dass wir uns hier treffen«, sagte die angenehme Stimme zu mir, und ich bemühte mich, so schnell wie möglich den dümmlichen Ausdruck aus meinem Gesicht zu wischen.

»Sieh da, der Parkplatzklauer!«

»Frau Friedland ist gar nicht nachtragend!«

»Nein, gar nicht. Solche Dinge verjähren bei mir schon nach knapp hundert Jahren.«

Eine junge Dame im Kimono hatte mir den Stuhl höflich in die Kniekehlen gedrückt, und ich setzte mich den Petersons gegenüber neben Philipp Henning. Wie gut, dass ich auf Luzi gehört hatte.

»Sie sind Kollegen, wenn ich das richtig verstanden habe, Herr Peterson?«, fragte ich mit einem Blick auf meinen Nachbarn.

»Ja, ich habe gerade im Grundbauamt angefangen.«

»Und was machen Sie da?«

»Grundsätzlich oder speziell?«

»Tun Sie sich das nicht an, Frau Friedland. Wenn die beiden erst einmal anfangen, haben wir heute Abend kein anderes Thema mehr als Grundwasser und Grubensicherung, Pfählung und Drainagen, Verwerfungen und Verschmutzungen.«

»Sie sind auch schon ganz schön fit in dem Vokabular«, musste ich mit Bewunderung feststellen, und Uschi Peterson verdrehte die Augen.

»Hab' ich den Kerl doch auf dem Bau kennengelernt.«

»So richtig in Matsch und Modder?«

»Ja, ja. Das zarte Wesen hier an meiner Seite ist nämlich Bauingenieurin und hat uns die raue Seite des Lebens beigebracht.«

Ich stellte mir gerade die in der Tat zierliche Uschi Peterson in dicken Gummistiefeln und Helm vor. Ja, das ging. Sie strahlte eine gewisse ruhige Autorität aus.

Etwas abgelenkt wurden wir dann von Speisekarten, heißen Handtüchern und dem allgemein gewünschten Aperitif.

»Stoßen wir auf das erfolgreiche Ende unserer Obdachlosigkeit an.«

»In diesem Zusammenhang würde ich dann auch ganz gerne diverse Kriegsbeile begraben sehen. Viktoria?«

Fragend zwinkerte mir Philipp zu, und ich konnte nicht anders als nicken.

Wir tranken uns zu, und dann drehte sich die Diskussion um die wesentlichen Dinge der Speisekarte. Doch als wir endlich bestellt hatten, fingen die beiden Männer trotzdem ein Fachgesimpel an.

»Übrigens, Michael, hast du schon gehört, die Untersuchungen von Berkel sind negativ ausgefallen. Jetzt muss doch der ganze Boden abgetragen werden.«

»Das wird er sich überlegen. Die Kosten machen das ganze Projekt unrentabel.«

Ich spitzte die Ohren. Berkel war einer der Bauherren, die ziemlich viele Gewerbeobjekte erstellt hatten. Hin und wieder hatte ich auch mit ihm zu tun gehabt.

»Was hat er denn vor?«

»Ach, er wollte einen Supermarkt auf ein Grundstück stellen, wo vor vielen Jahren Farben für die keramische Industrie hergestellt wurden.«

»Ja – und? Gewerbegebiet ist Gewerbegebiet.«

»Schon, aber die haben sich damals nicht sonderlich darum gekümmert, was mit ihren Pulvern und Pasten geschah.«

»Ich bin ja wohl nicht ganz auf dem Laufenden. Was ist denn daran so gefährlich? Wir essen doch auch von Keramiktellern.«

Ich deutete auf die matt glasierte Tonware mit den zarten Pinselstrichen, auf der uns gerade ein dekorativ zubereitetes Tempura gereicht wurde.

»Inzwischen hat man auch da etwas gelernt. In den alten Glasuren wurde viel bleihaltiges Oxid verwendet, was nicht ganz ungefährlich ist. Auch andere Schwermetalle wurden locker dazugemischt, um die Brillanz der Farben zu erhöhen. Nur ist das Zeug giftig. Vor allem aber die Rohstoffe. Und die hat man damals sehr großzügig gelagert.«

»Ich verstehe, der Boden ist damit jetzt Sondermüll, was?«

»Genau.«

»Das freut den Bauherrn. Ich hatte mal einen Fall, da wollte jemand eine ehemalige Tankstelle umfunktionieren in ein Wohnhaus. Er hat es bleiben lassen.«

»Ja, Öl, Benzin und Batteriesäuren erfrischen das Grundwasser. Da hatten wir ja auch diesen hübschen Altölskandal im Hafen, über den dein Freund von der Zeitung neulich sprach.«

Ich wollte den Freund gerade richtigstellen, als Uschi, die bisher still zugehört hatte, sich einmischte.

»Da lobe ich mir doch eine schöne, alte Fliegerbombe. Darauf stößt man bei Ausschachtungen, und entweder es erwischt einen, oder man kann wer weiß wie lange die ganze Umgebung evakuieren, bis so eine Spezialmannschaft den rostigen Flummy entschärft hat.«

Michael und Philipp trugen noch weitere delikate Fälle zusammen, aber ich hatte plötzlich eine kurze Vision. Die Fliegerbombe brachte mich darauf. Manchmal kann ich einfach nicht glauben, dass etwas so glatt läuft wie Ungermanns Auftrag. Die alte Fabrik sollte doch im Krieg beschädigt worden sein. Wie peinlich, wenn sich jetzt in den Baugruben plötzlich alter Kriegsschrott finden würde.

»Schmeckt es dir nicht? Haben wir dir mit unseren appetitanregenden Schilderungen giftiger Glasurfarben den Appetit verdorben?«

»Nein, nein, ich dachte an etwas ganz anderes. Es ist aber auch schlimm, wenn man nicht mehr abschalten kann. Das ist übrigens der Grund, warum ich ab nächsten Samstag einfach mal für zwei Wochen entfliehe.«

»Urlaub? Richtigen Urlaub? Wo geht es hin?«

»Nach Fuerteventura. Das Einzige, was mich da mit Immobilien verbindet, sind die Sandburgen, die ich am Strand bauen werde.«

»Das kannst du da. Und wenn die Sandburgen dich langweilen, dann fährst du in die Berge und baust Luftschlösser. Oooch Micha, erinnerst du dich? Das war ein schöner Urlaub!«

Ich hatte eine Kiste bei den Petersons aufgemacht, aus der die Erinnerungen nur so sprudelten. Die Unterhaltung schwirrte von Weißt-du-Nochs und Erinnere-dich-Nurs, bis der Karatekämpfer mit der Kochmütze an den Tisch trat und das Messer aus dem schwarzen Gürtel zog. Wir bekamen eine geradezu akrobatische Leistung gezeigt, in deren Verlauf der Meister Champignons im Fluge zerteilte, einen Fisch kunstvoll in stäbchengerechte Happen zerlegte und säuberlich wieder zusammensetzte und aus geheimnisvollen Flaschen Flüssigkeiten auf die heiße Tischplatte goss, um sie dort miteinander zu verrühren.

Bis auf weiteres erstarb die Unterhaltung, der atemlosen Faszination für die Leistungen des Küchen-Senseis folgte die gefräßige Stille.

Ich war mir inzwischen der Nähe zu Philipp Henning sehr deutlich bewusst. Das seit neuestem wiedererwachte Weibchen spähte mehr als einmal unauffällig zu ihm hinüber. Er mochte so alt wie ich sein, und ich wusste, er war Geologe und lebte allein. Mehr nicht. Nur dass mir seine Stimme gefiel. Dabei war sie gar nicht besonders auffällig, weder dunkel wie Sarastro noch weich wie Tamino.

»Magst du noch einen Schluck W…Wein, Viktoria?«

Es muss beinahe hörbar gewesen sein, wie mir die Schuppen von den Ohren gefallen waren. Es war dieses ganz, ganz winzige Stottern. Wie süß!

»Was siehst du mich s…so an? Habe ich eine Gräte im Haar?«

»Entschuldige, nein, ich war schon wieder ganz woanders. Es muss diese Schilderung von der Insel gewesen sein«, redete ich mich heraus.

»Ja, ja, die Luftschlösser.« Uschi nickte verstehend. »Bring uns eins mit, Viktoria. Das ist doch dein Job.«

»Wie hättest du es denn gerne? Auf rosa Wölkchen?«

»Zu kitschig, schlichtes Weiß!«

»Und in den Verliesen eine Einstellmöglichkeit für den kleinen Jet.«

»Wie viele Gästetoiletten braucht ihr denn?«

Die Unterhaltung auf vollen Magen bewegte sich an der Grenze des Fantastischen. Und unsere Mägen waren sehr voll, denn die sechs Gänge waren, obwohl jeder Einzelne nicht besonders üppig, in Summe bedeutend. Zum Schluss musste ich mich eigentlich nur über Uschi, die Kleinste und Zierlichste von uns, wundern, denn sie hatte wirklich alles verputzt. Aber sie musste wohl schon für zwei essen.

»Hier, für deine Katze«, sagte sie vor der Tür des Restaurants und drückte mir ein Alufolien-Päckchen in die Hand.

Die nächste Woche war von einer gewissen Hektik geprägt, die immer dann aufkommt, wenn man in Urlaub will. Warum mussten sich aber auch alle Termine in die letzten Tage verschieben?

Ich wurde rigoros. Als Erstes strich ich jeden Termin mit meinen diversen Anbetern. Gerold vertröstete ich auf ein Mittagessen in drei Wochen und hatte Mühe, ihn daran zu hindern, sich überstürzt Urlaub zu nehmen, um mich zu begleiten. Sicherheitshalber erzählte ich ihm, ich wolle auf eine Schönheitsfarm in Portugal. Meinem Dichterling schickte ich die mit überschäumender Feder geschriebene Lyrik mit einem Geschäftsbrief zurück, wie ihn sicher auch ein abgebrühter Lektor nicht besser hätte schreiben können, und kündigte meine Abwesenheit von zwei Wochen an. Zur allgemeinen Begeisterung gab ich ihm noch die Telefonnummer von Frau Leidersdorf-Schulz-Bangelmann an, mit der Bitte, sich während meines Urlaubs selbst um die Interessentin zu kümmern. Geschah beiden Parteien recht!

Engelbert stand dreimal vor der Tür, ich hatte jedoch das Glück, jedes Mal gerade auf dem Sprung zu einer Besichtigung zu sein. Gegen meine Professionalität konnte er nun nichts sagen. Und abends ignorierte ich sein Läuten an der Tür. Wer bin ich, dass ich ungebetenen Besuchern in der Dunkelheit öffne? Meinen geplanten Urlaub verschwieg ich ihm ganz einfach.

Ein wenig erstaunt war ich hingegen über Heinz Ungermann, denn als ich ihn das nächste Mal traf, trug er wieder Anzug und Krawatte und hatte so etwas wie laue Sommernächte offensichtlich vergessen. Viktoria Friedland, ganz professionelle Maklerin, haute dem vorwitzigen Weibchen eins auf den Hut und wurde kühl bis an das Herz hinan. Ich sagte mir, an Heinz Ungermann als Mensch habe mir nicht allzu viel gelegen, als Mann war er austauschbar, wenn auch von recht guter Qualität. Luzis Zauber schien gebrochen zu sein, und ich machte mir nicht die Mühe, ihn noch einmal zu mir zu locken, um ihn dem Katzenaugenblick auszusetzen.

Am Freitag hatte ich dann meine Abwesenheitsnotiz verfasst, die Mailanfragen beantworten sollte, meinen Schreibtisch beinahe leergefegt, mir auf die Schnelle noch einen Badeanzug gekauft, von dem ich hoffte, er möge meine Problemzonen gnädig verbergen und dennoch eine Idee flotter als ein Müllsack wirken. Die Köfferchen waren gepackt, und Luzi strich mit missbilligender Miene um das Gepäck.

»Ich kann dich nicht mitnehmen, Süße. Da gibt es viel zu viele Männer, die du angucken kannst.«

Diese Katze legte kurz und hochmütig die Ohren an, was ich als verächtliches »Pffft!« übersetzte. Sie war schlechter Laune.

»Luzi, bei Alizia hast du es bestimmt schön. Allein in der Wohnung rumzuschnüffeln wird ein Abenteuer sein. Und vielleicht nimmt sie dich ja auch mal auf eines ihrer Hexentreffen mit. Da könntest du Wellen machen.«

Flackerte da so etwas wie Interesse in den goldenen Augen auf?

»Komm, Schönste der Katzen, ich bürste dich noch mal über,

dann fahren wir zu ihr«, lockte ich sie. Und wie der Zufall es wollte, stieg meine Luzi folgsam in den Transportkorb.

Ich klingelte an der Tür, und Alizias Mann öffnete mir.

»Hallo, Marcel, lange nicht gesehen.«

»Na, Viktoria, wie geht's? Bringst du unseren Logiergast?«

Marcel nahm mir den Korb ab, in dem Luzi leise jammerte. Autofahren war nicht ihre liebste Beschäftigung, und während der Fahrt war ich ganz froh, dass ich ihre Kommentare nicht so ganz deutlich verstand. Es quollen sozusagen schwarze Wolken aus den Ritzen des Korbes. Jetzt hingegen stieg sie mit gelassener Würde aus, putzte sich mit ein paar gekonnten Zungenstrichen zwei Zauselstellen glatt und besah sich dann die Umgebung. Ich hielt den Atem an. Je nachdem, wie die Musterung ausfiel, würde ich einen ruhigen Urlaub oder einen mit nagenden Gewissensbissen haben.

»Na, ist die Höllenkatze eingetroffen?«

Alizia im wallenden violetten Gewand wehte in den Flur, und die besagte Höllenkatze sauste auf sie zu.

Irgendwie tat mir das schon weh.

»Hast du noch einen Moment Zeit, Viktoria, oder willst du gleich wieder in deine Koffer springen?«

»Die sind gepackt und fertig, biete mir ein Glas Wein an, und ich bleibe.«

»Ausnahmsweise. Komm, Luzi, ich zeige dir mein Zimmer.«

»Ihr beiden Mädels braucht mich ja jetzt sicher nicht mehr«, meinte Marcel und verschwand in seinem Arbeitszimmer, aus dem mir der matte Schein eines Computerbildschirms entgegenleuchtete.

Luzi schnüffelte begeistert zwischen den Kissen und den bodenlangen Vorhängen herum, während Alizia Gläser holte.

»Meinst du, du hältst es hier zwei Wochen aus, Katze?«,

fragte ich in Richtung des vernehmlichen Kruschelns. Zwei Ohren tauchten oberhalb eines Polsters auf, und ein Laut, der wie ein zustimmendes »Jau!« klang, war für die nächste Zeit das Letzte, was ich von Luzi hörte.

»Du musst Mäuse hier haben, Luzi ist völlig hingerissen.«

»Mäuse? Na, hör mal!«

Wir redeten ein bisschen übers Geschäft und Tagesgeschehen, aber ich merkte, dass Alizia neugierig war. Seit unserem letzten Gespräch über Engelbert hatten wir nur ganz kurz telefoniert.

»Übrigens hat Luzi einen weiteren Verehrer zur Strecke gebracht!«

»Deinen Ex und Hopp?«

»Mhhh.«

»Und was machst du jetzt mit ihm?«

»Nichts. Das ist ja das Schöne.«

»Tut nicht mehr weh?«

»Nein, tut nicht mehr weh. Er ist mir einfach gleichgültig. Komisch, nicht?«

»Und die anderen? Ich meine Luzis Querschläger?«

»Eigentlich auch.«

»Soll ich?«

»Ach, Alizia, wenn's dir denn eine ruhige Nacht bringt … Du könntest doch kein Auge zutun, wenn du nicht wüsstest, was mir alles passieren wird.«

Sie lächelte mich an, ohne auf meinen spöttischen Ton einzugehen.

»Ein bisschen seltsam bist du schon. Die meisten Menschen bezahlen sogar Geld dafür, um zu erfahren, was die Zukunft bringt.«

»Warum soll ich Geld dafür ausgeben, für etwas, das ich früher oder später sowieso erfahre? Ändern kann ich es ja doch nicht.«

»Doch, schon. Was man weiß, kann man auch ändern.«

»Was kommt, das kommt.«

»Du bist eine Fatalistin. Das ist so praktisch und verantwortungslos, nicht wahr?«

»Wieso denn das?«

»Na, damit bist nicht du für deine Handlungen verantwortlich, sondern das gute oder böse Schicksal.«

»Jetzt wirst du aber ein klein wenig verletzend, nicht? Ich habe meine Pleiten nie anderen in die Schuhe geschoben. Aber wenn du jetzt aus den Karten liest, dass mein Flugzeug morgen abstürzt, dann wird es das tun, ob ich es weiß oder nicht. Das ist dann wirklich Schicksal.«

»Wenn ich so etwas Konkretes aus den Karten lesen könnte, wäre ich ein Medium. Und dann hättest du noch immer die Möglichkeit, morgen nicht in das Flugzeug zu steigen.«

Mein Verdacht bestätigte sich, Alizia betrieb das Kartenlegen nur, um sich ihren Nimbus zu erhalten. Es war eine Spielerei, und ich sagte es ihr auch.

»Also kannst du sowieso nur vage Andeutungen und düstere Vermutungen ausstoßen, die sich dann der geneigte Kunde selbst auf die Situation zuschneiden kann.«

»So wird es sein. Genau wie damals mit den betrügerischen Geschäften des Herrn Engelbert.«

»Zufall.«

Aber, verflixt noch mal, sie hatte mich wieder so weit gereizt, dass ich auf das Spiel einging.

»Ja, also, Viktoria. Rein zufällig liegt hier auf der Position der derzeitigen Situation die Karte, bei denen die alten Zigeunerinnen immer von einer Reise über das große Wasser gesprochen haben – die Acht der Stäbe. Und was macht Viktoria morgen?«

Sie grinste.

»Eine Reise an das große Wasser.«

»Und warum macht sie das?«, fragte Alizia und deckte die

nächste Karte auf. »Weil sie sich hinter zu viel Arbeit versteckt hat, wie die Drei der Scheiben sagt.«

»Woher soll ich eigentlich wissen, ob deine Deutung der Karten richtig ist. Dass meine Situation gerade von Überarbeitung und Urlaub bestimmt ist, ist nichts Neues.«

»Möchtest du es nachlesen?«

Alizia griff hinter sich und legte ein dickes Buch neben mich.

»Schon gut, mach weiter.«

»Was hatten wir denn kürzlich? Ahhh, die Luscht!«

Ich muss gestehen, jetzt wurde es mir ein wenig unheimlich. An genau die Karten konnte ich mich vom letzten Mal erinnern. Vor allem, weil ich mir ausgerechnet auch noch ihre dusselige Aussprache zu eigen gemacht und heimlich meinen Heinz zum luschtvollen Erlebnis abgestempelt hatte.

»Du siehst beunruhigt aus, Viktoria?«

»Nur zu, weiter! Reiß meine Seele auseinander!«

»Mitnichten. Derzeit hat die Acht der Schwerter einen großen Einfluss auf dich. Bist du möglicherweise ein wenig nervös und unruhig und weißt nicht recht, was du willst?«

Ich nahm einen Schluck Wein, um Zeit zu gewinnen. Natürlich hatte Alizia mir schon drei, vier Male die Karten gelegt, aber diesmal trafen mich ihre Erkenntnisse wirklich. Denn in den wenigen Mußestunden, die ich mir in der letzten Zeit gegönnt hatte, war ich eifrig darauf bedacht gewesen, mir keine essentiellen Fragen zu meinem Leben zu stellen. Weil ich – so ganz tief unten – wusste, die Antwort würde nicht besonders befriedigend ausfallen. Irgendetwas, das nicht ursächlich mit dem Verschwinden von Engelbert zu tun hatte, war aus dem Lot geraten.

»Viktoria, wir können es bleiben lassen. Ich möchte dir nichts aufdrängen, was du nicht willst.«

Alizia sah mich aufrichtig besorgt an. Das gab mir den Rest.

»Es ist besser, wir sehen uns die Zukunft an. Du hast wahrscheinlich recht, man muss sich dem stellen, was einen erwartet.«

»Viktoria, nicht einfach akzeptieren, sondern vielleicht auch ändern. Schau, wenn ich dir zum Beispiel Reichtum vorhersage, und du findest nachher vor deiner Haustür einen Tausender – musst du den aufheben?«

»Schon gut, dreh die nächste Karte um.«

»Die Kelchprinzessin. Mhhh, was hast du mit kleinen Mädchen am Hut? Na, warten wir den Rest ab. Offensichtlich machst du gerade Gewinn, dahinter jedoch verbirgt sich der Kaiser, also ein Mann, der seine Geschäfte ordentlich im Griff hat. Aber – na ja, wir deuten ihn auch gerne als jemanden, der die Natur vergewaltigt. Und das alles läuft in der Ergebniskarte hier schon wieder auf den zuverlässigen, erdverbundenen Mann hinaus.«

»Ich kann nicht leugnen, ich mache im Moment recht gute Geschäfte – mit einem Mann, der sein Bauprojekt sehr ordentlich abwickelt. Aber das Kind und der Erdverbundene, da musst du mir weiterhelfen. Außerdem hast du die letzte Karte noch nicht umgedreht.«

»Das machen wir erst ganz zum Schluss, denn das ist der Rat an dich. Oder die Warnung, je nachdem. Mit dem Scheiben-Ritter hast du doch das letzte Mal den Mann mit der sanften Stimme identifiziert, oder?«

Philipp? Ich muss Alizia ziemlich verdutzt angesehen haben. Aber dann erinnerte ich mich. »Das war doch nur Quatsch. Das war nur so eine Assoziation damals. Da kannte ich Philipp doch noch gar nicht.«

»Aha, aber jetzt kennst du ihn? Und, ist er erdverbunden?«

»Nicht dass ich wüsste … Oh, Mann …« Ich fing an zu kichern. Heute brachen die Zufälle aber wirklich über mich herein. »Du wirst es nicht glauben, aber er arbeitet als Geologe am Grundbauamt.«

Auch Alizia gluckste. »Das war das Letzte, was ich dabei vermutet hätte. Eher ein Bäuerlein auf seiner Scholle oder ein Naturbursche. Man erlebt doch wirklich ständig neue Überraschungen. Jetzt deine Assoziation zu dem Kind.«

Aber dazu fiel mir wirklich nichts ein.

»Kann das auch etwas anderes sein?«

»Nun, im weitesten Sinne Intuition, Sensibilität, Phantasie. Wasser hat immer etwas mit Einfühlsamkeit zu tun.«

»Also werde ich einer jungen Meeresjungfrau begegnen. Das liegt ja nahe.«

»Vielleicht. Achte auf deine Träume.«

»Drehst du jetzt die letzte Karte um?«

Alizia streckte die Hand aus – dann zögerte sie. Und drehte sie um.

Es war erschreckend ruhig in dem Raum. Ich schaute nicht auf das bunte Bild, sondern nur auf Alizia, die mit einem völlig starren Blick durch mich hindurchsah. Wie lange ihre Starre dauerte, weiß ich nicht. Es mögen nur Sekunden gewesen sein, doch ich wagte nicht, mich zu rühren. Dann sprach sie. Mit völlig eintöniger Stimme, die ich noch nie an ihr gehört hatte.

»Zweimal Wasser. Eins ist sauber und klar wie das Mädchen im weißen Kleid. Über dem anderen schweben faulige Dünste.«

»Mau!«

Luzi tauchte neben Alizia auf, und die schüttelte den Kopf, als könne sie nicht glauben, was passiert war.

»Was … was meinst du damit?«, fragte ich, als ich mich von dem seltsamen Anblick erholt hatte.

»Ich weiß es nicht, Viktoria. Entschuldige, du hast das zum ersten Mal bei mir erlebt, nicht?«

»Ja. Hast du das öfter?«

»Nein. Nein, nicht so ungewollt. Ich habe inzwischen gelernt, es zu kontrollieren.«

»Ja, aber, was hatte das zu bedeuten? Klares Wasser und fauliges?«

»Ich kann auch nur raten. Das Erste ist, dass du in Ruhe in Urlaub fahren kannst, denn es war ein schöner Strand mit langen Wellen. Bei dem fauligen Wasser denke ich, ist es eine Komplikation, die danach hier eintreten wird.«

»Und was hat das Ganze mit der letzten Karte zu tun?«

Ich sah auf den Tisch, aber Alizia drehte sie wieder um.

»Das geht nicht. Du hast selbst gesagt, man kann nur etwas ändern, wenn man es weiß.«

Sie nickte.

»Gut, auch das hier kann man ändern – doch was immer die Warnung bedeutet, Viktoria, sie ist ernst!«

Die Karte zeigte sieben Kelche und wirkte reichlich morastig. Mir wurde sehr flau im Magen.

»Es war schon das letzte Mal eine Art der Bedrohung angedeutet. Du erinnerst dich an den zusammenbrechenden Turm? Irgendetwas hast du angezettelt, was nicht ganz sauber ist. Wie das schmutzige Wasser.«

»Kann die Katze etwas damit zu tun haben? Habe ich etwa mit dieser dummen Kerzenpikserei dunkle Kräfte geweckt? Alizia?«

Ich hörte mich leicht hysterisch an, als ich sie anschrie.

»Nein, bestimmt nicht. Ich habe mit schwarzer Magie nichts zu tun, das musst du mir glauben. Der Spruch, den du gesagt hast, war frei von bösen Nebenwirkungen. Ich glaube, oder sagen wir, ich habe irgendwie die Ahnung, eines deiner Geschäfte könnte einen üblen Bodensatz haben. Du solltest nach dem Urlaub deine Aktivitäten noch mal kritisch prüfen.«

Luzi setzte vorsichtig Pfote vor Pfote, als sie über den Tisch ging, um ja keine Karte zu verschieben. Sie kletterte auf meinen Schoß, legte mir eine Pfote auf die Hand und begann zu schnurren. Die Panik in mir legte sich.

Alizia und ich schwiegen eine Weile, es war alles gesagt, was wir zu der Situation sagen konnten. Sie räumte die Karten weg, und ich verabschiedete mich noch einmal von meiner Luzi.

Es war später Nachmittag, als ich aus dem Flugzeug stieg. Warme, nach Meer riechende Luft schlug mir entgegen, und das leuchtende Pink der Bougainvilleen an der Abfertigungshalle überwältigte mich. Wie gesagt, ich mag üppige Gärten. Und hier schien es sie in einer ganz ungewöhnlichen Farbenpracht zu geben. Das beruhigte mich und ließ mich fast den entnervenden Flug vergessen.

Beim Einchecken am Flughafen hatte ich beinahe schon umkehren wollen, als ich mich in die Schlange fröhlicher Pauschaltouristen einreihen musste. Es war mein erstes Urlaubsarrangement dieser Art. Früher hatte ich mich mit Rucksack und Freunden aufgemacht, im Zug und in klapprigen Autos europäische Länder durchstreift. Später gab es Ferienhäuser in der Toskana und in Frankreich – aber Massen waren nie dabei gewesen.

Die Katalogbilder waren schuld daran. Die verlockenden Bilder von langen Sandstränden und einsamen Bergen. Und die Organisation, die versprach, es auch einem Single zu ermöglichen, ohne sich um die Beschaffung von Futter und Bett zu kümmern, einen entspannten Urlaub zu machen. Was als Nebenerscheinung nicht verraten wurde, war der Flug in einer Maschine, in der die Sitze so beklemmend eng beieinander angebracht waren, dass man noch nicht einmal mit dem großen Zeh wackeln konnte, ohne dass es der Nachbar merkte. Dass mitreisenden Kleinkindern diese Enge auf den Geist ging und sie naturgemäß den Schrei nach Freiheit losließen. Was wiederum den zugehörigen Erziehungsberechtigten Laute der Beruhigung, der Zurechtweisung und schließlich der Wut entlockte. Oder, im

Falle meiner Sitznachbarn, völlige Gleichgültigkeit verursachte. Ich war kurz davor gewesen, mich handgreiflich an der Erziehung des Kindes zu beteiligen, als dieses den Inhalt seines Tabletts großzügig über seine Mutter und mich verteilte. Ob es wohl auch angenehme Kinder gab, oder war ich in meinem familienfeindlichen Vorurteil so tief verwurzelt, dass ich die gar nicht mehr wahrnehmen konnte?

Nun gut, wir waren dem engen fliegenden Gefängnis heil entronnen, und die leuchtenden Farben zusammen mit der milden, feuchten Luft glätteten mein Gefieder. Meine Koffer gehörten unversehrt und vollständig zu den ersten, die auf dem Band anrollten, und ich startete zum Mietwagen-Counter, um mich dem Bustransfer zu entziehen. Lieber drei Stunden auf der Insel umherirren, als mit der gleichen Meute noch einmal alle Hotels abklappern!

Es war eine Hotelanlage im Süden der Insel. Der mehrstöckige Bau lag direkt am Meer. Dahinter allerdings befanden sich einzelne Ferienbungalows, und einer davon war meiner. Es gab eine Wohn-Ess-Küche, ein Schlafkabäuschen, eine Galerie und ein Badezimmerchen. Und natürlich eine Terrasse mit den üblichen weißen Plastikmöbeln und einem Sonnenschirm. Gemildert wurde der weißverputzte Betonstandard durch rankende, blühende Pflanzen, die köstlich dufteten.

Ich warf mich in Shorts und Schulterfreies, drückte mir einen Klecks Sonnencreme auf die Nase und strich durch den Park. Samstag war Umschlagtag, man merkte es deutlich. Der Unterschied ließ sich an der Hauttönung ablesen. Vermutlich noch drei, vier Tage, bis die Stadien Weiß, Rosa und Krebsrot zum gleichmäßigen Braun durchlaufen waren. Nächsten Samstag lag dann die Häme auf den Gesichtern der heute neu Eingetroffenen. Es war auch noch Vorsaison, erst ein Bundesland hatte Ferien – und andere als Deutsche schienen nicht im Hotel zu sein.

Also fand ich mich in Gesellschaft junger Noch-Kinderloser, alter Wieder-Kinderloser und von Familien mit Kleinstkindern.

»Florentine! Flooorentiiiine!«

Ach nein! Welches arme Geschöpf musste sich denn diesen Namen gefallen lassen? Ich erhielt zunächst keine Antwort auf diese Frage, bemerkte aber die Verursacherin des Rufes. Eine schlanke Frau in einem Bikini, der vermutlich mehr gekostet hatte als mein gesamter Kofferinhalt, stand am Rand ihrer Terrasse und strich sich die glänzenden kastanienbraunen Locken aus der Stirn. Ich nahm an, es handelte sich bei Florentine um eine ähnliche Gattung Staubwedel, wie sie Ricarda ihr Eigen nennt.

»Florentiiine!«, hallte es noch hinter mir her, als ich zum Swimmingpool wanderte. Offensichtlich ein unerzogenes Tier.

Die Gesellschaft, die sich hier auf weißen Liegen und bunten Handtüchern breit machte, ließ den Entschluss in mir wachsen, die Einrichtung in den nächsten zwei Wochen zu meiden. In einer fröhlichen Schar mittelalterlicher Damen, vermutlich ein Kegelclub aus dem Ruhrgebiet, sonnte sich ein lautstarker Herr, neben dem selbst mein flotter Fuffziger wie der junge David gewirkt hätte. Immerhin bedeckten grüne Minishorts seine wesentlichen Teile, jedoch nicht den haarigen Bauch, der uferlos darüberquoll. Ein rotes Hütchen schmückte seine schweißbetaute Stirn, ungezählte Bierchen hatten seine Kehle bereits passiert, und zur Freude seiner Umgebung sang er das Loblied auf sein Auto besternter Marke, das er betrüblicherweise hatte zu Hause lassen müssen.

Ich fand den Weg zum Strand. Erleichtert konnte ich feststellen: Wenigstens diese Bilder hatten nicht getrogen. Er war lang. Er war breit. Er war weiß. Und er war sogar verhältnismäßig einsam. Selbst hier, wo die Burgen der modernen Urlaubskreuzzügler das Ufer säumten.

Ich seufzte und zog die Sandalen aus. Was ein Fehler war, denn sowie meine Füße mit dem Sand in Berührung kamen, fing ich an zu hopsen wie eine Garnele in der heißen Pfanne. Und dazu ertönte auch noch ein leises Kichern. Ich rettete mich auf einen Streifen Gras und sah ein Geschöpf in flatterndem weißem Hemd entschwinden. Na gut, ich hätte wahrscheinlich ebenso schadenfroh reagiert. Etwas vorsichtiger geworden, kam ich dann aber doch noch zu meinem Spaziergang am Wasserrand und war daher zur Essenszeit rechtschaffen hungrig und reichlich müde. Darum nahm ich auch nicht viel von der Gesellschaft wahr, die sich um das üppige Büfett tummelte, sondern trug meinen Teller mit den Köstlichkeiten traditioneller internationaler Küche an einen Tisch ohne Begleitung.

Der Tisch und ich bekamen aber Begleitung – in Form einer sonnengegerbten Dame.

»Haben Sie etwas dagegen, wenn ich mich zu Ihnen setze, oder möchten Sie lieber alleine essen?«

Wie rücksichtsvoll! Sie war mir gleich sympathisch. Sie sah so ungewöhnlich aus, ich konnte kaum glauben, dass sie zu den Durchschnittstouristen gehörte. Nicht wegen der Kleidung, nein, das waren gängige Baumwollhosen und eine darüberhängende Leinenbluse, sondern vor allem wegen der Frisur. Sie war nämlich sehr groß und recht grobknochig, aber nichtsdestotrotz hatte sie ihre grauen Haare geflochten und zu einer Krone aufgesteckt.

»Bitte, setzen Sie sich doch. Ich habe nichts gegen ein wenig Gesellschaft.«

Sie rückte ihren Stuhl zurecht und stellte eine Schüssel Salat vor sich hin. Sofort kam der Kellner angesprungen und fragte nach ihren Getränkewünschen. Sie nannte ihn Pepe, und er titulierte sie mit »Doña Simona«. Es überraschte mich nicht, beide sich in der Landessprache unterhalten zu hören. Mein Eindruck verstärkte sich, dass es sich bei der Dame zumindest um eine Langzeiturlauberin aus dem Seniorenpark handeln musste.

»Sie sind heute angekommen?«, fragte sie mich, als Pepe verschwunden war.

»Sieht man deutlich, nicht wahr? Mir fehlt die gesunde Zweiwochenbräune, die zu erwerben man ja wohl verpflichtet ist.« Ich lächelte und ließ meine Blicke im Publikum kreisen.

»Ist das denn nicht Ihr höchstes Ziel?«

Die Frau gefiel mir immer mehr.

»Könnte sein, dass es ein Abfallprodukt ist, aber ich hatte eigentlich nicht vor, mich hier mit Cocktail und Sonnenschutzfaktor auf den Grill zu legen. Sie sind auch Gast hier im Hotel?«

Ich hatte eine Portion gesunden Zweifel in meine Stimme gelegt, was sie mit einem Grinsen quittierte.

»Am Wochenende hin und wieder. Ich habe ein kleines Haus in den Bergen. Ich wohne seit drei Jahren ständig hier.«

»Und wenn der Wunsch nach den Errungenschaften der Zivilisation Sie packt, gönnen Sie sich einen Schwall davon hier im Hotel.«

»So könnte man es nennen. Aber ich habe auch ein geschäftliches Anliegen hier. Ich verkaufe nämlich meine Produkte.«

»Produkte?«

Mir schwebte die Vision von ihr als einer robusten Bauersfrau vor, die Körbe mit Tomaten und Melonen zu Markte trug, aber sie gab diesem Bild einen kühlen Tritt.

»Ich bin Töpferin. Manche nennen es Kunst, was ich herstelle, aber ich sehe es einfach als schöne Gebrauchsgegenstände an. Im Foyer habe ich hin und wieder eine kleine Ausstellung.«

Ich dachte angestrengt nach, aber ich konnte mich nicht erinnern, dass mir irgendetwas in der Richtung aufgefallen war, und schüttelte den Kopf.

»Das macht nichts. Ich bin in der Saison jedes zweite Wochenende hier, doch diesmal bin ich aus der Reihe gekommen, weil ich hoffte, meine Enkelin zu treffen. Aber bislang habe ich sie noch nicht gesehen.«

»Warum fragen Sie nicht an der Rezeption nach?«

»Das ist etwas schwierig. Meine Schwiegertochter sieht es nicht so gerne, wenn ich mit dem Mädchen zusammenkomme. Aber damit will ich Sie nicht belasten. Was haben Sie getan oder was tun Sie, dass Sie auf diese Insel fliehen mussten?«

»Oh, ich verkaufe und vermiete Häuser und Wohnungen.«

»Eine Maklerin! Nicht schlecht. Und Sie sind gut darin.«

Es war eine äußerst wohltuende Feststellung.

»Ja, ich denke, ich bin gut darin.«

»Man soll immer das tun, woran man glaubt. Dann ist man auch gut darin. Wie heißen Sie?«

»Viktoria Friedland.«

»Mhhh. Mich nennen die Leute hier Doña Simona. Haben Sie ein Auto hier?«

»Ja, einen winzigen Sandfloh, aber wenigstens bewegt er sich.«

»Dann besuchen Sie mich mal. Hier, auf meiner Karte ist eine Wegbeschreibung. Ansonsten kann Ihnen auch Pepe sagen, wie Sie zu mir finden.«

»Vielen Dank, gerne.«

Pepe räumte die Teller ab, und mich beutelte ein gewaltiges Gähnen.

»Verzeihung«, murmelte ich, und Doña Simona nickte.

»Schlafen Sie gut. Meeresrauschen beruhigt die Nerven.«

»Na, hoffentlich sind das die einzigen Geräusche, die mir heute Nacht an die Ohren kommen. Ich habe nämlich einen Bungalow, und – na ja …«

Es konnten entweder keine lautstarken Partys gefeiert worden sein in dieser Nacht, oder ich war schlicht ohnmächtig geworden, als ich ins Bett fiel.

Am nächsten Morgen fühlte ich mich ausgeruht, wenn auch noch nicht gänzlich gelöst. Jedenfalls war ich in der Lage, den Ereignissen am Frühstücksbüfett mit Humor zu begegnen. Der Quallerich, den ich am Vortag am Pool gesehen und lieben gelernt hatte, begeisterte auch hier die Menge. Ich taufte ihn für mich Horsti Pampelmaul.

Gewichtig, den Bierbauch herausfordernd vorgestreckt, stolzierte er in den Frühstücksraum, gekleidet in das, was der deutsche Tourist gemeinhin als Freizeitkleidung betrachtet. Es wirkte wie ein überdimensionaler Pyjama, auf dem sich fehlfarbene Kakadus tummelten und der seine mickrigen Waden betonte. Mit dem unappetitlich vollgepackten Tablett setze er sich dann auch noch an den Nachbartisch, und ich konnte mir seinen großmäuligen Redeschwall anhören, den er über die Umsitzenden ergoss.

Das fadenscheinige Geschöpf, das seine Gattin abgab, packte dann auf seine Anweisung – und entgegen der auf den Tischkarten geäußerten höflichen Bitte der Hotelleitung – allerhand Lebensmittel in ihre unförmige Tasche. Derweil der Herr Gemahl über die hohen Preise schwadronierte.

Ich grinste mir eins bei meinen gegrillten Tomaten und der Vorstellung, Luzi wäre bei mir. Oh, oh!

Meine Unabhängigkeit genießend, machte ich nach dem Essen eine Einkaufsrunde im Dorf. Ich hatte nur das Frühstück fest gebucht und wollte mir meine Mahlzeiten lieber selbst zubereiten, um den Kalorienverbrauch wenigstens einigermaßen unter Kontrolle zu halten.

Als ich, mit zwei Plastiktüten bepackt, zurückwankte, passierte ich Florentines Frauchen, das in einer weiteren Minimalkreation von Bikini auf der Liege drapiert war und mit zwei badebehosten Herren plauderte, die kurz vor dem Ersticken waren, so feste hatten sie die Bäuche eingezogen. Hinreißend!

Ich packte meine Beute in den Kühlschrank, warf mich in den Einteiler und trat, die Zähne in einen saftigen Pfirsich gegraben, auf meine Terrasse. Das Bild bei meiner Nachbarin hatte sich nur unwesentlich geändert. Ein eingezogener Bauch war abgedriftet, dafür war ein Bauch angetreten, an dem nichts, aber auch gar nichts einzuziehen war. Das bronzefarbene Waschbrett gehörte zu einem dunklen Adonis im schwarz-silbernen Tanga, der alles betonte, was es an ihm zu betonen gab. Und das Weibchen lag mir jammernd mit der Frage in den Ohren: »Was hat die, was ich nicht habe?«

Normalerweise ignoriere ich das Weibchen. Aber vielleicht lag es am Urlaub und am Sonnenschein und an der Tatsache, in meinem Hüttchen so ganz alleine zu wohnen, dass ich der Frage nachging. Was hatte Florentines Frauchen, was ich nicht hatte? Kastanienrote Locken – aber das ist Geschmackssache. Lange Beine – die hatte ich auch. Ein Kleinod von einem Bikini – hätte ich mir ja auch kaufen können. Aber leider nicht die Figur dazu. Und das Gesicht auch nicht. Der Adonis ließ sich auf die Knie nieder, und das Weibchen heulte. Da saßen Reich und Schön, und hier stand Doof und Klebrig. Mit Schwung warf ich den Pfirsichkern in die Landschaft und ging ins Haus, um mir die Saftfinger zu waschen. Das Weibchen blaffte ich an: »Was willst du eigentlich? Hättest ja genügend Interessenten als Urlaubsbegleiter gehabt.«

Das Weibchen schluchzte mir seine Sehnsucht nach dem luschtvollen Heinz vor, was unfair war.

Mit ein paar laut geäußerten herzhaften Worten aus dem Repertoire des Undruckbaren schickte ich das Nörgelchen in eine dunkle Ecke und machte mich bereit zu einem langen Spaziergang in der Sonne.

Der Strand war heute Mittag lebhaft bevölkert. Ich arbeitete mich daher zielgerichtet durch die Masse Menschen in den unterschiedlichsten Graden der Bekleidung und Rötung zur Wasserlinie vor. Von sechsundzwanzig Kilometern Sandstrand sprach der Reiseführer, und ich war gewillt, mindestens fünf davon in eine Richtung zu bewältigen. Der Sand war kühl und fest, kleine Wellen schnappten nach meinen Zehen, ein leichter Wind kühlte die feuchte Haut, und die Sonne glitzerte über dem blauen Wasser. Es wirkte nach zehn Schritten besänftigend auf mich, nach zwanzig fing das Vergessen an, und nach fünfzig war ich die Gelassenheit selbst und konnte mich auf mein Vergnügen konzentrieren. Das bestand an diesem belebten Abschnitt darin, meine Miturlauber durch eine kritische Sonnenbrille zu bewundern. Wie zum Beispiel die beiden jungen Damen, die vor mir promenierten. Sie stammten, konnte man den Lauten glauben, in denen sie sich unterhielten, aus jenem nördlichen Land, wo Milch und Genever fließen, und waren sichtlich bereits als Kinder schon mit Markenbutter der Doppelrahmstufe und jungem Gouda genährt worden. Diese Produkte hatten sich dann achtzehn bis zwanzig Jahre lang über die walkürenhaften Proportionen geschmackvoll verteilt. Ich wagte nicht, mir auszumalen, wie die mit einem Stringhöschen gezierten Hinteransichten der jungen Goudas aussehen würden, wenn sie zum mittelalten Gouda gereift waren, zumal dann, wenn sie einer weitgehend sitzenden Tätigkeit nachgingen. Ich brauchte es mir auch nicht auszumalen, denn ein ebensolches Exemplar schlenderte gerade vorbei. Vorsichtig strich ich über meine Hüften und befand, dass es so schlimm doch noch nicht war. Dann überholte ich jungen und mittelalten Gouda.

Deutschsprachiges aller Himmelsrichtungen machte einen Großteil der Anwesenden aus. Man fühlte sich wie im Ausland. Und nichts dagegen, seine das ganze Jahr verhüllten Körperteile der Sonne und der frischen Luft aussetzen zu wollen, doch hin und wieder stand die Frage des guten Geschmacks mit großen Lettern und einem noch größeren Fragezeichen in den Sand geschrieben. Es macht ja nichts, wenn die Herrschaften sich auf ihren Matten aalen oder im Wasser planschen, aber die drei Bierbäuche, die mir entgegenkamen, hatten sich zum Schutze gegen die Sonnenstrahlen kurze T-Shirts übergezogen, darunter bammelte es fröhlich hin und her. Und von hinten – ich hatte mich natürlich umgedreht – waren drei rote Popos zu sehen, die erfreulich an eine bestimmte Affenart erinnerten. Da die Herren meine Geste missverstanden und mehr von meiner Bewunderung wollten, blieben sie stehen und sahen mich ebenfalls an. Ich ließ die Sonnenbrille auf die Nasenspitze gleiten und machte eine bewundernde Handbewegung aus Daumen und Zeigefinger. Ich glaube, es war nicht missverständlich. Aber es jammerte mich, dass nicht noch ein weiteres Weib bei mir war. Wir hätten viel zu lachen gehabt.

Es wurde allmählich leerer, die großen Hotels mit den organisierten Beachvolleyballspielen und Tretbooten lagen hinter mir. Vereinzelt konnte ich noch beobachten, wie einige Unentwegte versuchten, sich mit geliehenen Surfbrettern selbst zu ersäufen, aber auch das wurde weniger. Dann waren da nur noch die Profis, die draußen ihre Kehren und Wenden in der schäumenden Gischt absolvierten, und ganz versteckt hinter den Steinen das eine oder andere Liebespärchen.

Ich war eine gute Stunde unterwegs, als ich eine kleine Mole fand, auf der ich ausruhen wollte, bevor ich mich auf den Rückweg machte. Zufrieden streckte ich meine Beine aus und lehnte mich an den warmen Felsen. Die Wellen kamen und gingen, Schaumbläschen lispelten über den Sand. Immer gleichbleibend, immer vor und zurück in einschläferndem Rhythmus. Welle um Welle rollte kleine Steine rund, Welle um Welle nagte am Fels, Welle um Welle strömte das Wasser um mich herum.

Ich war stolz auf mich, so schnell und gründlich den Alltagsstress abgelegt zu haben. Selbst wenn ein böswilliger Gedanke an Häuser und Wohnungen sich zwischen den Türritzen der Urlaubsstimmung hindurchschleichen wollte, drängte ich ihn resolut zurück. Es gelang mir, fast eine Viertelstunde lang ganz ohne Gedanken ein Loch in die Luft zu schauen, bis mein Blick plötzlich von etwas Flatterndem eingefangen wurde. Etwas Weißes bewegte sich auf mich zu. Erst dachte ich, es sei ein Stück Papier oder Stoff, aber als es näher kam, wurde ein langes, weißes Hemd daraus, in dem ein zierliches Geschöpf steckte, dessen brandrote Haare im Wind flatterten. Ein bizarrer Gedanke flog mich an. So mussten in der Tat diese Meerjungfrauen aussehen.

Das Wesen wehte näher und bückte sich dann direkt neben der Mole, auf der ich saß. Ein ganz junges Mädchen war es, vielleicht dreizehn, höchstens vierzehn Jahre alt. Es hatte mich offensichtlich nicht entdeckt und kniete jetzt anmutig am Wasser und summte eine komplizierte, fröhliche Melodie. Bevor ich sie erschreckte, wollte ich sie lieber auf mich aufmerksam machen und griff zu dem ältesten Mittel hierzu. Ich räusperte mich leise.

Der Kopf unter der wirren, roten Lockenpracht drehte sich nach oben, und goldbraune Augen sahen mich an.

»Hallo, ich wollte nicht, dass du dich erschreckst, weil ich hier sitze.«

Wie konnte es nur einem Menschen gelingen, in einer derart fließenden Grazie aufzustehen? Es war eine geradezu göttliche Bewegung. Und dazu ein verlorenes Lächeln unter halbgeschlossenen Wimpern.

»Danke. Ich bin sehr unachtsam.«

»Nein, sicher nicht. Was machst du?«

»Ich suche Muscheln.«

Natürlich! Was sonst? Diese Frage war von äußerster Blödheit. Gegenüber dieser Sylphe kam ich mir sowieso vor wie ein urzeitliches Mammut. Ein Elefant wäre schon elegant gegen mich. Darum setzte ich noch eins drauf.

»Und, hast du schon viele gefunden?«, fragte ich und hätte mir am liebsten die Zunge abgebissen. Wenn das Kind jetzt mit einer giftigen Qualle nach mir werfen würde, ich hätte vollstes Verständnis.

»Nein … nein, ich habe keine Muschel gefunden …«

Das klang so traurig. Mir fiel eine etwas intelligentere Frage ein.

»Du suchst eine ganz besondere Muschel, nicht wahr?«

»Ja, eine besondere …«

»Weißt du schon, wie sie aussieht?«

Der Blick des Kindes war noch immer auf das Meer gerichtet, und die Stimme war nicht mehr als ein Flüstern.

»Ja. Ja, ich weiß, wie sie aussieht. Ich habe von ihr geträumt.«

Auch ich war mal so jung gewesen, in mich versunken und romantisch. Auch wenn ich das heute nicht mehr glauben konnte. Aber irgendwie rührte das Mädchen an einer verschütteten Erinnerung, an einem Verständnis für sie, das über Worte hinausging.

»Du suchst die weiße Muschel mit dem rosa schimmernden Perlmutt, in der sich die kleine Perle wohlfühlt.«

Jetzt nahm sie ihren Blick vom Wasser fort und sah mich an. Erstaunt.

»Ja, die suche ich. Woher wissen Sie das?«

»Auch ich habe die einmal gesucht.«

»Und? Haben Sie sie gefunden?«

Begierig hingen ihre Augen an mir.

»Nein, ich habe sie nicht gefunden.«

»Dann … vielleicht gibt es sie nicht?«

»Doch, es gibt sie. Ganz bestimmt. Aber nicht jeder findet sie. Und ich … ja, ich habe vermutlich irgendwann einfach aufgehört, sie weiter zu suchen.«

Dieses Gespräch, fern von der Welt, hatte etwas so Märchenhaftes an sich, dass ich fast nicht glauben konnte, was ich gesagt hatte.

»Meine Mutter sagt immer, ich solle aufhören, mir solche Sachen zusammenzuspinnen. Aber – nicht wahr – man muss doch an etwas glauben? Sie tun's ja auch.«

Süße Unschuld. Aber für einen Moment hatte ich auch an die wundersame Muschel geglaubt, deshalb nickte ich.

Das Mädchen kletterte zu mir auf die Steine und sah wieder hinaus. Kleine Schweißperlen standen auf ihrer Nase und Oberlippe. Was mich nicht wunderte, denn sie hatte ein langärmliges, bodenlanges Kleid an. Aber solche Phasen haben junge Mädchen ja manchmal. Außerdem war das ein erfrischender Anblick nach all den Nackedeis.

»Von wo bist du gekommen?«, erkundigte ich mich, um den Kontakt aufrechtzuerhalten.

»Von Moro Jable.«

»Ui, das ist ganz schön weit. Ich komme auch daher, aber ich habe es nur bis hierhin geschafft.«

»Es ist so schön einsam hier. Aber Mutter wird schimpfen, wenn ich ihr sage, wo ich war. Sie will immer, dass ich Ball spiele oder surfe oder so eine Kacke mitmache.«

Das Bild der zarten Sylphe brach donnernd in sich zusammen. Zarte Sylphen sagen nicht Kacke.

»Nun ja, das tun viele deines Alters. Aber man braucht auch manchmal Ruhe vor den Menschen. Es könnte natürlich sein, dass sie sich etwas um dich sorgt, wenn du so ganz alleine den Strand eroberst.«

Ich dachte an die Herren im kurzen Shirt und schauderte.

»Mutter weiß es nicht, also sorgt sie sich nicht.«

»Und was ist, wenn sie dich am Strand sucht?«

»Sie geht nicht an den Strand. Schon gar nicht, um mich zu suchen. Sie hält Hof am Pool. Oder auf unserer Terrasse.«

Oha! Ich sah mir die Kleine etwas näher an. Leuchtend rote Haare, mit blonden Sonnenlichtern darin, ein noch unfertiges Gesicht mit einer geraden Nase und einem vielleicht etwas zu starken Kinn. Eine der begnadeten Rothaarigen, die keine Sommersprossen bekamen. Das Gesicht kam mir bekannt vor.

»Heißt du zufällig Florentine?«

»Sind Sie gut im Raten, oder was?«

Ich musste kichern. »Nein, im Kombinieren. Ich heiße übrigens Viktoria, was auch nicht viel besser ist. Aber ich beiße jedem ein Ohr ab, der mich Vicky nennt.«

»Wie ich das verstehen kann! Es gibt Leute«, ihre Züge zeigten einen solchen Abscheu, dass er einen Öltanker zum Abdrehen gebracht hätte, »Leute gibt es, die haben versucht, mich Flo zu nennen.«

Ich nahm Abstand davon, nachzufragen, welchem unsäglich grauenvollen Schicksal diese Leute anheimgefallen waren.

»Hast du Lust, mit mir zurückzugehen, Florentine? Oder möchtest du lieber alleine bleiben? Ich für meinen Teil habe nämlich Hunger auf einen schönen, kalten Joghurt.«

»Mhh, Sie sind ziemlich nett. Ich gehe mit Ihnen.«

Einträchtig schweigend wanderten wir den Strand entlang zurück, Florentine immer ein wenig oberhalb von mir, ich mit den Füßen im Wasser.

Irgendwann fragte ich sie dann doch.

»Ist es dir nicht ein bisschen warm in dem Kleid?«

»Doch, schon.«

»Du könntest wenigstens den Rocksaum etwas hochziehen und im Wasser waten.«

»Mutter sagt, ich kriege dann einen Sonnenbrand und Sonnenallergie.«

»Das ist zwar grässlich, aber nicht unheilbar. Zumindest aus meiner Erfahrung einer Radikalkur. Aber nicht jedem hilft die.«

»Und wie ist die?«

»Keine klebrigen Einreibemittel, dafür Salzwasser und dosierte Sonne.«

»Keine Einreibemittel?«

»Die machen die Allergie manchmal sogar noch schlimmer.«

»Mutter besteht darauf, dass ich das schmierige Zeug nehme.«

»Man kann es abwaschen. Mit Wasser.«

Wir waren noch gut einen Kilometer von belebteren Gegenden entfernt, als Florentine stehenblieb, das weiße Gewand aufnestelte und weißhäutig in einem blaugepunkteten Bikini dastand.

»Ich gehe jetzt ins Wasser!«

»Das hört sich aber dramatisch an.«

»Stimmt.« Sie kicherte und drückte mir das verschwitzte Hemd in die Hand. Es roch deutlich nach einem bekannten Sonnenschutzöl. Aber ich habe natürlich auch leicht reden, meine Haut ist so ziemlich das Robusteste, was Mutter Natur mir mitgegeben hatte. Sie bräunt, ohne sich zu röten, gleichmäßig und schnell. Das einzige Mal, dass ich Schwierigkeiten hatte, war, als ich zu viel Sonnenmilch verwendet hatte. Daher meine Kenntnis der Radikalkur. Ich hoffte nur inständig, im Falle von Florentine nichts Falsches gesagt zu haben.

Sie lief in die Wellen und rubbelte sich die Arme ab. Ich versteckte unsere Sachen hinter einem Stein und lief ebenfalls in die wohltemperierte Brühe.

»Das ist ja irre!«

»Warst du noch nicht drin?«

»Noch nie. Nur so in Schwimmbädern. Huch – ist das witzig!«

Ein junger Seehund hätte sich nicht anders verhalten. Andere haben in dem Alter immer Probleme mit Armen, Beinen, Koordination und Körperhaltung, aber dieses Kind war einfach von seltener Begabung. Eine absurde Beinhaltung, sozusagen ein stehender Spagat, half mir bei des Rätsels Lösung.

»Wann trittst du bei Schwanensee auf?«

»Hab' ich schon hinter mir.«

»Ich dachte an die Rolle von Odette und Odile.«

»Hab' ich noch vor mir.«

Ich arbeitete mich wieder zum Ufer vor und schüttelte meine nassen Haare aus. Florentine folgte mir und trocknete sich mit ihrem Kleid ab.

»Ich denke, eine halbe Stunde Sonne versuche ich mal.«

In Anbetracht der länger werdenden Schatten nickte ich, und wir legten den restlichen Weg sachte vor uns hintrocknend zurück.

»Florentiiine! Flooorentiiine!«

Der Mutter Stimme hallte uns entgegen, und das Mädchen schlüpfte in ihr Kleid.

»Die Jungs sind weg, Mutter will mich abfüttern, damit sie wieder auf die Piste gehen kann.«

Florentine schien mir eine seltsame Mischung aus Verträumtheit und Zynismus zu sein. Aber wer bin ich, mir ein Urteil zu erlauben?

»War nett, mit dir spazierenzugehen, Florentine.«

»Ja, war nett. Bis bald mal. Bleiben Sie noch?«

»Zwei Wochen.«

Und ich, die ich normalerweise mit Kindern nichts anfangen kann, war glücklich, als in ihren Augen so etwas wie Freude aufblitzte. Dann gingen wir unserer Wege.

Nach meinem Abendessen saß ich etwas verloren vor dem Haus und fragte mich, was ich mit den nächsten Stunden anfangen sollte. Das Angebot war reichhaltig. Da gab es Animation im Hotel – eine Art Gameshow. Bezaubernd, wenn man den Hang zur Selbstdarstellung hat. Oder sich an der Selbstdarstellung anderer weidet. Lag mir beides nicht. Dann gab es die Diskothek, den Fernsehraum, das Bridgezimmer und nicht – zu vergessen – die Bar. Dazu noch die anderen Lustbarkeiten, die das Dörfchen bot. Spielhallen, Eissalons, Crêperien, Kino, Apotheken und – nicht zu vergessen – die Bars.

Ich hatte da allerdings auch noch ein paar Zeitschriften und Taschenbücher.

Es wurde dunkel, und ich malte mir die Lippen an, um dann doch noch in die Bar zu schlendern. Mal sehen, wie hier die allein reisenden Damen ankamen.

Sie kamen gut an, denn um Florentines Mutter summte es. Die Drohnen schwirrten. Ich nippte meinen Jerez und hatte offensichtlich eine Tarnkappe auf. Was sich als ausgesprochen nützlich erwies, denn eine halbe Stunde später fiel Horsti Pampelmaul mit seiner Corona ein.

Ich fand, die Bar wurde etwas zu eng für mich, und ging nach draußen.

Der Himmel war klar und sternenbestickt, die Luft frei von Zigarettenqualm. Der ständig wehende Wind hatte nachgelassen, und ich schlenderte einfach so vor mich hin durch die Anlage.

Es war das Maunzen, das mich anhalten ließ. Eine urplötzliche Sehnsucht nach Luzi füllte mein Herz. Darum setzte ich mich auf die niedrige Steinbrüstung und lockte.

»Mau, mau!«

Es krispelte und krabbelte in dem Blumenbeet, und eine kleine, dünne Katze streckte ganz vorsichtig ihr Köpfchen hervor. Sie schien schwarz-grau getigert zu sein und war bis auf die Knochen abgemagert. Es war nicht mitanzusehen.

»Na, Süße, komm, komm!«

Sehr misstrauisch beäugte das Tierchen meine ausgestreckte Hand, während ich überlegte, was ich für das verhungerte Geschöpf unternehmen konnte. Natürlich war mir klar, gegen jede Vernunft zu handeln. Aber ich ging in mein Häuschen zurück, schnipselte etwas gekochten Schinken klein und brachte ihn an die Stelle, wo ich das Kätzchen gefunden hatte. Es war noch da. Das Misstrauen schwand mit dem Geruch von Futter. Ich durfte den kleinen Lausepelz sogar streicheln.

Am nächsten Tag begann sich meine Urlaubsroutine zu entwickeln – kleiner Einkauf, großer Spaziergang, kleines Essen. Dann unter dem Schatten meines Sonnenschirms auf der Terrasse mit einem beschlagenen Glas Saft müßig durch ein paar Zeitschriften blättern. Dazu hatte ich nämlich im Normalfall nie Zeit. Hier im Urlaub wollte ich mich mal wieder so richtig auf den Stand der Zeit bringen. Also umgab ich mich mit meinen kosmopolitischen Freundinnen Brigitte und Amica, um zu schauen, wie denn die gängigen Klischees aussahen. Um einen groben Überblick über meine Situation zu bekommen, machte ich als Erstes einen Persönlichkeitstest, in dem so intime Fragen gestellt wurden, wie ich es denn mit meiner Freizeitbeschäftigung, meiner Wohnungseinrichtung und meinem Kleidungsstil hielte. Außerdem waren Antworten auf Fragen nach dem Auto, dem Fitnessprogramm und dem perfekte Rahmen für ein Rendezvous verlangt. Komisch, ich war wohl ein ziemlich bunter Hund, weder der lässige Typ noch der romantische, kein Sensibelchen oder empfindsam, nicht verspielt und kaum dynamisch. Am ehesten noch die Individuelle, die ganz schlecht abschnitt. Und zur Belohnung versprach man mir, dass mir das Parfum von Frau Picasso besonders gut stehen würde, weshalb ich angewidert die Seite umschlug.

So konnte ich nie herausfinden, ob ich ein marktgängiges Modell war.

Immerhin fanden sich reichlich Artikel zum Singleleben, was darauf hindeutete, dass ich wenigsten damit nicht alleine stand. Vor allem die alles bewegende Frage nach dem Sexleben von alleinstehenden Frauen wurde ausgiebig behandelt. Sollte ich da ein Problem haben, das ich noch nicht kannte? Ich fragte das Weibchen, aber das hielt sich bedeckt.

Dann lernte ich, was die Frau von heute von ihrem Auto verlangt, und schüttelte mich bei der Vorstellung, einen fünf Jahre alten roten Kleinwagen voller Airbags und von rundlicher, knuffiger Form zu fahren, in dem sich die Plüschtiere als Talismane tummelten. Und auch die Modetipps – kleinkarierte Girlyhöschen und kakifarbene Blusen, die um die Brust spannten – waren nicht mein Ding. Ich stellte es mir besonders erheiternd vor, wenn ich, wie empfohlen, in einer engen, blaugelb gestreiften Stretchhose und orangen, Rippenpulli, Plateaustiefeln und Oversizejackett versuchte, Frau Bertram-Axt ein Haus für ihre antiken Möbel zu verkaufen. Nicht ganz schlüssig – irgendwie.

Kurz und gut, nach zwei Stunden amüsierten Blätterns in den Trendzeitschriften war mir klar, ich war ein ausgesondertes Modell. Ich machte keine Kamelreisen durch die Kalahari, kannte noch nicht einmal die gängigsten Schönheitsfarmen, hatte keine Erotikvideos im Schrank, betrieb keine exotische Kampfsportart und konnte auch keinen Wolfsbarsch auf rustikaler Tomatensauce zaubern. Aber einen Push-up-BH, den könnte ich mir mal kaufen.

Oder auch nicht.

Kurz davor, in eine tiefe Identitätskrise zu verfallen, lenkte mich Florentine ab. Sie schlenderte mit provozierend aufgerollten Ärmeln ihres weißen Schlabbergewandes auf dem Pfad vor dem Haus entlang. Und schon erscholl der bekannte Ruf.

»Florentiiiiine!«

Ich sah ein resigniertes Schulterzucken und beobachtete unter meiner Sonnenbrille, wie die Mutter dem Kind eine Dosis Sonnenmilch verabreichte. Vermutlich sah sie darin den Muttermilchersatz.

Meine nächste Begegnung mit Florentine verlief deutlich folgenreicher. Ich hatte mich an diesem Abend entschlossen, die örtliche Gastronomie zu testen, und war ins Dorf gefahren. Es gab Pizza, Fisch, deutsche Küche, Pizza, Fisch, deutsche Küche … Für mich gab es Pizza. Die mir allerdings beinahe wieder hochkam, denn als ich fast fertig war, trat Horsti Pampelmaul in das Lokal.

Sein Auftritt überzeugte! Der Landessprache muss man ja an einem internationalen Urlaubsort nicht zwingend mächtig sein, man kann auch schon am Eingang dröhnend den Maître fragen, ob es wenigstens deutsches Schnitzel gebe, weil: »Ihr kocht doch hier alles in Öl!« Und zu den Begleitern gewandt: »Da hat man gleich so ein Völlegefühl im Magen, und anschließend laufend Darmgeschichten, bei dem Fraß.«

Ich unterdrückte mühsam die Regung, ihm mit meiner Faust ein Völlegefühl im Magen zu verpassen, fletschte nur die Zähne, zahlte und ging in ungebührlicher Hast.

Als ich durch die Ferienanlage schlenderte, hatte ich gespitzte Ohren. Die Sonne war schon untergegangen, und die Lampen warfen gelbe Lichtpfützen auf den Weg. Dazwischen war es dunkel. In der Dunkelheit einer üppigen Bougainvillearanke saß das getigerte Kätzchen bei einer Mahlzeit aus Resten, die unverkennbar vom Büfett stammten. Daneben saß ein weißes Gespenst und blickte mich großäugig an.

»Oh, Sie sind's.«

»Ja, ich bin's. Mafalda scheint eine Glückssträhne erwischt zu haben. Gestern gekochten Schinken, heute Hühnchen in Soße …«

»Gestern hatte sie Fisch.«

»Und gekochten Schinken.«

»Mööööögen Sie Katzen?«

»Ja, ganz besonders. Ich habe eine schwarze mit goldenen Augen.«

»Oh, toll. Ich hätte auch gern eine.«

»Geh ins Tierheim, da gibt es viele arme Tiere, die nur zu gerne ein Zuhause hätten.«

»Mutter sagt, Katzen sind unhygienisch.«

»Mh.«

Wenn ich die mütterliche Autorität nicht untergraben wollte, sagte ich jetzt besser nichts.

»Haben Sie Ihre Katze auch aus dem Tierheim?«

»Nein, sie ist mir zugelaufen. Eine Streunerin, die plötzlich die Vorteile einer festen Adresse schätzen gelernt hat.«

»Und wo ist sie jetzt?«

»Bei einer Freundin, mit der sie sich sehr gut versteht.«

Was mich daran erinnerte, Alizia mal anzurufen. Ich könnte ihr sogar von der Kelchprinzessin erzählen, die uns so viel Kopfzerbrechen verursacht hatte. Sie freut sich so an solchen Zufällen.

»Man darf die Katzen hier nicht füttern«, sagte Florentine und streichelte das magere Tier, das sich gesättigt an ihrer Seite zusammenrollte.

»Ich weiß. Und es tut besonders weh, wenn man sich an sie gewöhnt und dann wieder verlassen muss.«

Florentine nickte nur und streichelte weiter.

»Wie lange bist du denn noch hier?«

»Noch drei Wochen. Insgesamt zwei Wochen mit meiner Mutter und zwei Wochen mit meinen Vater. Er kommt nächsten Sonntag.«

Besonders glücklich hörte sich das nicht an.

»Du freust dich nicht sonderlich darauf, mit deinen Eltern zusammen zu sein?«

»Was heißt Eltern? Mutter fliegt am Samstag. Die beiden sind geschieden.«

Hallo, Fettnapf!

Hallo, Viktoria!

Wir saßen schweigend eine Weile nebeneinander und kraulten das Katzentier zwischen uns.

Florentine war die Erste, die wieder etwas sagte.

»Was machen Sie heute Abend?«

»Bislang habe ich noch keine besondere Vorstellung. Und du?«

»Ich sollte wohl zu Bett gehen. Aber draußen ist es schöner. Außerdem braucht sie momentan den Platz.«

»Deine Mutter?«

»Brezelt sich auf.«

Ich stellte mir das lebhaft vor.

»Wir können Mafalda einen Abendschoppen gönnen. Ich habe etwas Milch im Kühlschrank. Und Saft. Und ein Gläschen Wein für mich.«

»Das fände Mafalda sehr freundlich, glaube ich.«

»Dann komm, Mafalda!«, forderte ich. Es sprach für meine zunehmende Vertrautheit mit Katzen, dass das Tigerkätzchen aufsprang und uns beiden folgte. Oder dem ausgeprägten Instinkt für Nahrung.

Die aufgebrezelte Mutter stand in ihrem beleuchteten Fenster und hub eben zu ihrem durchdringenden Schrei nach der Tochter an, als sie uns kommen sah. Florentine eilte zu ihr und handelte offensichtlich Verlängerung aus. Denn nach kurzer Zeit war sie wieder da, und wir beköstigten den pelzigen Hungerhaken mit Milch und Thunfisch. Dann betrachteten wir, in den Gartenmöbeln liegend, den kataloggerecht funkelnden Nachthimmel.

»Was sind Sie eigentlich von Beruf?«

»Ich vermittle Häuser und Wohnungen.«

»Eine Maklerin?«

»Ja.«

»Das sind alles Verbrecher.«

Woher hatte dieses Kind eine solch tiefe Kenntnis meines Berufsstands?

»Dann solltest du etwas abrücken von mir. Vielleicht steckt das an.«

»Davon hat Mutter nichts gesagt. Nur dass alle Makler Verbrecher sind.«

»Vielleicht hat sie mal schlechte Erfahrungen gemacht.«

Mit solchen wie Engelbert zum Beispiel.

»Weiß ich nicht. Übrigens habe ich bis jetzt noch keine Sonnenpickelchen gekriegt. Und keinen Sonnenbrand.«

»Prima. Aber sei trotzdem vorsichtig bei den Ratschlägen, die dir Verbrecher geben.«

Wir gickelten eine Weile. Mir gefiel das Mädchen. Sie mochte sich recht einsam hier fühlen, denn sehr viele Gleichaltrige waren bislang noch nicht eingetroffen. Außerdem war sie wohl etwas eigenbrötlerisch. Ich fand sie allerdings unterhaltsam und dachte über eine Idee nach.

»Ich wollte in den nächsten Tagen ein bisschen die Insel erkunden. Ich habe so einen Kleinjeep. Hättest du Lust, mal mitzukommen. Wenn deine Mutter es erlaubt.«

Den letzten Satz hätte ich mir sparen können, aber so ganz konnte ich mein Klischeedenken Kindern gegenüber doch noch nicht ablegen.

»Ich habe Lust dazu, wenn Sie das nicht stört. Mutter ist froh, wenn ich außer Sichtweite bin. Ich mache sie so alt.«

»Du könntest ihre Schwester sein …«

»Genialer Vorschlag!«

Es rutschte mir so raus: »Würdest du lieber bei deinem Vater leben?«

»Mein Vater ist ein Verbrecher.«

Ach du lieber Gott! So langsam beschlich mich die Ahnung, die Mutter könne ein recht einseitig ausgerichtetes Schubladendenken pflegen. Makler Verbrecher, Katzen unhygienisch, Exmänner Verbrecher … Armes Kind.

»Aber kein Makler?«

»Nein, dann wäre er ja ein Doppelverbrecher. Aber er mag mich nicht besonders.«

»Bestimmt? Trotzdem kommt er her, um zwei Wochen lang eine Kröte wie dich zu hüten?«

»Er ist sehr pflichtbewusst.«

Es gab da offensichtlich Stellen, an die man besser nicht rührte. Wie aufgeschürfte Knie etwa. Ich brach das Thema ab, und wir unterhielten uns über Luzi, von der ich die jugendfreien Geschichten erzählte.

Wir erkundeten die wilde Seite der Insel, sahen von Ferne die Villa Winter, starrten fasziniert in die Brecher, die an der rauen Felsküste in sprühende Gischt zerbarsten, aßen Hot Dogs und tranken Cola dazu. Manchmal braucht man das.

Florentines Mutter hatte nichts dagegen gehabt, dass ich ihr Kind entführte, auch wenn ich von Beruf Verbrecher war. Sie hingegen fühlte sich zu Dank verpflichtet und drückte mir ihre Karte in die Hand, aus der ich entnehmen konnte, dass Sybille Tanzer Eigentümerin einer vornehmen Boutique für Dessous und Bademoden war, was ihre Luxusausstattung an Beachwear erklärte.

Abends trafen wir uns wieder mit Mafalda, die diesmal vorsorglich beschafftes Katzenfutter bekam, was sie mit demselben Genuss verspeiste wie die Edelnahrung vom Touristenbüfett. Ich stellte zur Erheiterung von Florentine einen Vergleich zugunsten des Katzenfutters an.

Es war für mich sicher nicht die erwartete Urlaubsgestaltung, aber wenn ich es so recht betrachtete, hatte ich mir eigentlich überhaupt keine besonderen Vorstellungen davon gemacht, außer dass es etwas anderes sein sollte als der tägliche Trott.

Nach dem vierten Tag begannen die Träume.

Wirre Sachen zunächst, bekannte Szenen in irrationalen Zusammenhängen, Menschen, die ich kannte, in unbekannten Szenen, Aufgearbeitetes, was ich gar nicht mehr wissen wollte. Es war, als hätte ich meine ganzen Probleme ungeordnet in eine Truhe gepackt und den Deckel zugemacht, um die Unordnung nicht mehr sehen zu müssen. Nur war der Deckel irgendwie eigensinnig geworden.

Am Mittwoch enttäuschte ich Florentine daher mit meiner Giftlaune.

»Haben Sie Ihre Tage?«

»Nein, nur schlecht geschlafen.«

»Dann geh ich mal.«

Ich hätte mir schon wieder einen Tritt in den Allerwertesten geben können. Vermutlich war das Florentines gewohnte Praxis, wenn Mutter schlecht gelaunt war. Ich packte ziemlich schnell meine Strandtasche zusammen und nahm noch einen Beutel Pfirsiche mit. Dann legte ich einen zügigen Schritt vor, um Florentine einzuholen. Ich täuschte mich nicht in ihrem Ziel. Solange sie in belebteren Strandgebieten war, konnte man sie deutlich an ihrem weißen Gewand erkennen, heute einer Art Djellaba.

Bevor ich sie jedoch erreichte, stolperte ich noch einmal über Horsti Pampelmaul! Hosenlos, was die Ästhetik nicht befriedigte, hingegen die Schadenfreude, denn die ansonsten schamhaft verhüllten Partien nahmen bereits eine prächtige, rotbackige Tönung an.

Ich bin ein bösartiges Geschöpf, denn das hob meine Laune etwas. Als ich auf Florentines Höhe angekommen war, war ich ein wenig aus der Puste, wie ich zu meiner Schande feststellen musste. Aber ich erhielt ein so freudiges Lächeln, dass sogar der Rest des schwarzen Dampfes verflog.

»Horsti Pampelmaul wird heute Abend wie auf heißen Kohlen sitzen!«

»Wer ist Horsti Pampelmaul?«

»So habe ich unseren Mitgast mit dem großen Mundwerk getauft.«

»O ja, der! Das ist Hans-Werner Hasenköttel, für seine Freunde Ha-We.«

»Hasenköttel ist fast so gut wie Pampelmaul. Du kennst ihn?«

»Mutter trinkt mit ihm.«

Ich hatte inzwischen gelernt, dass Florentines Verhältnis zu ihrer Mutter ein gespanntes war, dessen Ursache, soweit ich Menschen beurteilen kann, nicht übergewichtig bei der Tochter zu suchen war. Sybille Tanzer hatte andere Interessen, als sich um ein heranwachsendes Mädchen mit verträumten Ideen zu kümmern. Florentine bekam bequemerweise meistens das, was sie sich wünschte – Ballettunterricht, ausgeflippte Klamotten, ein reichliches Taschengeld, drei Mahlzeiten am Tag, Nachhilfestunden in Mathe und Englisch, Taxifahrten zur Freundin und ins Schwimmbad. Aber verhältnismäßig wenig Verständnis.

Es war wie mit diesen verhungerten Katzen. Eigentlich sollte man sie ja nicht füttern, denn schon allzu bald reist man ab, und das Leid danach ist noch viel schlimmer für die Zurückbleibenden. Und wie bei den Katzen handelte ich gegen jede Vernunft.

Wir fanden eine schöne Düne und beschlossen, eine Rast einzulegen. Unter dem Wallegewand kam ein rot geblümter Bikini aus Mutters Musterkollektion für pubertierende höhere Töchter hervor.

»Der ist grässlich, aber die beiden anderen waren noch nass, und der Rest ist noch schauriger. Ich mag keine pinkfarbenen Rüschen.«

»Macht nichts, hier sieht uns keiner.«

Zufrieden verdrückten wir die Pfirsiche und streckten uns lang aus. Florentine hatte eine hübsche Bräunlichkeit erzielt, wenn auch auf den Schultern sich ein paar Placken Haut lösten.

Fast eine Stunde waren wir in unserer Düne sicher vor dem Strandpublikum. Doch dann kam Horsti. Nicht allein, sondern mit der Kamera. Er und sein schnatternder Damenflor näherten sich in breiter Formation. Die fotografierten Posen zeichneten sich weder durch Eleganz noch Geschmack aus, wurden aber durch heiteres Gejohle sattsam untermalt.

Die Flucht gelang uns, und wir fanden ein abgelegenes Plätzchen hinter den Steinen am Wasser, wo wir uns ungestörter wähnten. Doch plötzlich fühlte ich mich beobachtet. Ein leises Klicken bestätigte dieses Gefühl. Horsti stand auf den Felsen und bannte soeben unsere spärlich bekleideten Körper auf seinen Film. Florentine sah von ihrem Buch auf, Mord im Blick. Ich griff zur Notwehr. Ein Haufen feuchter Algen klatschte auf Horstis Bierbauch, und er schrie.

Als die Meute endlich verschwunden war, nahmen wir ein Bad und wanderten dann einträchtig weiter.

Ich ließ meine Gedanken schweifen. Eigentlich zum ersten Mal, seit ich hier war. Denn bisher hatte ich manche Dinge einfach in die Ecke geschoben, wenn sie auftauchten. Diesmal ließ ich sie einfach hochkommen. Was sollte ich wegen Engelbert unternehmen, wie wurde ich Gerold auf schmerzlose Weise los, wollte ich noch etwas von Heinz? Gab es bei meinen Geschäften irgendeinen Haken, den ich noch nicht kannte? Hatte ich mich in etwas hineinbegeben, ohne es zu wissen? War an dem Seegrundstück vielleicht doch irgendeine Schweinerei verborgen?

Die Wellen umspielten meine Füße, der Sand rieb die Sohlen weich und glatt. In der Ferne zog ein Frachtschiff den Horizont hinunter. Und vor mir im Dunst schwammen blau die Berge zwischen Wasser und Himmel.

Doña Simona kam mir in den Sinn. Ob sie ihre Einladung ernst gemeint hatte?

Zurück im Ferienclub, führte ich dann erst einmal ein Telefonat mit Alizia und versicherte mich, dass es Luzi gut ging.

»Sie ist neugierig, aber sie frisst nicht sehr viel.«

»Versuch es mal mit rohem Fisch!«

»Ja, bin ich denn ein Luxushotel?«

»Alizia, das ist das Mindeste, was man seinen kätzischen Gästen anbietet. Vor allem, wenn sie so hoher Abstammung sind.«

»Darf es vielleicht auch ein Häppchen Filetsteak sein?«

»Alles, was Majestätens schwachen Appetit kitzelt. Nötigenfalls musst du ihr eben eine frische Maus fangen.«

»Du hörst dich an, als ob du dich prächtig erholst.«

»Man tut, was man kann. Ich erzähle dir später mehr. Gib Luzi eine dicke Streicheleinheit von mir.«

Bei meinem Bungalow angekommen, fand ich eine Nachricht unter die Tür geschoben – Doña Simona ließ anfragen, ob ich morgen Lust hätte, zu ihrer Finca zu kommen. Ich lächelte ein wenig über den Zufall, dann winkte ich Florentine zu, die mit Mafalda Haschen spielte.

»Hast du Lust, morgen eine ältere Dame zu besuchen, die hier auf der Insel wohnt?«

»Eine Resistente?«

»Eine was?«

»Eine aus der resistenten Kolonie.«

Es brauchte eine Weile, bis ich kapierte.

»Du meinst die Residenten.«

»Die resistenten Residenten.«

»Bist du bloööd.«

»Ja, bin ich. Und ich fühle mich sehr wohl dabei. Aber ich komme gerne mit. Haben Sie noch von dem Katzenknabberkram?«

Der Jeep zog eine Staubfahne hinter sich her, als wir die abgelegene Route einschlugen. Nur dort, wo mit Touristengeldern der Boden bewässert wurde, bedeckte üppige Vegetation den Boden. Hier, wo die Sonne auf den trockenen Fels brannte, gab es nichts mehr. Eine Wüste mitten im Meer, steinig, staubig, heiß. Wir kamen höher und höher, und die Landschaft wurde atemberaubend. Die Berge waren von dem ewig wehenden Wind zu glatten Hügeln abgeschliffen, Wolkenfetzen warfen wandernde Schatten über ihre sanften Rundungen. Wir hielten an und stiegen die letzten paar Meter den Berg hinauf. Urzeitlich wirkte die Welt hier, so musste zum Anbeginn der Zeit die Erde ausgesehen haben – rotglühend, leblos, trocken. Und völlig still.

»Das ist irre!«

Florentine, im üblichen langen Hemd, stellte sich auf die Zehenspitzen und tanzte im Wind nach einer Musik, die nur sie hören konnte, vor der Kulisse der schweigenden Felsen und vor einem gläsernen Himmel. Ihr weißes Kleid flatterte wie eine verlorene Seele über den roten Boden und warf bizarre schwarze Schatten. Ein Anblick, der sich in mein Gedächtnis brannte, der immer dort bleiben würde als Ausdruck der unaussprechlichen Harmonie zwischen Himmel, Erde und Mensch.

Als wir wieder im Jeep saßen und weiterfuhren, merkte ich, dass ich eine Melodie summte. Der Text fiel mir nicht ein, aber ich wusste, sie passte genau. Ich suchte nicht weiter nach ihrem Ursprung, sondern bemühte mich, mit meiner schweigsamen Begleiterin Konversation zu betreiben.

»Ich habe Doña Simona am ersten Abend kennengelernt. Sie ist eine Künstlerin, die hin und wieder ihre Sachen im Foyer ausstellt«, erklärte ich Florentine. Sie antwortete mit einem gelangweilten »Mhhh«, woraus ich schloss, dass sie das nicht sonderlich interessierte. Aber vermutlich war unsere Gastgeberin gewandt genug, auch ein desinteressiertes Mädchen für sich zu gewinnen. Und auch wenn das Ziel der Reise für Florentine keine Attraktion war, schien sie doch die Fahrt zu genießen.

Doña Simonas Finca lag an einem Berghang, eine bewässerte, grüne Oase, deren Mitte ein weißes Haus bildete, das von dachhohen Poinsettien umgeben war. Die Weihnachtssterne blühten in allen Schattierungen von Dunkelrot bis zum gelblichen Weiß. Meine an kümmerliche Treibhausprodukte gewöhnten Augen wollten schier übergehen.

»Das hat was, nicht?«

Ich hätte vor Begeisterung aufheulen können, und dieses Kind formulierte kühl: »Das hat was.« Na gut, wir gefielen uns heute in der Rolle der Blasierten. Vielleicht hatte es wieder Ärger mit Mutter gegeben.

Ich rollte die letzten Meter vor das Gebäude und stieg aus. Auch von hier war der Blick überwältigend. Ein Tal öffnete sich zum Meer, wo das sonnenglitzernde Wasser irgendwo im Dunst des Horizontes in den Himmel überging.

»Guten Tag, Frau Friedland.«

Doña Simona war aus dem Schatten der Veranda getreten und hielt mir zu Begrüßung die Hand hin. Sie war wie Florentine in ein weites Gewand gehüllt und lächelte strahlend.

»Ich hoffe, Sie haben nichts dagegen, dass ich eine kleine Freundin mitgebracht habe.«

»Aber im Gegenteil.«

»Das ist Florentine, Doña Simona.« Zu dem Mädchen gewandt bat ich: »Komm, sei brav und gib Pfötchen.«

Florentine tat nichts dergleichen. Sie umarmte die Ältere und küsste sie auf die Wangen.

»Hallo, Noña.«

»Hallo, Florentine. Hast du doch einen Weg gefunden, herzukommen.«

»Täusche ich mich, oder habe ich es hier mit einem abgekarteten Spiel zwischen Großmutter und Enkelin zu tun?«

»Nicht abgekartet, nur ein bisschen unaufrichtig. Ich hatte allerdings gehofft, dass Sie irgendwie mit meiner Kleinen hier in Kontakt kämen.«

»Sie hat sich förmlich aufgedrängt beim Muschelsuchen.«

»Bei unserer ersten Begegnung war ich noch dem Irrtum aufgesessen, es mit einer schüchternen Sylphe zu tun zu haben, aber als sie dann den Mund aufmachte, ernüchterte mich das ziemlich schnell. Doña Simona, es handelt sich bei diesem Kind um eine ekelhafte Kröte.«

»Ich weiß«, seufzte die Dame und verdrehte die Augen. »Ich liebe Kröten. So, aber jetzt in den Schatten mit euch, ich habe einen Salat für euch gemacht.«

Es war kühl unter der Pergola, und das grüngefilterte Licht tat den Augen wohl. In Keramikschalen gab es Salate und Obst, Käse und knuspriges Brot, in Krügen kühle Säfte, Wein und Wasser. Mit wie wenig man glücklich sein konnte! Ich lehnte mich zurück und überließ Florentine und ihrer Großmutter die Unterhaltung, zufrieden, den Blick über das Land streifen zu lassen und an meinem Brot zu knabbern.

Später zeigte uns Doña Simona ihre Werkstatt. Sie hatte eine wundervolle Kollektion schlichter Keramiken. Gebrauchsgegenstände meist, Schüsseln, Teller, Becher, Krüge in unauffälligen Glasuren, erdfarben, manche mit schwarzen und weißen Mustern. Aber auch einige blau glasierte Tonwaren gab es, die Oberfläche schimmernd und in der Tiefe grün leuchtend.

»Ich habe ein bisschen mit Glasuren experimentiert. Diese hier kommen gut an«, erläuterte sie uns.

»Eine Wohltat, diese einfachen, ausgewogenen Formen. Was ich bislang an Keramik gesehen habe, würde ich noch nicht einmal beim Polterabend meiner besten Feindin verwenden.«

»Majolika, weiß mit bunten Früchten. Geht weg wie warme Semmeln.«

Eine große Salatschale in dieser irrwitzigen blauen Glasur hatte es mir angetan.

»Was kostet denn so etwas?«

Die Künstlerin nannte einen Wert, der mir den Atem verschlug.

»Majolika mit blauen Erdbeeren ist billiger«, feixte Florentine. »Die große Erdmutter hat saftige Preise.«

»Im Handgepäck kriege ich sie sowieso nicht mit«, fiel mir dann gerade noch ein.

Da es sehr warm in den Räumen war, zogen wir uns bald wieder auf die schattige Veranda zurück, wo sich inzwischen drei Katzen eingefunden hatten. Inselkatzen, dem Aussehen nach, struppig und zierlich, jedoch erheblich besser genährt als Mafalda.

Wir erzählten von unserem Findelkind. Und ich dann von Luzi und Alizia, während Florentine mit den drei Katzen spielte.

»Die Katzen sind mir auch so nach und nach zugelaufen«, meinte Doña Simona, als ich mit unserer Geschichte fertig war.

»Wie lange haben Sie das Haus hier schon?«

»Oh, so an die fünf Jahre jetzt.«

»Sie haben mit Deutschland ganz abgeschlossen?«

»Nicht ganz, es gibt noch einige Verbindungen dorthin. Mein Mann, mein Sohn, meine Enkelin leben ja dort.«

Wie sie das so gelassen sagte! Ich hatte sie für verwitwet gehalten. Mein vorlautes Mundwerk war wieder schneller als mein Verstand.

»Ihr Mann?«

»Ja, ja. Er war der Meinung, er könne sich noch nicht zur Ruhe setzen. Er ist für verschiedene Firmen tätig. Mir war das allerdings zu wenig, immer nur die repräsentative Gattin zu spielen, darum haben wir vereinbart, dass ich hier schon mal eine Existenz aufbaue. Er kommt mich zwei-, dreimal im Jahr besuchen. Das ist für uns beide dann ein Fest. Ich verstehe aber durchaus, dass er nicht das ganze Jahr hier in der Einöde leben möchte.«

Ich muss konservativer sein, als ich dachte. Und auch so ausgesehen haben.

»Man kann auch von einem Menschen getrennt sein und sich trotzdem zusammengehörig fühlen. Sind Sie schockiert, Viktoria?«

»Vermutlich. Oder eigentlich nicht schockiert, sondern überrascht. Sehen Sie, durch meinen Beruf lerne ich so viele Familien, Paare, Eheleute kennen, die ganz offenbar unendliche Probleme damit haben, zusammen zu sein, und es trotzdem mit aller Gewalt versuchen. Auf der anderen Seite gibt es so eine Menge frustrierter Singles, die Probleme damit haben, alleine zu sein. Ihre Lösung ist zu einfach, um wahr zu sein.«

»Sie passt auch nicht für jeden. Auch ich musste erst alt genug dafür werden.«

Es war inzwischen später Nachmittag geworden, und da ich annahm, Florentine habe unseren Ausflug nicht allzu intensiv mit ihrer Mutter diskutiert, drängte ich zum Aufbruch.

»Ja, Florentine, ihr solltet euch auf den Weg machen. Vielleicht ergibt sich nächste Woche noch einmal eine Gelegenheit. Und am übernächsten Sonntag bin ich im Hotel.«

Florentine umarmte ihre Großmutter, dann kam Doña Simona zu mir und verabschiedete sich.

»Ich hoffe, wir sehen uns noch einmal, bevor Sie wieder entfliegen. Wenn man ständig hier wohnt, verliert man etwas das Gefühl für die Zeit. Falls wir uns aber nicht mehr sehen, möchte ich Sie bitten, das hier als kleine Erinnerung anzunehmen.«

Ich bekam eine kleine Terrakottaschale in die Hand gedrückt, in der sich schwarze und weiße Muster spiralförmig zur Mitte bewegten. Als ich genauer hinsah, erkannte ich, dass außen auf der Schale drei Köpfe einmodelliert waren, deren Haare über den Rand nach innen flossen. Sie waren es, die das rote, weiße und schwarze Muster bildeten. Es war ein erlesenes Stück Kunsthandwerk.

»Wunderschön, Doña Simona. Vielen Dank. Das wird mich immer an diesen Nachmittag erinnern.«

»Mag sein. Hüten Sie es gut, und passen Sie auf, dass Ihre Freundin Alizia es Ihnen nicht abschwatzt.«

»Wieso Alizia?«

»Oh, aus Ihren Erzählungen vorhin entnahm ich, dass die junge Frau Geschmack daran finden könnte. Aber nun fahren Sie! Bis bald, Florentine!«

Auf dem Rückweg stand die Sonne schon niedrig, und die Schatten der Berge wurden tiefer und blauer. Wieder summte die Melodie in meinem Kopf herum, und auf einmal war auch der Text da. Das Pferd ohne Namen. Ja, kein Wunder, dass ich das Gefühl hatte, es passe irgendwie in die Gegend. Und ich sang gegen die Motorengeräusche an:

»I've been through the desert on a horse with no name
It felt good to be out of the rain
In the desert you can remember your name
'Cause there ain't no one for to give you no pain …«

Horsti Pampelmaul hatte der Ferienanlage im Allgemeinen zur Kenntnis gegeben, er wolle an einer Tour auf das Festland teilnehmen. Ich stellte es mir besonders charmant vor, wie Horsti den versprochenen Kamelritt machen würde, aber die armen Basarhändler taten mir jetzt schon leid.

Hingegen war für mich seine Abwesenheit Anlass, doch einmal einen Tag am Pool zu verbringen. Man musste alle Eindrücke auf sich wirken lassen.

Florentine war mit Mutter unterwegs – es war ja ihr letzter gemeinsamer Tag, denn am Samstag verließ uns Sybille. Sie hatte mich sogar gebeten, den einen Tag auf Florentine aufzupassen, was ich eigentlich ganz nett fand.

Nach dem Frühstück machte ich mich also mit Handtuch, Buch und Badelatschen auf, die Sonnenterrasse am Schwimmbecken zu bevölkern. Dutzende weißer Liegen waren aufgestellt, dazwischen dekorativ Sonnenschirme verteilt. Auf jeder Liege befand sich ein Handtuch. Wirklich auf jeder. Offensichtlich waren die Besitzer derselben vor Tag und Tau aufgestanden, um somit ihren Claim abzustecken.

Es gibt Dinge, die kann ich nicht leiden! Da werde ich richtig fies!

Ich suchte mir den schönsten Platz aus, fegte ein blau-weiß kariertes Badetuch zur Seite und streckte mich auf dem meinen aus. Mal sehen, was passierte.

»Sie! Wo ist mein Handtuch?«

Ich öffnete träge die Lider und sah einen indianerfarbenen Bauch auf mich zuschwellen. Er gehörte zu der herrischen Stimme.

»Bitte?«, fragte ich müde.

»Ich hatte mein Handtuch auf diese Liege gelegt!«

»Jaaaa?«

»Wo ist mein Tuch?«

»Vielleicht hat es der Wind, der Wind, das himmlische Kind, davongetragen«, bot ich hilfreich an und überlegte, ob die rote Farbe im Gesicht des Indianerhäuptlings gesund war.

»Hören Sie, das ist mein Liegestuhl!«

»Wie ist denn bitte ihr Name?«, säuselte ich und quälte mich in eine halbwegs sitzende Position.

»Merkelbach, Ernst Merkelbach!«

Ich tat so, als ob ich an der Lehne etwas suchte, schüttelte dann betrübt den Kopf und meinte mit sanfter Stimme: »Tut mir leid, Ihr Schildchen muss abgefallen sein.«

»Hören Sie auf mit diesen Faxen, junge Frau! Das ist mein Stuhl, ich habe heute Morgen …«

»Haben Sie ihn gesondert gemietet? Haben Sie dafür extra bezahlt?«

Ich war mir inzwischen sicher, dass die Farbe nicht gesund war. Sie spielte langsam ins Bläuliche. Doch kurz bevor der Häuptling Aufgeblasene Socke zur Rechtsbelehrung ansetzen konnte, ertönte ein Ruf: »Eeeaarnst, Eeeeeaarnst!«, und er drehte ab in Richtung auf eine winkende Fregatte.

Ich streckte mich wieder lang aus und genoss meinen Triumph aus Frechheit und Menschenkenntnis.

Doch, eigentlich lohnte sich die Investition in diesen Ferienclub. Kaum war das Scharmützel um die Lagerstätte beendet, wurde weiter für meine Unterhaltung gesorgt. Diesmal von Roland, dem durchgestylten Animateur. Dem Nämlichen, den ich bereits an Sibylles Bungalow hatte bewundern können. Jetzt blies er zum Frühsport – Poolgymnastik! Der Bronzebauch war noch von einem T-Shirt verhüllt, doch Bizeps, Trizeps, Quadrizeps glänzten bereits im Licht des frühen Tages. Um ihn scharten sich mollige Mittfünfzigerinnen, unausgeschlafene Jungmütter, zwei mittelalte Goudas und drei athletische Aerobic-Adeptinnen. Zu heißen Salsaklängen feuerte Roland sein Corps zu einem schwungvollen Bewegungsprogramm an, das mit Recht den Namen »Fit unter hundert« verdient hätte.

Ich prüfte verstohlen meinen Badeanzug. War nicht das Bäuchlein weniger geworden, war nicht die kleine Rolle an der Hüfte geschmolzen? Oh, glückliche Inseln, auf denen es keine Waagen gab! Dafür lange Strandwanderungen und gegrillte Tomaten zum Frühstück.

Arhythmisch bewegten sich die Gymnasten, als Roland das Hemd schmiss. Sicher nicht, weil ihm von der Bewegung zu warm geworden war, sondern weil die Blicke ihm einheizten, die die Elevinnen ihm zuwarfen. Ich bewunderte den Adonis unter halbgeschlossenen Augen und der sicheren Tarnung durch eine Sonnenbrille.

Wirklich ein schöner Mann. Ein Bild von Mann. Ein Körper zum Reinbeißen, Anknabbern, Ablecken, Fingernagelspurenziehen. Zum Lakendurchschwitzen und Bettendurchbiegen. Fand das Weibchen.

Ich hingegen fand, es sei jetzt genau der Zeitpunkt, die alles entscheidende Frage zu stellen – und sie zu beantworten. Kurz, dem Pferd einen Namen zu geben.

Wie wollte ich meine Zukunft gestalten? Beziehungsmäßig.

Überhaupt oder gar nicht, das war der Ausgangspunkt.

Also, »gar nicht« hatte offensichtliche Vorteile. Es waren keine schmutzigen Socken eines unordentlichen Individuums zu waschen, keine Nörgeleien und Bevormundungen, keine Eifersuchtsszenen, keine kleinlichen Aufrechnungen aus der gemeinsamen Kasse zu ertragen. Kein Streit, ob Katze oder nicht Katze, kein Einmischen in berufliche Entscheidungen, keine Überempfindlichkeiten, und weder ich noch ein Gänseblümchen musste mehr bei der Frage leiden: »Er liebt mich – er liebt mich nicht – er liebt mich …«

An dieser Stelle angelangt, öffnete ich die Augen und blinzelte noch einmal zu dem schönen Roland hin, dessen schmalhüftiger Luxuskörper jetzt lässig an der Poolbar lehnte. Ach ja, in einem solchen Fall gab es inzwischen ja nette Jungs, die für Geld zu mieten waren. Roland sah zu mir hin, und ich schloss die Augen wieder.

Die Sonne auf meiner Haut begünstigte die Kontemplation, und ich fragte mich: »Liebe Viktoria, nun sei mal ganz ehrlich. Ganz ehrlich. Du bist jetzt hier in der Wüste, und keiner hört dir zu, wenn du der Sache auf den Grund gehst.«

Es war, zugegebenermaßen, schwierig. Engelbert war ein Schuft. Engelbert hatte mir die Selbstachtung geraubt. Aber das änderte nichts daran, dass meine Argumente für ein Singledasein kindisch waren. Unter meinen geschlossenen Augenlidern kreisten die Farben von Sonne und Schatten. Was hatte Alizia damals gesagt, als ich mich das erste Mal bei ihr ausgeweint hatte?

»Da hast du die klassische Täter-Opfer-Spirale.«

Ich hatte protestiert, allein Schuld an dem Debakel war Engelbert.

»Hast du dich nicht auch ein kleines bisschen angeboten?«

Nein, ich war hilfloses Opfer.

Doch jetzt dämmerte mir, dass da doch mehr an der Sache war. Hatte ich nicht gewusst, dass Engelbert eine prima Masche hatte, Kunden – und Frauen – einzuwickeln? Hatte ich nicht das blödsinnige Bedürfnis gehabt, ihm zu gefallen, zu imponieren mit meinen Erfolgen? So bei Licht betrachtet, war schon etwas dran. Eine weniger emotionale Frau hätte sich vielleicht anders verhalten. Ich wollte eigentlich Bestätigung statt Liebe. Und bekam sie, die Bestätigung. Denn meine Geschäfte liefen so gut, dass sie Engelbert miternährten. Gut, das Kapitel musste ich wirklich endgültig abhaken. Blieb die ehrliche Antwort auf eine ehrliche Frage.

Und ganz ehrlich – eigentlich wollte ich nicht alleine sein.

»Gut, eins rauf, Viktoria!«

Ich atmete tief durch, irgendwie erleichtert. Das war ein Ansatzpunkt, weiterzuspinnen. Nicht alleine, also einen Freund? Einen Mann? Ein Kind? Oder alles?

»Nicht unmäßig werden, Viktoria. Freund und Mann müssen nicht gleichzeitig sein, und Kind könnte auch ohne die beiden vorgenannten existieren.«

Das schönste Beispiel belegte gerade die Nachbarliege, magere alleinerziehende Ökomutter von blassester Hautfarbe. In manchen Kreisen ist es derzeit schick, ohne männlichen Anhang und tunlichst noch nach fünfunddreißig ein Kind in die Welt zu setzen. Könnte ich auch. Ob der genetische Code von Roland ... Gut, lassen wir das. Meine Wunschvorstellung von einem Kind – und ich durfte ja spinnen, soviel ich wollte, wäre so etwas wie Florentine. Oder eines, das so wird. Dazu noch einen netten Mann. Wenn ich ganz ehrlich war.

»Gut, Viktoria. Die Idee ist geboren. Jetzt bring deinen Realitätssinn mal wieder ins Spiel.«

»Schön muss er sein«, seufzte das Weibchen. »Mich auf Händen tragen muss er. Mir alle Sorgen abnehmen. Mich lieben und begehren, bis das der Tod uns scheidet.«

Ich schubste das Weibchen zurück in seine Ecke. Idealvorstellungen konnten warten, bis ich mit den Realitäten fertig war. Und die derzeitigen Realitäten hießen zum Beispiel Gerold. Was sprach denn so für Gerold? Er verwöhnte mich derzeit am meisten. Um ein gesichertes Leben zu haben, eine gute Besetzung. Ein Kind? Kein Problem. Er war leicht zu führen, hatte einen gehobenen Lebensstandard, und seine Gattin schien bis dato kein Problem aufzuwerfen. Möglicherweise verstand sie ihn ja wirklich nicht. Und dass er für mich von geringer körperlicher Anziehungskraft war – na, siehe oben.

»Was also spricht gegen den flotten Fuffziger, Viktoria?«

»Ich würde mir immer vorkommen wie ein Pokal, den er bei einem Wettbewerb gewonnen hat.«

So, das war es. Die Gerolds dieser Welt verstanden mich nämlich nicht. Verstanden vermutlich überhaupt keine Frauen. Abgehakt. Ich brauchte jemanden, der mich mindestens so gut kannte wie ich mich selbst.

Heinz Ungermann, der kannte mich in mancher Beziehung wirklich gut, war ledig und hatte das gewisse Etwas, was die Weibchen so lieben. Aber Familie? Kinder? Und mein Job, meine Probleme und Sorgen? War ihm das wichtig?

»Viktoria, jetzt hast du das Wort, auf das es ankommt!«

Ja, jetzt hatte ich es. Ich wollte für jemanden wichtig sein. Nicht sein Ein und Alles, aber neben Arbeit, Hobby, Eltern und Freunden gleichberechtigt. Kein Pokal auf dem Sockel, keine nützliche Küchenmamsell. Eine Partnerin. Na, da find mal einen!

Hier trat eine abrupte Unterbrechung in meinen fruchtbaren Gedankengang ein, denn das alleinerzogene Kind kippte mir einen Eimer Wasser über den sonnenheißen Bauch, weshalb ich mich zu einer heftigen Reaktion hinreißen ließ. Kind und Mutter blökten um die Wette.

»Wie können Sie es wagen, meinen Kevin zu schlagen!«

»Ich habe das Kind auf die Hand gepatscht, weil mich das kalte Wasser erschreckt hat.«

Gerade hatte ich über den eigenen Kinderwunsch rumphilosophiert, und schon wurde in Praxis meine Erziehungstauglichkeit vehement in Frage gestellt.

»Sie haben ihn brutal geschlagen. Sie haben ja keine Beherrschung. Solche wie Sie darf man ja noch nicht mal in die Nähe von Kindern lassen!«, keifte die käsige Mutter, während ich mich abtrocknete und mein Taschenbuch und meine Sonnenbrille zu retten versuchte. Ich behielt die Ruhe und war sehr sanftmütig. Sehr. Wirklich.

»Mein Kevin wird ein dauerhaftes Trauma bekommen. Von fremden Frauen brutal geprügelt zu werden!«

Immer noch sehr sanftmütig.

Das Kind namens Kevin hob seine Schippe und warf sie nach

mir. Das Plastikding traf mich schmerzhaft am Schienbein, und leider wurde ich danach zum Höhepunkt des unterhaltsamen Vormittagsprogramms. Ich kann nämlich wundervoll die Leviten lesen. Vor allem alleinerziehenden käsigen Müttern. Mit stolz gereckten Schultern verließ ich das Schlachtfeld, bis zu den Knöcheln im Blute meiner Gegnerin watend.

Nie wieder Pool!

Der lange Strandspaziergang brachte mir wieder einen Teil meiner inneren Ruhe zurück. Nach gut sieben Kilometern hatte ich das Beziehungsthema noch einmal gründlich aufgearbeitet, aber an dem Punkt, wo es um die Konkretisierung ging, kam ich auch nicht weiter. So einen Mann, den find mal. An der Stelle schließlich, wo ich Florentine zum ersten Mal getroffen hatte, fiel mir dann die Analogie ein.

Das war ja wie die berühmte Muschel, die mit der Perle im rosa Perlmutt. Ich hatte ihr versichert, dass es sie gab. Nur dass ich leider aufgehört hatte, sie zu suchen. Na dann.

Mafalda war auf meine Terrasse gezogen. Ein anspruchsloses Kätzchen mit dankbaren Augen. Ich sehnte mich nach Luzi, als ich sie streichelte. Ich sehnte mich ganz grundsätzlich.

Frau Tanzer hatte mir ihr Kind noch einmal ans Herz gelegt und sich dann von Florentine am Samstagmorgen verabschiedet, was ohne Tränen vor sich ging.

»Wozu hast du Lust, Florentine?«, fragte ich das Mädchen, das die Katze mit geschmuggeltem Käse fütterte.

»Mhhh.«

»Einkaufen gehen?«

»Hatte ich gestern. War mir nix.«

»Mit der Fähre nach Lanzarote fahren?«

»Öd.«

»Strandspaziergang?«

»Mhhh.«

»Florentine?«

»Mhhh.«

»Soll ich dich in Ruhe lassen?«

Mafalda sprang auf und verschwand in einer Hecke. Florentine saß mit hängenden Schultern und hängendem Schlabberkleid im Gartenstuhl und schien zu schmollen. Ich ging ins Haus, um so zu tun, als würde ich aufräumen.

»Viktoria …!«

Das Mädchen stand an der Zimmertür.

»Könnten wir … Würde es Ihnen was ausmachen, noch mal auf die andere Seite zu fahren?«

Innerlich musste ich lächeln.

»Staub auf der Piste schlucken, gefährliche Abgründe überqueren und zu Mittag Hamburger mit klebriger Cola bekommen.«

»Entschuldigung, war nur so eine Idee.«

»Eine gute Idee. Manchmal liebe ich klebrige Cola.«

Der kleine Jeep tat sein Bestes, aber es war abenteuerlich. Die Straße war zu schmal für zwei Fahrzeuge, schwang sich in atemberaubenden Kurven den Berg empor, wo ein Wind pfiff, der einem fast die Haare vom Kopf riss. Trotzdem war es schön. Wir fanden auch die einmalige Kaschemme wieder, die uns ein Mahl lieferte von einer Qualität, wie ich sie im normalen Leben strikt abgelehnt hätte. Hier, am Ende der Welt, hingegen konnte ich mich sogar an dem pappigen Brötchen erfreuen.

Gestärkt krabbelten wir dann über steinige Pfade und suchten uns eine windgeschützte Stelle, um auf das tosende Wasser hinauszusehen. Während auf der touristisch erschlossenen Westseite die Nähe des Kontinentes Afrika für eine milde Dünung sorgte, war hier das nächste Festland Amerika, und das war ziemlich weit weg, wenn man es recht betrachtete. Jedenfalls rollten die Wogen des Atlantiks mit ungeminderter Kraft heran. Um in Florentines Sprache zu bleiben – das hatte was.

Sie hatte auch was. Ich versuchte mein Glück.

»Wann kommt dein Vater morgen?«

»Gegen Mittag oder so.«

»Sag mal, wenn du ihn doch nicht magst, warum hast du deine Mutter nicht überredet, mit ihr zurückfliegen zu dürfen? Ich bin mir sicher, sie hätte nichts dagegen gehabt.«

»Hätte ich machen sollen, nicht wahr?«

»Aber du bist trotzdem geblieben. Warum?«

»Weil Mafalda noch hier ist.«

»Florentine, du bist heute ein winziges bisschen schwierig.«

»Ich hab' halt meine Launen.«

»So, so. Das gnädige Fräulein erlaubt sich seine Launen. Ob die wohl eventuell besser werden, wenn du mal einen richtig lauten Schrei ausstößt? Ich meine, so richtig gegen die Wellen anbrüllen?«

»Dann zerstöre ich wieder Ihr Bild vom zarten Schwänchen.«

»Glaubst du wirklich, es ist da noch was zu zerstören? Ich habe noch nie einen Schwan mit einer solchen Stinklaune gesehen.«

»Na ja …«

Wenigstens hatte sich die düster umwölkte Stirn etwas erhellt. Ich versuchte einen weiteren Vorstoß in die Richtung, aus der ich vermutete, dass die Düsternis kam.

»Was magst du denn an deinem Vater nicht? Damit ich schon mal weiß, wie ich dieses Ekelpaket zu behandeln habe.«

»Er ist ein Verbrecher.«

»Du erwähntest es bereits.«

»Er hat meine Mutter und mich im Elend sitzen lassen.«

»Ja, man sieht es euch armen, unterernährten, geprügelten Wesen deutlich an.«

»Er ist kaltherzig und sieht in den Menschen nur eine Ansammlung chemischer Formeln.«

»Ein Naturwissenschaftler?«

»Ohne Gefühl! Er kennt nur starre Pflichterfüllung. Rücksichtslos, wenn er seine Ziele erreichen will.«

»Eine unmenschliche Kreatur.«

Florentine saß neben mir auf dem Boden, hatte die Beine angezogen und legte den Kopf auf die Knie.

Ich hätte ihr gerne den Arm um die Schultern gelegt, aber eine gewisse Scheu hielt mich davon ab. Sie war so verletzlich. Ich ließ sie also eine Weile schweigen, dann fragte ich leise: »Du liebst deinen Vater sehr, nicht wahr?«

»Nein, ich hasse ihn!«

»Weil du dich nicht traust, deine Liebe zuzugeben.«

»Weil meine Mutter mich dann auch noch hassen würde.«

»Deine Mutter hasst dich, glaube ich, nicht.«

»Nein, ich bin ihr gleichgültig. Oder lästig. Ich bin so unscheinbar und hässlich neben ihr. Alle Männer finden sie toll, aber mich übersehen sogar die pickeligen Jungs in der Schule!«

Was für ein Abgrund! Da saß dieses Mädchen neben mir, das sich selbst in der ungeschicktesten Phase, die ein Mensch durchlaufen muss, bewegte wie eine geschmeidige Schlange, deren rotgoldene Haare in natürlichen Wellen bis über die Schultern flossen und deren Gesicht – noch nicht ganz ausgereift und fertigmodelliert – versprach, zu einem sensationellen Erlebnis zu werden, trotz der etwas zu langen Nase und des etwas zu kantigen Kinns. Oder gerade deshalb?

»Du bist ein sehr hübsches Mädchen und beinahe schon eine schöne Frau.«

»Können Sie in die Zukunft sehen?«

»Ich sehe die Gegenwart. Und darin liegt die Zukunft.«

Du liebe Zeit, Viktoria! Du hörst dich ja an wie Alizia in ihren schlimmsten Momenten.

Florentine sah mich an, reckte sich dann und schniefte undamenhaft.

»Sie haben recht, ich mag meinen Vater. Aber ich verbiete es mir, um Mutter nicht zu kränken. Ja, ich glaube, das ist es.« Sie nickte ernsthaft.

Ich sah mit einer gewissen Spannung dem morgigen Tag entgegen.

Das Erste, was ich von Florentines Vater wahrnahm, war seine Stimme. Die unverwechselbar angenehme Stimme. Sie sagte: »Hallo, Flo! Da sitzt ja ein Kätzchen auf meinem Bett. Stellst du mich bitte vor?«

Zum Glück war es nur eine halbvolle Plastikflasche Wasser, die mir aus der Hand fiel. Das war denn doch leicht irrwitzig. Philipp hier? Das hätte der Mensch mir doch auch beim Essen mit Petersons sagen können.

Offenbar verbrachten Vater und Tochter den Nachmittag gemeinsam, ich wollte mich nicht einmischen. Darum verschwand ich am Strand und ärgerte mich über den Hauch von Zurückgesetztfühlen, der sich bei mir einschlich. Die geselligen Stunden mit Florentine würden jetzt vorbei sein. Nun ja, so spielt das Leben.

Das Leben spielte allerdings doch wieder ganz anders. Eigentlich hätte ich mir das ja denken können. Als ich mich nach meinem einsamen Salat auf der Terrasse aufmachte, um die bleichgesichtigsten Neuankömmlinge zu begutachten, und zu diesem Zwecke an einer aussichtsgünstigen Balustrade lehnte, sagte es hinter mir: »Du hast etwas Erstaunliches mit meiner Tochter angestellt, Viktoria.«

»Wieso?«

»Sie ist geschwätzig wie eine Elster. Und jedes zweite Wort ist Viktoria.«

Ich reagierte garstig.

»Tut mir leid!«

»Das braucht dir nicht leidzutun, ich empfinde es als einen Fortschritt. Bislang hat sie mich immer sehr kühl behandelt, wenn wir uns trafen.«

Ich riss meinen Blick von dem Fahnenmast los, an dem die Farben des Ferienclubs in der untergehenden Sonne verblassten. Philipp hatte ein weißes T-Shirt und Bermudas an. Zu seiner Ehre sei gesagt, dass bei ihm dieses unkleidsame Möbel wenigstens ansehnliche Beine enthüllte, was bei Männern selten ist.

»Es freut mich, dass ihr beide euch kennengelernt habt. Hoffentlich hat Flo nicht zu viel von deiner Zeit und Geduld geraubt.«

»Hat sie nicht. Darfst du sie eigentlich Flo nennen? Ich hatte den Eindruck, es sei ein Sakrileg, was mit Folter nicht unter Streckbank geahndet wird.«

»Ich durfte es nicht, aber diesmal scheint sie nichts dagegen zu haben. Wollen wir ein Stück spazierengehen?«

Ich willigte ein, und wir gingen die Strandpromenade entlang. Allerdings fiel mir nichts Wesentliches zur Kommunikation ein, und mich verwunderte etwas, dass ich noch immer von so einer Grundgarstigkeit war. Dabei hatte mir Philipp nichts getan.

»Und gefällt dir die Insel?«

»Doch, ja.«

»Ihr seid ja sogar schon bei meiner Mutter gewesen, hat mir Flo erzählt. Das war sehr nett von dir, sie mit dorthin zu nehmen. Meine geschiedene Frau mag meine Mutter nämlich nicht.«

»Wenn ich die Verhältnisse gekannt hätte, wäre ich nicht so leichtsinnig gewesen.«

»Sag mal, trägst du mir meine Verfehlungen immer noch nach? Ich dachte, das Kriegsbeil hätten wir an dem Abend vor zwei Wochen begraben?«

Er hatte ja recht, warum war ich nur so eine Kratzbürste? Weil mal wieder etwas nicht nach meinem Kopf ging? Reiß dich zusammen, Viktoria!

»Tut mir leid. Ja, das Kriegsbeil ist begraben.«

»Es hat mich ein bisschen verwundert, dass du mit Flo so gut auskommst. Sie kann ein schwieriges Kind sein.«

»Nun, das mag bei Scheidungsopfern so auftreten, nicht?«

»Du scheinst keine gute Meinung von Geschiedenen zu haben, was?«

Da kam's, das Kichern!

»Ooooch, die sind alle Verbrecher.«

»Aua! Hast du einen schönen, langen Plausch mit Sybille gehabt?«

»Nein, gewiss nicht. Ich bin ja auch ein Verbrecher, wie Florentine gleich richtiggestellt hat. Alle Makler sind Verbrecher.«

»Ja, ja, Sybille hat ein sehr klar umrissenes Bild von der Welt. Ein Grund, warum wir uns getrennt haben. Es war ein Fehler, wie so oft. Zu jung, zu unterschiedliche Vorstellungen vom Zusammenleben, zu wenig Toleranz.«

»Soll es geben.« Ich nickte verständnisvoll. »Die Melodie kenne ich.«

»Du verurteilst mich, nicht wahr? Aber um dich zu beruhigen, ich habe wenigstens ein schlechtes Gewissen wegen Florentine.«

»Warum hast du sie nicht zu dir genommen?«

»Weil ich dachte, ein junges Mädchen ist besser bei seiner Mutter aufgehoben.«

»Ein Argument! Aber hast du Florentine mal gefragt, bei wem sie lieber wäre?«

Warum mischte ich mich bloß ein, ich dumme Nuss? Das konnte ja nur zu Problemen führen.

»Ich werde sie nach dem Urlaub fragen. Sag, wie lange bleibst du noch hier?«

»Eine Woche noch.«

»Schön. Hast du die Tage schon sehr stark verplant?«

»Ich lebe hier, wie alle anderen, vom mañana. Warum?«

»Na, vielleicht hast du ja Lust, hin und wieder etwas mit uns zu unternehmen?«

»Kann man drüber nachdenken.«

»Auch über ein Glas Wein?«

»Jetzt, auf der Stelle? Ist denn das Raubtier schon gefüttert?«

»Mafalda, die Königin der Inselkatzen?«

»Sie hatte eigentlich meinen Bungalow als ihr Heim erkoren, aber wenn ich das so richtig sehe, ist sie seit heute Mittag umgezogen. Magst du Katzen?«

»Sie scheinen mich zu mögen.«

Wir fanden auf der Hotelterrasse einen freien Tisch und bekamen unsere Getränke. Es war ein sehr entspannender Abend, und meine Garstigkeit löste sich in friedliche Heiterkeit auf. Als wir unter den Laternen zu unseren Häuschen zurückgingen, tauchte das Weibchen unter den Fluten einiger Gläser Wein auf und säuselte mir etwas von gutaussehenden Männern zu. Ich war zu müde und zu leichtsinnig, weshalb ich nicht mehr allzu viel Kraft fand, es in seine Schranken zu weisen.

»Schlaf gut, Viktoria«, verabschiedete sich Philipp und gab mir artig die Hand.

»Gute Nacht«, erwiderte ich, und das Weibchen heulte: »Küss mich!«

In unhöflicher Hast entzog ich Philipp meine Hand und verschwand im Eingang, zischte das Weibchen an, die Klappe zu halten, und warf mich auf das Bett. Nein, das nicht. Das schon ganz und gar nicht.

Florentine traf ich am nächsten Vormittag bei einer ungewohnten Beschäftigung. Sie spielte mit einigen anderen, einschließlich ihres Vaters, beim Beachvolleyball mit. Und zwar in Shorts und Hemdchen, weshalb ich sie beinahe nicht erkannt hätte. Sie war gut darin, und als sie mich entdeckte, schmetterte sie mit einem Jauchzer den Ball zu mir hinüber.

Nun gibt es etwas, dem ich nie widerstehen konnte. Ein fliegender Ball ist eine Herausforderung. Meine Kondition ließ zwar zu wünschen übrig, aber die Technik beherrschte ich noch. Der Ball ging knapp und gemein direkt hinter dem Netz runter, und die Mannschaft johlte. Es war ein kindisches Vergnügen. Wie Hamburger und klebrige Cola. Aber ich stellte fest, ich brauchte das. Nach einem langen, erbitterten Spiel, in dem kein Trick, keine Regelverletzung, kein Foul ausgelassen wurde, war ich sandig, verschwitzt, durstig und völlig aus der Puste. Aber glücklich. Und Florentine hatte mit ihren weißen Wallegewändern offensichtlich auch ihre elegische Haltung abgelegt und tobte wie alle anderen ausgelassen den Strand entlang.

»Weißt du, dass du das Bild, das ich mir von dir gemacht habe, gänzlich zerstört hast?«

Philipp ließ sich neben mir in den Sand fallen.

»Du hattest ein Bild von mir?«

»Ja. Ein sehr kühles, geschäftstüchtiges, nüchternes. Wo kein Platz für Kindereien blieb.«

»Dahin, dahin. Der totale Flop, was?«

»Ach, würde ich so nicht sagen.«

»Übrigens bin ich selbst nicht weniger überrascht davon.

Und das neue Bild ist auch noch nicht ganz fertig. Um ehrlich zu sein, ich komme mir gerade vor wie ein unbeschriebenes Blatt.«

»Wohl schon lange keinen Urlaub mehr gemacht, was?«

»Zumindest einen solchen nicht.«

»Ich bringe heute Nachmittag Flo zu meiner Mutter. Möchtest du mitkommen?«

»Nein, aber trotzdem danke.« So weit wollte ich mich in die Familie lieber nicht einmischen. »Will Florentine dortbleiben?«

»Für zwei Tage. Ich nehme an, sie will wieder im Ton matschen und kleine, windschiefe Gefäße produzieren. Aua, aua!«

»Die sind nicht schief, das ist Kunst!« Florentine bewarf Philipp mit nassem Sand, was er verdient hatte. Ich entzog mich der Nahkampfzone.

An diesem Abend beging ich einen Mord!

Schuld daran war vermutlich die Lektüre. Alizia hatte mir eine Auswahl von Urlaubsbüchern zusammengestellt, und einer Buchhändlerin sollte man ja zutrauen können, den Publikumsgeschmack zu kennen.

»Ein bisschen was Spritziges, ein bisschen was Gehobenes, ein bisschen Fantastisches und ein bisschen ABS«, hatte sie gesagt.

»ABS?«

»American Bullshit. Wenn die Sonne das Hirn ausgedörrt hat, ist das am Besten.«

ABS war also das Erste, was ich mir zumutete. Knallharte, aber gefühlsechte Männer in knallharten Jobs wurden von knallharten, skrupellosen Männern in knallharte Affären verwickelt, dazwischen warfen sich knallharte, gefühlsechte Frauen an diverse knallharte Männerbrüste. Und das Ganze spielte natürlich in den chromblitzenden Büros der Hochfinanz und nannte sich dann »Die Ablage Y«, aber ich taufte es um in »Der Papierkorb«, und damit klappte ich das Werk knallhart zu. Die Sonne war noch nicht heiß genug gewesen.

Als Nächstes versuchte ich das Spritzige, wo frustrierte Hausfrauen sich zu spritzigen, gefühlsechten Weibern entwickelten oder breichenessende Singles sich zu gefühlsechten, aber spritzigen Müttern emanzipierten. Das waren dann die »Frauen, die Prosciutto essen« oder bei denen der nächste Mann auch nicht weiterkam.

Weder das eine noch das andere Frauenbild zog mich vom Liegestuhl. Woran erinnerten die mich nur? Für die einen sollte der Wunschmann sensibel sein, erotisch, verantwortungsvoll väterlich und mit Flusen im Bauchnabel. Für die anderen knallhart, energisch, sexy und mit schwellenden Muskeln. Was wollten die denn nun mit dem Weichei oder dem Macho anfangen? Die einen eine heiße Nacht, die anderen häusliche Schlappen? Und ich?

»Ich will mich verlieben«, forderte das Weibchen.

»Ich aber nicht!«

»Ich will Küsse im Mondenschein und Treueschwüre«, jammerte das Weibchen.

»Das geht nicht gut, das wissen wir doch.«

»Ich will beschützt und behütet werden«, schluchzte es auf.

»Das endet damit, ausgenutzt oder eingesperrt zu werden.«

»Ich will bewundert und verwöhnt werden«, wimmerte das Weibchen, und damit lieferte es mir die endgültige Legitimation. In einer kurzen, schmerzhaften Szene erwürgte ich das Weibchen in mir.

Es war ein gewisses Gefühl der Freiheit, das sich langsam in mir ausbreitete. Als wäre jetzt die Grundlage geschaffen für einen ehrlicheren Neuanfang.

Der Rückflug dauerte vier Stunden. Die Sonne verschwand hinter hohen Wolkenschleiern, und wir glitten in der Abenddämmerung durch das dunkler werdende Violett. Morgen würde ich wieder Tritt fassen in der Alltäglichkeit. Auf das eine oder andere freute ich mich sogar. Zum Beispiel auf Luzi. Weniger auf die Berge Wäsche und die vielen schiefgelaufenen Geschäfte. Obwohl, sicher hatte sich auch das eine oder andere positiv weiterentwickelt. Vielleicht hatte ich ja ein Dutzend Anfragen für abgelegene Waldvillen. Aber jetzt musste ich mich noch nicht damit beschäftigen, noch konnte ich meinen Gedanken nachhängen, Momenten, die gerade noch greifbar und doch schon Erinnerung waren. Eine durchgetanzte Nacht, ein Sonnenaufgang am Meer, ein gemeinsamer Ausflug ... Es war schön, Gesellschaft zu haben, und Philipp war ein selten angenehmer Begleiter gewesen. Wir waren Freunde geworden, ohne uns zu etwas zu verpflichten.

Das Haus hatte Adda während meiner Abwesenheit in Ordnung gehalten, durch den Garten war ihr Mann gepflügt. Spuren beider fand ich vor in Form von gestutzten Büschen und einem wohlgefüllten Kühlschrank. Mir blieb also nichts anderes zu tun, als Luzi abzuholen und die vorsortierte Post durchzulesen. In dieser Reihenfolge plante ich, den Sonntag zu verbringen.

Alizia erwartete mich schon, und auch von Marcel bekam ich Küsschen-Küsschen. Man bewunderte allseits mein erholtes Aussehen, und Alizias Frage: »Hast du abgenommen?«, ging mir runter wie Öl.

»Die Waage spricht von drei Kilo«, verkündete ich stolz.

»Das ist fast so viel, wie Luzi an Gewicht verloren hat.«

»Waaas?«

»Sie wollte nichts fressen. Keinen rohen Fisch, keine Filets, kein Hackfleisch, nur ein bisschen Quark. Die Tierärztin hat ihr eine Aufbauspritze gegeben, aber viel hat das auch nicht geholfen. Ich bin fast verzweifelt, Viktoria.«

»Wo ist die Katze?«

Mir war ganz anders geworden.

»Draußen im Garten.«

Ich sprintete geradezu durch das Zimmer, und dann sah ich sie. Eine magere, schwarze Statue auf einem weißlackierten, runden Tisch. Sie sah mich nicht an.

»Luzi, ich bin wieder da.«

Keine Reaktion.

»Luzi, Mausebärchen, erkennst du mich nicht mehr?«

Ein Ohr drehte sich in einer mikroskopisch kleinen Bewegung nach hinten.

»Luzerine, Schönste unter den Katzen, bitte, sieh mich doch an!«

Zitterten die Barthaare? Oder war das nur ein Lufthauch? Ich wagte mich näher heran und wollte das schwarze Fell streicheln, aber Luzi stand auf und machte einen Schritt von mir weg. Ich setzte mich an den Tisch und sah mir den schimmernden Katzenrücken an. Es dauerte bestimmt noch weitere fünf Minuten, bis Luzi sich endlich umdrehte und mich die volle Wucht ihres vorwurfsvollen Blickes traf.

»Wie konntest du mich so lange alleine lassen«, schien er zu sagen. Aber dann wurde er weicher, und ich zwinkerte ein paar Mal aus Rührung.

Luzi zwinkerte zurück.

Dann kam sie zu mir und drückte mir ihr Köpfchen ins Gesicht.

Sehr vorausschauend hatte Alizia einen Teller Katzenfutter gerichtet, und diese halbe Portion von einer Katze putzte ihn in kürzester Zeit spiegelblank. Dann rollte sie sich mit einem zufriedenen Schnurren auf meinem Schoß zusammen.

»Und, wie war der Urlaub?«

»Nicht zu schlecht, wie die Engländer sagen.«

»Du siehst nicht nur braungebrannt aus, sondern wirkst auch entspannter als vorher.«

Alizia war neugierig, klar. Also, warum nicht, ich erzählte ihr von den interessanten Entwicklungen.

»So, so, der Philipp ist es jetzt. Und das ganz ohne Luzis magischen Blick.«

»Was soll das heißen?«

»Na, du hast einen weiteren Verehrer.«

»Ich glaube nicht, Alizia. Er ist sozusagen weit davon entfernt, eine wie auch immer geartete Verbindung einzugehen.«

»Und du?«

»Ich weiß nicht. Ich habe meine Gefühle noch nicht sortiert. Warum auch, wenn er nicht interessiert ist …?«

»Nun, daran kann man etwas ändern.«

»Nicht schon wieder, Alizia. Mir reichen meine anderen Verehrer. Das ist etwas, worüber ich mir im Urlaub auch klar geworden bin. Irgendwie muss ich die Jungs entwöhnen. Wenn du da einen Tipp hast, wäre ich dankbar.«

Alizia zeigte ein schiefes Lächeln. »Schick sie weg.«

»Du kennst Gerold nicht. Und seit Engelbert in das Vanilleeis geweint hat, hat er dessen klebrige Konsistenz angenommen. Ganz zu schweigen von meinem Dichterling. Nur Ungermann scheint geheilt zu sein.«

»Wie das?«

»Eine luschtvolle Begegnung.«

»Aha. Dann liegt es doch auf der Hand, nicht wahr. Viktoria?«

»Was?«

»Gib ihnen, wonach es sie gelüstet, anschließend ist der Zauber gebrochen«, meinte sie kichernd, was ich ihr übel nahm. Hier im hellen Tageslicht und im Garten wirkte meine geheimnisvolle Freundin ungeheuer wenig geheimnisvoll. Eher schadenfroh.

»Wenn du glaubst, ich springe mit Herbert Wenzel in die Federn, dann hast du aber ein wunderliches Bild von mir.«

»Bist du sicher, dass es das ist, was er will?«

Interessante Frage. Ich sollte mir Zeit nehmen, sie zu beantworten.

Marcel kam mit einem Tablett Gläsern und einem Krug Saft.

»Komm, heute ist noch Urlaub, Viktoria.«

Er schob ein paar Bücher von dem Gartenstuhl und setzte sich zu uns.

»Eigentlich nicht mehr ganz richtig. Vor allem, wenn ich dich mit Roland vergleiche.«

»Roland?«

»Der schönste Mann am Pool.«

»Hier bin ich der schönste Mann im Garten, damit musst du jetzt vorliebnehmen.«

Eines der Bücher stürzte ab, als er eingießen wollte, und ich fing es im Fluge auf. Wie nicht anders zu erwarten, Alizias Pflichtlektüre. Das Zauberbuch für neue Hexen.

»Und, kannst du daraus noch etwas lernen?«

»Nun ja …«

Ich schlug willkürlich eine Seite auf und verlas mit erstaunter Stimme: »Um einen Mann zu halten, heißt es hier, bereiten Sie ein Ragout aus Rind- und Hammelfleisch, das Sie mit Majoran und Rosmarin würzen. Sollte Liebe doch durch den Magen gehen? Nein, da ist mehr dran. Weiter heißt es nämlich: Geben Sie drei oder vier Knoblauchzehen hinzu, um den bösen Blick abzuwenden, sowie eine reichliche Prise Salz, um auch alle anderen schädlichen Einflüsse auszuschließen. Endlich weiß ich, warum man sein Essen salzt! Aber jetzt kommt's: Feilen Sie dann über dem Ragout ihre Fingernägel, so dass der Staub hineinfällt; reißen Sie sich des Weiteren an jeder behaarten Körperstelle ein oder zwei Haare aus und mengen Sie sie darunter. Wenn das Ragout fertig ist, tragen Sie es wohlgemut auf, er wird ihnen hoffnungslos verfallen. Empfindliche Gemüter mögen dieses Rezept vielleicht für ein wenig unhygienisch halten ... Ähm, Marcel, wie schmeckt dir eigentlich Alizias Ragout?«

»Och, ich möchte den hornigen Geschmack geraspelter Fingernägel gar nicht mehr missen.«

Unschuldig musterte Alizia ihre langen Krallen.

»Ich muss diese Publikationen natürlich auch zur Kenntnis nehmen.«

Luzi richtete sich auf meinem Schoß auf und reckte sich. Ich trank mein Glas aus und meinte: »Wird Zeit, dass wir nach Hause fahren. Post durchsehen, Waschmaschine ausleeren, Luzi noch ein Futter zurechtmachen.«

»Höchst wichtige Aufgaben. Ich stelle dir die Katzensachen ins Auto.«

»Marcel ist wirklich ein lieber Mensch. Ich beneide dich, Alizia.«

»Mit Recht. Übrigens, falls du dich doch noch anders entscheidest, dann versuch das hier bei Gelegenheit mal, Viktoria.«

Alizia schlug eine Seite in dem kuriosen Buch auf und zeigte auf den Absatz: »Wie fange ich mir einen Mann?«

Ich las also: »Entnehmen Sie seiner Fußspur etwas Erde; dann nehmen Sie ein paar Nagelschnitze von sich. Vermischen Sie beides mit Orangenessenz und bringen Sie ihn dazu, dass er es isst. – Ich werde mich dran halten. Vielleicht kann ich zu seiner Rettung eilen, wenn er mit heftigen Magenkrämpfen zusammenbricht. Mach's gut, Alizia. Und noch mal danke fürs Luzihüten.«

Luzi folgte mir zum Auto und sprang hinein, als ob sie wüsste, dass es nach Hause ging.

Die Post war unergiebig: ein paar Mails mit den neuesten Hypothekenangeboten für Makler, zwei Wohnungsangebote und ein dringender Appell von Heinz Ungermann, mich um die Leute zu kümmern, die sich bei ihm gemeldet hatten. Die Namen kamen mir vage bekannt vor: Betty und Marc Simpson. Wo hatte ich das schon mal gehört? Engländer? Amerikaner? Ach ja, ach, Sabine! Auf Gerolds Einweihungsparty. Ich suchte die Telefonnummer heraus und legte sie ans Telefon. Ach, Sabine würde ich am Montag gleich anrufen.

Dann gab es einen Stapel Werbung, man bot mir Sonderposten von Sonderlagen alter Weine, spezielle Frauen-Kfz-Versicherungen, weil wir Schwestern ja so ganz anders fahren, eine Butterfahrt nach Helgoland, Kosmetikprodukte in allen Farben und Künstlerpuppen mit gerüschten Kleidchen. War nichts dabei, was mich verlockte. Ein Brief von Engelbert, den ich nicht öffnete, einer von Herbert Wenzel, den ich ebenfalls nicht öffnete. Dann die Zeitungen.

Adda hatte mir die Wochenendausgaben und die Mittwochszeitungen aufgehoben, denn ich wollte natürlich wissen, was die Konkurrenz in der Zwischenzeit zustande gebracht hatte.

Ricarda hatte zwei neue Häuser, Thorwald schien auf dem absteigenden Ast zu sein, und Immobkauf, wo Engelbert seine Geschäfte abwickelte, hatte sich in der Tat in den Privatbereich vorgewagt. Meine Anzeigen »Wir sind im Urlaub! Und mit neuem Elan ab dem 1. Juli wieder für Sie da!« waren erschienen. Mein Logo, das blaue Häuschen mit drei Fenstern, fiel mir angenehm auf. Nur, warum erschien es zwei Mal in der letzten Samstagsausgabe? Ich blätterte zurück und las.

Vermutlich konnte selbst die gesunde Bräune nicht verdecken, dass ich blassgrün im Gesicht wurde.

»Schnäppchen!

Extra ordinäre Butze in abseitiger Lage!

Kommen – sehen – erschlagen sein!«

Mein Schmierzettel ... Mein Gott! Mit Logo, Telefonnummer und allem.

Ich brauchte eine Weile, um mich auch nur einigermaßen wieder zu fangen, bis mir endlich einfiel, es konnte ja kein Mensch wissen, dass es sich um Wenzels Anwesen handelte.

Schließlich erholte ich mich wieder und sagte zu Luzi, die sich auf meinen Schreibtisch drapiert hatte, lakonisch: »Shit happens!«, was das Einzige ist, was man bei einem solchen Unfall vorbringen kann.

Die Simpsons hätten versucht, mich zu erreichen, sagte Sabine mir am Telefon.

»Ich bin heute den ersten Tag wieder im Büro.«

»Ich habe mir so etwas gedacht und sie an den Bauträger verwiesen. Die beiden wollten nämlich unbedingt am letzten Wochenende das Musterhaus besichtigen.«

»Haben sie das getan? Ich habe nur eine ziemlich unhöfliche Nachricht von Ungermann vorgefunden, ich solle mich um Ihre Leute kümmern.«

»Doch, sie haben es sich angesehen. Wir sind auch mit rausgefahren, weil wir den Ort ja kennen. Wirklich eine schöne Lage dort. Und jetzt, wo die hässliche, alte Fabrik nicht mehr steht, ein richtig schönes Plätzchen zum Wohnen.«

Das erste Mal seit zwei Wochen beschlich mich ganz plötzlich wieder ein unangenehmes Gefühl. Ich unterdrückte es energisch und erkundigte mich weiter: »Haben die Simpsons Interesse gezeigt?«

»Ich denke schon. Haben Sie ihre Telefonnummer?«

»Nein.«

Kurz darauf hatte ich sie, und das komische Gefühl verlangte sein Recht.

»Sie erwähnten da diese alte Fabrik. Sie haben die ja noch gekannt, sagten Sie, als wir uns das letzte Mal trafen. Wo hat die denn gestanden?«

»Ach, eigentlich ganz in der Nähe von dem Musterhaus, da, wo jetzt die Ausschachtungen angefangen haben.«

»Wissen Sie eigentlich, was für eine Fabrik das war? Ich habe nur gehört, sie habe Ungermanns Schwiegereltern gehört.«

»Ach ja? Wusste ich nicht. Warten Sie mal, was war das? Ich glaube, so medizinisches Zeug. Oder war es was mit Physik? Ich glaube, so Messgeräte, Labormaterial, Reagenzgläser und so etwas.«

»Das hört sich nach sauberer Fertigung an.«

»Hatten Sie irgendwie Bedenken?«

Viktoria, du bist ein dummes Schaf! Wie konnte ich gegen den hehrsten Grundsatz des Maklerseins verstoßen und meine unangenehmen Gefühle offenlegen.

»Nein, nein. Es macht sich nur nicht gut, wenn irgendjemand auf die Spuren einer möglichen Giftmülldeponie stößt, auch wenn das Grundstück sauber ist. Und vorher hätte Ungermann ja gar keine Baugenehmigung bekommen.«

»Na ja, ich glaube, da besteht wirklich keine Gefahr mehr. Rufen Sie die Simpsons an, vielleicht haben die sich inzwischen schon entschieden.«

Ich verabschiedete mich von ach, Sabine und versank in Meditation. Natürlich kam das ungute Gefühl daher, weil mir Alizia die Sache mit dem fauligen Wasser vorhergesagt hatte. Das Mädchen mit dem weißen Kleid hatte sich gefunden, also sollte ich der Aussage doch eine gewisse Wichtigkeit zumessen. Was war an dem Grundstück faul?

Ich notierte mir: Erstens – Heinz fragen, zweitens – Baugrundgutachten einsehen, drittens – Angaben über die alte Fabrik einholen und zuallererst Simpsons anrufen.

Ich bekam Betty Simpson an den Apparat, die sich überschwänglich äußerte und damit eine Neunzig-Prozent-Kundin war.

Darum rief ich U.M.-Bau an. Irene Hölzchen mit der frühlingsfrischen Stimme verband mich. Irgendwie muss ich immer lachen, wenn die Sekretärinnen säuseln: »Ich verbinde Sie.«

»Mit Mull oder mit Pflaster?«

»Bitte?«

»Entschuldigung.«

Ich wurde verbunden und war verbunden – mit Heinz.

»Du hast meinen Job offensichtlich erfolgreich durchgeführt, die Simpsons sind stark interessiert.«

Ich wollte heiter klingen, aber seine Antwort war herzlich ungehalten.

»Du sagst es, deinen Job.«

»Hör mal, ich habe dir in einem Brief mitgeteilt, dass ich in Urlaub bin.«

»Das ist ja wohl ein Witz. Ja, den Brief habe ich bekommen, aber da warst du schon weg. Was denkst du dir eigentlich dabei, während der Abwicklung eines solchen Geschäfts einfach zwei Wochen zu verschwinden?«

Nichts Luschtvolles mehr an dem Heinz. Ich wurde langsam sauer.

»Ich bin nicht deine Angestellte, dass du mich dermaßen anrußen kannst. Spar dir so was für die Jungs auf dem Bau. Ich habe inzwischen acht von den Häusern verkauft. Was willst du eigentlich? Außer drei Rohbauten steht doch noch nichts da. Wir haben noch massenhaft Zeit.«

»Haben wir nicht. Ich will die Sache bis Ende August geregelt haben.«

Ich fragte nicht, warum. Was der Herr wollte, das hatte zu geschehen. Aber eine Sache brannte mir noch auf den Nägeln.

»Ist in Ordnung. Aber Heinz, noch eine andere Frage. Mich

haben einige Interessenten wegen dieses früheren Fabrikgeländes angesprochen«, flunkerte ich zweckmäßig. »Was war das für eine Fertigung, und wie hat der Laden geheißen?«

»Warum willst du das wissen?«

»Weil ich den Leuten Auskunft geben möchte. Es macht sich immer schlecht, wenn man mit ›Ääääh, weiß ich nicht …‹ anfangen muss.«

»Gebrüder Jackel, Laborbedarf. Irgendwann um die Jahrhundertwende gegründet.«

Sehr kurz, sehr unwillig, der Heinz. Ich bedankte mich sehr freundlich für die Auskunft und legte dann auf.

Puh! Was für ein ungemütliches Gespräch. Aber ich hakte die Punkte der Reihe nach ab. Baugrund war noch offen. Ein Gutachten müsste wohl zum Bebauungsplan von Waldsteinbach vorliegen, denn das Gelände war ja umgewidmet worden. Aber so etwas erfragt man nicht per Telefon, bei Beamten hatte man mehr Erfolg durch Anwesenheit. Ich plante den morgigen Vormittag dafür ein, weil ich mir gleichzeitig auch mal die Arbeiten an den Häusern ansehen wollte.

Eigentlich verschwendete ich eine Menge unsinniger Zeit auf diese Angelegenheit, wenn ich es mir recht überlegte. Nur wegen des kleinen unguten Gefühls und Alizias Hirngespinsten. Aber jetzt hatte ich die Sache angefangen, und ehrlich gesagt fand ich Heinz Ungermanns seltsame Hast nicht sonderlich beruhigend.

Um etwas Produktives in die Wege zu leiten, rief ich die Leute an, die mir ihr Reihenhaus anvertrauen wollten. Das Ehepaar Schmitt war zu Hause und durchaus bereit, mich sofort zu empfangen.

Es war ein gut erhaltenes Häuschen in einer älteren Wohngegend mit schönen Gärten. Wir kamen sehr schnell zueinander, was die Konditionen und Termine anbelangte.

»Ich hoffe nur, Sie setzen unser Haus nicht als abseitige Butze in die Zeitung«, bemerkte Herr Schmitt zum Abschied grinsend.

»Um Himmels willen, nein. Da hat sich leider jemand während meines Urlaubs einen üblen Scherz erlaubt«, redete ich mich so schnell wie möglich heraus.

»Haben Sie den Schuldigen schon gefunden?«

Das sagte ich ihm lieber nicht. Darum schüttelte ich nur den Kopf.

»So schlimm ist das nun auch wieder nicht. Es war ja auch meine Anzeige drin, dass ich in Urlaub war. Meine Kunden werden sich denken können, dass das nicht ernst gemeint war.«

»Ihre bestehenden Kunden vielleicht. Aber glauben Sie, ein Fremder wird so ohne weiteres einen Makler beauftragen, der seine Wohnung als extra ordinär anpreist? Ich rate Ihnen dringend, ein Dementi in der nächsten Ausgabe einzuschalten.«

»Unter dem Gesichtspunkt hatte ich das noch gar nicht bedacht. Natürlich, da haben Sie ja recht. Danke für den Tipp.«

Auf der Rückfahrt überlegte ich mir ein paar gesetzte Worte für eine entsprechende Verlautbarung. Was sich als umso wichtiger erwies, weil nämlich zwei höhnische Anrufe aufgelaufen waren, die sich auf diesen Anzeigenflop bezogen. Alles in allem ein recht dynamischer Arbeitsbeginn.

Ich kam von Waldsteinbach nachdenklich zurück. Der Bearbeiter in der Gemeinde war sehr hilfsbereit gewesen.

»Hier ist der Bebauungsplan, Frau Friedland. Das Gelände am See ist vor drei Jahren umgewidmet worden. Dazu wurde selbstverständlich ein Gutachten verlangt.«

»Kann ich das Gutachten einsehen?«

»Natürlich. Es wurde sogar veröffentlicht, weil wir einige sehr kritische Anwohner haben, die Bedenken wegen möglicher giftiger Abfälle hatten.«

»Was befürchtete man denn so?«

»Na ja, Chemikalien. Alles, was mit Labor zu tun hat, erregt ja Misstrauen.«

»Vielleicht nicht zu Unrecht. Ich hörte, die Fabrik war sehr alt. Und man hat sich früher nicht so sehr viel Gedanken um die Entsorgung oder Lagerung von gesundheitsschädlichem Material gemacht.«

»Schon möglich, aber das Gutachten bestätigt, dass der Boden schadstofffrei ist. Hier, sehen Sie, die Firma S&J hat die Untersuchungen gemacht.«

Ich notierte mir die Telefonnummer der Firma. Man konnte nie wissen. Und das Formelchinesisch in dem Bericht brachte mich sowieso nicht weiter.

»Die Anwohner sind jetzt beruhigt, nehme ich an?«

»Ja, natürlich. Es wird sehr begrüßt, dass eine neue Siedlung dort gebaut wird. Außerdem hat Herr Ungermann der Gemeinde angeboten, dort einen Kinderspielplatz einzurichten.«

»Großzügig von ihm.«

Bei den Summen, die er aus den Häusern schlug, ein Trinkgeld.

Anschließend fuhr ich noch einmal an den See und sah mir den Baufortschritt an. Vier neue Rohbauten waren aus dem Boden gewachsen, etliche neue Gruben ausgehoben. Von den derzeit gängigen Gewitterschauern stand Wasser in schlammigen Pfützen darin. Hoffentlich hatte Freund Heinz an ausreichende Drainage gedacht, Grundwasser im Keller ist keine Freude. Aber das war nicht mein Problem, die armen Besitzer mussten vielleicht später Nachbesserung verlangen. Meine Gratwanderung bestand darin, moralisch vertretbar Geld zu verdienen. Das hieß eben manchmal, den Käufer auf solche Dinge nicht ganz direkt mit der Nase zu stupsen. Wenn mich natürlich jemand darauf ansprach, würde ich wohl schon ein Wort darüber verlieren.

Da sich die aktuelle Arbeit türmte, blieb mein Anruf bei S&J

zunächst unerledigt. Außerdem zogen auch noch dicke Wolken auf, und in der Ferne grummelte wieder mal ein Sommergewitter.

Ich traf Luzi auf der Fensterbank sitzend. Sie mochte anscheinend bei Gewitter nicht ins Freie. Dafür hatte sie Teile ihres Futters wieder unter den Teppich gescharrt, was ich beim Drauftreten bemerkte.

»Was musst du denn das Zeug immer vergraben, Luzi? Sehr appetitlich ist das nicht.«

Mein Vorwurf ließ sie kalt, sie schwänzelte zur Futterschale und nahm ein paar Happen.

»Na, siehst du, geht ja doch.«

Auch Gerold hatte gewittert, dass ich zurück war.

»Na, was sagt das Spieglein an der Wand. Bist du jetzt die Schönste im Land?«

»Wieso die Schönste?«

Er hatte mich mitten in einem kniffligen Angebot erwischt, und ich schaltete nicht gleich.

»Ich denke, kundige Hände haben deinen liebreizenden Körper wochenlang verwöhnt.«

»Hä?«

»Hast du Bäder in Eselsmilch genommen und dich mit Daunenfedern abtupfen lassen?«

»Was?«

Hatte der Mann eine schwülstige Phantasie!

»Ja, warst du denn nicht auf einer Schönheitsfarm?«

Jetzt fiel der Groschen! Richtig, ich hatte ihm ja was vorgeflunkert.

»So, wie du das schilderst, hört sich das wie eine römische Orgie an. Ich hatte leider nur drei nubische Sklaven, die sich hingebungsvoll um mich gekümmert haben. Bedauerlicherweise musste ich sie dalassen.«

»Ach, wenn es nur das ist, ich komme gerne mit Lendenschurz und Pfauenfederfächer und trete die Nachfolge an.«

Barmherzigkeit! Gerolds Schmerbauch im Lendenschurz! Es gibt Dinge, die stelle ich mir lieber nicht zu plastisch vor.

»Im Augenblick wäre mir damit nicht gedient. Ich brauche jetzt Sklaven, die lesen, schreiben und Verträge aufsetzen können. Kurz und präzise, ich habe zu arbeiten.«

»Und gar kein bisschen Zeit für einen heimlichen Verehrer?«

»Gar keine.«

»Ach, Viktoria ...«

»Überhaupt keine.«

Von wegen: »Schick sie weg!«

»Wir könnten uns doch am Sonntag treffen, Viktoria. So viel hast du doch auch nicht zu arbeiten, mhh? Vielleicht was Kleines schnabulieren?«

Ich schoss einen giftigen Blick auf Luzi ab, die gerade auf die Fensterbank sprang.

»Ich melde mich, Gerold. Aber jetzt kommen gerade Kunden.«

»Versprochen?«

»Ja, ja. Tschüs.«

War wieder geflunkert, kein Kunde vor der Tür.

»Luzi, Luzi! Das war wirklich ein Querschläger, der Gerold.«

Luzi sprang zu Boden und bewegte sich auf die Küche zu. Ich stand auf und folgte ihr, um zu sehen, ob noch genug Futter in ihrem Napf war. Ein paar Viertelpfündchen konnte sie ruhig noch zunehmen. Aber sie hatte kein Interesse am Thunfischschleckertopf, sondern turnte verbotenerweise auf die Arbeitsplatte.

»Was mach ich denn jetzt mit unserem schwammigen Helden?«, nahm ich das Thema wieder auf.

Luzi putzte sich verlegen die Pfote.

»Ja, ja, die Geister, die ich rief! Das hat schon ein großer Dichterfürst gesagt.«

Es kläffte draußen, und Luzi spitzte die Ohren.

»Übrigens habe ich dir nicht erlaubt, dort hinaufzuspringen.«

Ich wollte sie hinuntersetzen, aber Luzi fauchte herzhaft. Erst dachte ich, diese Unmutserklärung gelte mir, als ich zufällig aus dem Fenster sah. Das Fauchen galt Ricardas Staubwedel-Hund. Das wiederum konnte ich verstehen. Sein Frauchen fauchte ich ja auch manchmal an. Und schick sah sie wieder aus, die Frau Konkurrentin. Kurze, grüne Citybermudas, weißes Top, kein Push-up, die Haare mit einem goldgrünen Tuch hochgebunden. Stakselige Sandaletten, in denen ich mir vermutlich beim ersten Schritt die Mittelfußknochen einen nach dem anderen brechen würde. Obwohl, was giftete ich gegen sie so rum? Sie war in der letzten Zeit ganz friedlich gewesen. Eigentlich könnte ich mal wieder ein paar Worte mit ihr wechseln.

Ein schneller Entschluss, ich verließ das Haus mit Luzi. Ricarda stand versunken in ein giftgrünes Plakat am Laternenpfahl, das einen Antikmarkt ankündigte.

»Na, mit dem Staubwedel die Straße gefegt?«

»Mh? Ach, du bist's. Hast du die Butze verkauft?«

»Ist *der* Renner diese Woche!«

»Das kann ich mir vorstellen. Hat dir jemand einen Streich gespielt, oder bist du von selbst auf diese brillante Formulierung gekommen?«

»Rühr nicht dran.«

»Na ja, manchmal bin ich auch nah dran, solche Sachen zu schreiben. Hab' da jetzt wieder so ein Hinterhofareal. Manchmal frage ich mich, was sich die Leute dabei denken, wenn sie ihre Hütten ausbauen.«

»Selten an einen Verkauf.«

»Klar. Nichts dagegen, wenn sie lila gestreifte Tapeten an die Wände nageln, aber von Betonarbeiten sollten sie die Finger lassen.«

»Ei wei, hast du auch ein Objekt mit gemauerter Sitzecke?«

»Schlimmer, mit gegossenen Hochbetten. Sieht aus wie in einer Jugendherberge der Gründerzeit.«

Mein Blick fiel auf das Plakat. Richtig, Ricarda sammelte ja Altertümchen.

»Gehst du da hin?«

»Ich denke schon. Ich suche noch nach einem kleinen Sekretär.«

»Du solltest besser nach einem großen suchen, aber möglichst nicht antiquiert.«

»Du meinst, damit mir jemand so blendende Anzeigentexte schreiben kann, wie es bei anderen Maklern üblich ist?«

Auf diese Spitze konnte ich nicht eingehen.

»Luzi! LUZI!«

Luzi versuchte gerade, dem Staubwedel das Fell über die Ohren zu ziehen, was mit wütendem Gekläff beantwortet wurde und damit endete, dass Ricarda den Hund zur Brust nahm. Mir hingegen kam soeben eine blitzartige Idee.

»Vielleicht sollte ich auch zu dem Antikmarkt gehen. Ich wollte schon immer einen – äh – alten Spiegel in der Diele haben.«

»Such lieber einen fürs Schlafzimmer, so schön mit Stockflecken. Das kaschiert.«

»Genau das, was ich suche. Wann geht man denn am besten da hin? Vermutlich gleich morgens?«

»Ich zumindest werde pünktlich um zehn da sein, wenn eröffnet wird.«

»Fein! Vielleicht sehen wir uns. Ich werde jetzt diese Wildkatze entfernen, damit diese arme Kreatur auf deinem Arm keinen Herzkaschper kriegt. Außerdem regnet es.«

Die dunkle Wolke über uns verlor die ersten dicken Tropfen, und Ricarda, die den längeren Weg hatte, ergriff die Flucht. Wahrscheinlich war das Make-up ja doch nicht wasserfest.

In meinen Gedanken knüpfte sich ein Fädchen ans andere.

Ich rief Gerold an.

»So, meine Kundschaft ist weg. Siehst du, ich halte, was ich verspreche.«

»Viktoria, wie wundervoll. Und, hast du dir das mit Sonntag überlegt? Ich sehne mich so nach dir.«

»Nun, dann werde ich um neun Uhr dreißig an deiner Tür stehen«, flötete ich zuckersüß und freute mich darüber, dass er leicht schockiert war.

»Das ist natürlich sehr schön, aber …«

»Verkürzt das deinen Schönheitsschlaf?«

»Nein, ich freue mich, wenn du schon so früh bei mir bist. Ich sorge für ein schönes, schönes Frühstück. Mit Champagner und …«

»Nein, nein, Gerold. Du musst auf deine Figur achten. Wir fahren zusammen zum Antikmarkt. Ich brauche eine Kleinigkeit. Und du bist ja Fachmann in solchen Fragen.«

Ihn als Fachmann zu bezeichnen war der einfachste Weg, ihn ohne Widerstand zu allen möglichen Aktionen zu überreden. Und wer weiß, vielleicht fand er ja einen schönen Pokal auf dem Markt.

Mit Wenzels hatte ich am nächsten Tag das Vergnügen. Die gnädige Frau war am Apparat und ließ sich leidenschaftlich über die Interessentin Frau Leidersdorf-Schulz-Bangelmann aus, die ja so begeistert von dem Haus gewesen sei und jetzt nun doch mit der Finanzierung nicht weiterkomme. Als ob ich Schuld daran wäre.

»Frau Wenzel, ich kann niemanden gegen seinen Willen zum

Kauf überreden. Ich kann lediglich versuchen, zwischen Anbieter und Nachfrager zu vermitteln.«

»Und selbst das scheint Ihnen ja nicht zu gelingen.«

Dumme Gans!

»In der Regel schon, nur bei Ihrem Objekt haben wir es natürlich mit einem sehr hochpreisigen Haus zu tun, da ist das Marktsegment naturgemäß recht schmal.«

»Ja, aber die Ausstattung ...«

»Die sieht man in der Anzeige nicht. Wer sucht, sucht innerhalb bestimmter Preisvorstellungen.«

»Dann beschreiben Sie unser Haus detaillierter in der Anzeige.«

Doofes Huhn!

»Gerne, wenn Sie die Mehrkosten übernehmen.« Ich nannte ihr meine Anzeigenpreise, und sie war einen Moment lang still. Darum nutzte ich die Pause, um sie zu fragen: »Sind Sie an diesem Freitag nachmittags zu Hause? Ich habe nämlich ein Paar, das sich das Haus gerne ansehen würde.«

Auf die war ich sehr stolz, es waren die Ersten, die mein Exposé angefordert und es nicht gleich zurückgegeben hatten.

»Es wird zwar schwierig, aber wir werden es versuchen.«

»Frau Wenzel, wenn es nicht geht, kann ich das Haus nicht besichtigen. Es ist eine Chance für Sie.«

»Frau Friedland, mein Gatte und ich, wir sind beide voll berufstätig. Wir können nicht so springen, wie Sie die Termine machen.«

Dusselige Schnepfe!

»Gut, dann sage ich den Herrschaften ab. Ich habe andere Häuser in der Kategorie.«

»Ich will mit meinem Gatten sprechen. Bleiben Sie einen Augenblick dran.«

Warum nur hatte ich mir dieses Haus angetan? Die Lehrerkonferenz dauerte fast fünf Minuten, und das alles auf meine Kosten, dann kam Frau Wenzel wieder und berichtete mir, der Gatterich habe Zeit.

»Ich habe noch einen Vorschlag zur Güte. Ich komme morgen vorbei und hole mir den Schlüssel zu Ihrem Haus. Dann kann ich die Besichtigung auch ohne Sie durchführen.«

»Das muss ich kategorisch ablehnen!«

Blöde Pfeifente!

»Nun, das ist aber durchaus üblich. Viele meiner Kunden vertrauen mir ihre Schlüssel an, vor allem die Berufstätigen.«

»Ich möchte dabei sein, wenn Sie fremde Leute durch unser Haus führen. Ich weiß doch viel besser die Vorteile herauszustreichen.«

Dumpfes Sumpfhuhn!

»Gut, wenn Sie meinen. Dann möchte ich Sie aber auch bitten, anwesend zu sein, wenn sich Interessenten anmelden. Wir kommen am Freitag gegen sechzehn Uhr. Einen schönen Tag noch.«

Die gesamte Vogelwelt musste kurzfristig Federn lassen.

Nicht nur sprichwörtlich, denn Luzi stolzierte mit einer abgestürzten Amsel im Maul durch den Garten, die wie ein Propeller rechts und links aus dem Maul hing. Arme Amsel.

Wenigstens legte sich mein Zorn so weit, dass ich wieder lachen konnte. Die Wenzel-Family war wirklich Gold wert.

Es trillerte das Telefon. Engelbert am Horn. Der hatte mir gerade noch gefehlt.

»Viktoria, war dein Urlaub schön?«

»Ja.«

»Hättest mir ja eigentlich ein Kärtchen schreiben können, nicht?«

»Nein.«

»Geht es dir gut?«

»Ja.«

»Hast du viel zu tun?«

»Ja.«

»Du, Viktoria, hast du meinen Brief gelesen?«

»Nein.«

»Viktoria, sei doch nicht so kalt zu mir. Bitte.«

»Doch.«

»Viktoria, bitte. Bitte, ich möchte dich sehen. Können wir uns nicht noch mal treffen?«

»Nein.«

»Nur auf ein Viertelstündchen. Ich möchte mit dir reden. Nur über das Geschäft, wenn du willst.«

Das schon gar nicht, lieber Engelbert, das schon gar nicht.

»Warum?«

»Ja, weil ich doch hier den neuen Zweig aufziehen soll. Privatbereich, du erinnerst dich. Ich möchte einfach ein bisschen Erfahrungsaustausch haben. Nur jemanden, mit dem man mal reden kann. Und du hast doch so viel Erfahrung.«

»Ja.«

Erfahrungsaustausch sollte damit also eine einseitige Sache sein. Wie gehabt.

»Sieh mal, was mich besonders interessiert ist, was für Anzeigen ankommen. Du hast da diese irre Sache mit der Butze dringehabt. War das ein Scherz, oder kommt so was an?«

Konnte nicht schaden, darauf ein paar Worte mehr zu verschwenden.

»Tja, Engelbert, eigentlich sollte ich es dir nicht anvertrauen. Aber wegen alter Zeiten – du, das Ding ist der Schlager. Ich kann mich vor Anrufen gar nicht retten.«

»Ehrlich?«

»Ja.«

»Meinst du, ich sollte das auch mal versuchen?«

»Klar, nur zu. Ich habe diese Woche wieder Konventionelles drin.«

»Oh, danke.«

»Nichts zu danken. Aber jetzt klingelt es auf der anderen Leitung. Tschüs, bis demnächst.«

Viel Spaß, Engelbert. Biete du nur Butzen und Wohnsilos, Datschas und Bunker an. Befriedigt lehnte ich mich zurück und grinste schadenfroh.

Er hatte sich in jugendliche Schale geworfen, der Herr Schriver. Jeans klemmten seinen Bauch ein, und ein reptilienbehaftetes Hemd ließ graumelierte Brustbehaarung erahnen. Nun ja. Es kostete mich einige Überredung, ihn in mein Auto zu lotsen, aber ich wollte heute unbedingt unabhängig sein.

»Du siehst wunderschön aus, Viktoria.«

»Ich weiß.«

Man soll sein Selbstbewusstsein nicht unter den Scheffel stellen! Vor allem weil durch solche Äußerungen den Komplimentemachern meist ziemlich schnell die Luft ausgeht. Gerold brauchte fast zehn Minuten, bis er merkte, dass er bei mir heute damit nicht ankam.

»Du bist so spröde, Viktoria. Ist etwas?«

»Nein, nein. Nur ein bisschen müde.«

»Ja, aber du wolltest doch so früh kommen.«

»Ich habe mir sagen lassen, gleich morgens sei die beste Zeit, weil sonst die interessanten Stücke schon weg sind.«

Vor allem die Pokale!

»Na, dann lass ich dich jetzt am besten ein bisschen in Ruhe. Du hättest doch mich fahren lassen sollen, dann hättest du noch ein Schläfchen machen können.«

Gerolds Neigung zu den Diminutiven war etwas, das mich allmählich bis kurz vor den Brechreiz brachte.

Der Antikmarkt war eigentlich recht interessant, auch wenn mich die Fülle polierten Holzes etwas erschlug und ich mich mangels Sachkenntnis reichlich ziellos durch die Reihen zwängte. Aber ich hielt ja auch nicht Ausschau nach original viktorianischen Waschschüsseln oder Delfter Küchenkacheln, sondern nach Ricarda.

Sie war schnell erspäht. Ihr Hang zu kräftigen Farben, heute ein Blau, das einem die Tränen in die Augen treiben konnte, an ihr leider hinreißend aussah, überstrahlte den Mahagonisekretär, den sie eben fachgerecht auseinandernahm.

»Oh, Gerold, dahinten sehe ich eine gute Freundin. Komm, ich will dich mit ihr bekannt machen!«

Solche Kleinigkeiten erfreuen Gerolds Herzchen.

»Gerne, Viktoria. Fein, dass du jetzt wieder mein freundliches Kätzchen bist.«

Er machte Anstalten, seinen Arm um mich zu wickeln, aber ich musste einem Ölgemälde mit Schutzengel ausweichen. Pech für ihn.

Ich schlich mich von hinten an das blaue Wunder an und säuselte: »Hallo, Ricarda. Na, schon einen harmlosen Händler übers Ohr gehauen?«

»Ah, du bist es.«

Sehr erfreut hörte sich das nicht an, darum brachte ich auch gleich Gerold ins Spiel.

»Ja, ich bin's. Und ich habe mir auch extra einen Fachmann mitgebracht. Darf ich dir Gerold Schriver vorstellen? Er wohnt übrigens in einer ganz reizenden Penthousewohnung …«

»Oh …«

»Gerold, das ist meine beste Konkurrentin …«

»Ricarda van Oojen. Freut mich, Sie kennenzulernen.«

Sie musterte Gerold kurz, und irgendwie rutschte das blaue Oberteil ein Stückchen über die Schultern.

»Ganz meinerseits, Frau van Oojen, ganz meinerseits.«

»Eigentlich hätten wir ja schon viel früher das Vergnügen haben können, Herr Schriver. Aber meine Kollegin hier ist mir da irgendwie zuvorgekommen.«

»Reine Glückssache, Ricarda.«

»Sicher.«

»Suchen Sie etwas Bestimmtes heute?«, fragte Gerold, der von dem Dekolleté hypnotisiert war.

»Einen jungen, hübschen Sekretär oder so etwas«, konnte ich mir nicht verkneifen einzuwerfen.

Ricarda ignorierte mich. Wie schön, dass ich mich auf ihren berechnenden Charakter verlassen konnte. Sie war sichtlich auf der Pirsch. Und ihr Opfer stand vor ihr wie einer aus dem Dschungelbuch vor der Schlange Kaa.

»Ich brauche einen kleinen Schreibtisch, der zu meinen anderen Möbeln passt. Ich denke, der hier ist schon ganz hübsch, aber ich bin mir nicht ganz sicher, ob diese Schublade wirklich noch original ist.«

»Lassen Sie mal sehen. Ich bin nämlich nicht ganz unversiert in diesen Dingen.«

Fein, Gerold an der Angel. Ich trat vorsichtig hinter einen üppig bemalten Paravent. Beide beugten sich über das Möbelstück, wobei Ricarda ganz neue Einblicke gewährte. Nicht in die Schublade, wohlgemerkt. Wirklich verlässlich, die beiden. Von dem Paravent aus schlüpfte ich hinter einen mehrtürigen Bauernschrank, und von dort schlug ich einen Haken um eine wuchtige Kredenz. Dann war der Weg frei zum Parkplatz. Ich sah auf die Uhr. Eine halbe Stunde hatte ich gebraucht. Das war gut in der Planung, jetzt konnte ich nach Hause fahren, um das Essen zu machen; ich hatte Alizia zum Mittagessen eingeladen. Im Prinzip war das ungewöhnlich, denn sie legte großen Wert darauf, sonntags nicht gestört zu werden, aber Marcel war auf

Dienstreise. Mir war es sehr recht, denn ich brauchte jemanden, dem ich die äußerst erheiternde Geschichte von der Besichtigung bei Wenzels erzählen konnte.

»Hallo, Luzi! Schöne Katze! Hier, ganz allein für dich. Davon brauchst du Viktoria nichts abgeben.«

Alizia hatte Katzenbonbons mitgebracht, und Luzi, dieses treulose Geschöpf, fuhr in schnurrenden Achten um ihre Beine.

»Und was krieg ich dafür, dass ich mir hier an einem sonnigen Sonntag für dich in der Küche die Fingernägel abbreche?«

»Das hier.«

Alizia drückte mir ein Schälchen tiefdunkelroter Herzkirschen in die Hand. Fast so gut wie Katzenbonbons. Nur schnurrte ich deshalb nicht um ihre Beine.

»Eigene Ernte, was?«

»Ja, sie sind dieses Jahr besonders gut. Liegt wohl an dem kühlen Frühjahr. Soll ich dir nächste Woche noch ein paar mehr bringen? Wir haben Berge davon.«

Die Ernte ihrer verschiedenen Obst- und Gemüsesorten teilte Alizia freizügig unter all ihren Bekannten und Verwandten auf.

»Gerne.« Ich leckte mir einen blutroten Finger ab. »Setz dich schon mal nach draußen, ich komme gleich.«

Mit dem Salat à la Viktoria – Grünzeug mit allem – und selbstgemachtem Knoblauchbrot, das selbst den hartgesottensten Vampir ins Grab niederdrücken würde, balancierte ich zu meinem Gartentisch.

»Riecht nicht ganz schlecht«, meinte meine vegetarische Freundin und schaufelte sich auf. »Was gibt es Neues? Du siehst animiert aus.«

»Oh, ich bin Luzis Querschläger los.«

»Echt? Erzähl!«

Ich musste noch einmal undamenhaft glucksen, bevor ich mit Herbert Wenzels Entsorgung beginnen konnte.

»Also, gestern hatte ich einen Besichtigungstermin bei meinem Dichterich, du weißt schon, dieses unmögliche Haus am Wald.«

»O ja, mein Hexenhaus …«

»Nun ja, es fing ganz harmlos an. Das Ehepaar, das sich wider jegliche Hoffnung tatsächlich dort eingefunden hatte, schien gleich zu Beginn schon sehr angetan von der abgelegenen Lage. Die Frau murmelte etwas von genügend Parkplätzen, was mich eigentlich hätte stutzig machen können. Aber in dem Moment stimmte ich ihr zu, denn wenn man ein paar Rabatten plattmachen würde, könnte man gut zehn Abstellplätze einrichten. Na gut, Wenzels hörten das noch nicht, sie empfingen die Interessenten in der Eingangshalle, die zumindest bei dem Mann zu einem leicht karierten Blick führte. Wie üblich nahm Frau Wenzel sofort die Führung in die Hand, Gatte Herbert trottete schweigsam nebenher. Ich hielt meinen Mund, lauschte und beobachtete. Meine Klienten ließen den Sermon an sich vorbeirauschen und musterten die Zimmer mit einem durchaus professionellen Blick. Das erste Mal bekam ich große Ohren, als der Mann sagte, das Wohnzimmer könne man gut ausleuchten, und es sei groß genug für die Aufnahmen. Das entging Wenzels jedoch. Aber als wir die Badezimmer besichtigten, fingen die beiden an, von Whirlpools und größeren Wannen zu sprechen.«

»Oh, oh. Ein privater Saunaclub?«

»Schöner. Ich fing allmählich an, einen ähnlichen Gedanken zu hegen, und hörte genauer zu. Vor allem, als die beiden dann den Keller zu besichtigen trachteten. Und die Frage aufkam, ob der denn einigermaßen schallisoliert sei.«

»Disco?«

»Die SM-Abteilung!«

Der Olivenkern flog mitsamt Olive ins Grüne, und Alizia kreischte: »Nein!«

»Doch. Die Herrschaften berichteten auf meine nähere Erkundigung hin, sie suchten ein größeres Haus für ihren privaten Sexclub. Ganz familiäre Sache, nur Paare, nur mit Referenzen. Videoaufnahmen im Wohnzimmer, kleine Spielchen in den oberen Etagen und die Folterkammer im Keller. Das Haus sei ideal, zumal es etwas außerhalb liege.«

»Ja, das verstehe ich. Wie hast du das geschafft, ernst zu bleiben?«

»Gar nicht. Ich musste mich hinter einem Vorhang verstecken, als ich die Reaktion der Wenzels auf diese Eröffnung sah.« Das Glucksen übermannte mich schon wieder. »Auf Rosmarie Wenzel passte sprichwörtlich das Bild einer Kuh, wenn's donnert, Herbert hingegen durchlebte in dem Augenblick offensichtlich einen kompletten Pornofilm. Vor allem, als die beiden dann noch anboten, die Verkäufer würden gern gesehene Gäste in dem Etablissement sein, egal, mit welchem Partner sie kämen.«

»Huch!«

»Du sagst es. Dann allerdings setzte, wenn auch verspätet, die Reaktion bei Rosmarie ein. Himmel, hat die Frau eine Stimme! Es hatte nur noch das Flammenschwert gefehlt. Ich bekam meinen Segen natürlich auch ab. Wie ich es wagen könne, solche Leute in ihr ehrbares Haus zu bringen. Und so weiter und so weiter. Die ganze Zeit starrte Herbert verzückt die Treppe hinunter und malte sich aus, was man alles im Keller veranstalten könnte. Ich nehme an, die Vorstellungen werden seine lyrischen Ergüsse äußerst befruchten.«

»Bah, bist du fies.«

»Das bringt mein Beruf so mit sich.«

»Du glaubst, jetzt ist dein Anbeter geheilt?«

»Ich denke schon. Er hat ja durch mich bekommen, was er wollte. Ein paar erfrischende Phantasien.«

»Aber du sprachst vorhin von Querschlägern in der Mehrzahl. Wem hast du noch gegeben, was er brauchte?«

»Oh, Gerold.«

»Dem flotten Fuffziger? Wann?«

»Eben gerade. Eigentlich hat mich übrigens auch Luzi darauf gebracht. Weil du ja so gerne auf die Zufälle pochst.«

Ich erzählte sehr zu Alizias weiterer Erheiterung, wie ich das geschickte Kuppelmanöver Ricarda—Gerold in die Wege geleitet hatte.

»Fein hast du das gemacht. Jetzt ist der Weg frei für andere, was?«

»Welche anderen?«

»Männer mit sympathischen Stimmen zum Beispiel?«

Dazu mochte ich mich nicht äußern, darum sagte ich: »Oh, wir haben da noch Engelbert, für den mir etwas einfallen muss.«

»Vertrau dich in diesem Falle wieder ganz deiner Katze an. In dem anderen Fall vertraust du besser mir.«

»Dann gibst du mir wieder so seltsame Kochrezepte an die Hand, bei denen man sich Haare auszupfen muss. Nein, nein.«

Luzi kam aus der Hecke, missmutig. Offensichtlich war ihr eine Maus entschlüpft. Sie setzte sich in das Rosenbeet vor der Terrasse und begann heftig, ein Loch – die klassische Katzenlatrine – zu scharren.

»Muss das sein, Luzi? Wir essen noch.«

Vorwürfe nützten nichts. Aber als ich so die Erdbrocken fliegen sah, fiel mir noch etwas ein, was ich Alizia erzählen wollte.

»Ich habe mich auf dein Anraten hin übrigens inzwischen mit der Untersuchung beschäftigt, welchem meiner Geschäfte vielleicht ein fauliger Geruch anhängen könnte.«

»Ach ja! Und bist du fündig geworden?«

»Mhh. Ich weiß nicht. Auf jeden Fall ist etwas Widersprüchliches an der Sache am See. Diese fünfundzwanzig Häuschen in Waldsteinbach.«

»Ich dachte, die liegen so romantisch?«

»Ja, auf dem Gelände einer ehemaligen Fabrik, in der Laborausrüstungen hergestellt wurden.«

»Giftmüll?«

»Angeblich nicht. Ich habe die Firma angerufen, die die Bodenuntersuchung gemacht hat. Sie versichern, es sei alles in Ordnung.«

»Na, dann wird das wohl stimmen.«

»Ja, vermutlich. Das kleine Ingenieurunternehmen S&J hat einen guten Ruf. Nur ... mich lässt nicht los, dass der Bericht von A. Scholz unterschrieben war. Am Telefon meldete sich aber sein Partner. Und der nannte sich Jackel.«

»Das kann er doch, oder?«

»Ja. Ungermanns Schwiegereltern hießen Jackel.«

»Oh? Du glaubst ...?«

»Der Herr Jackel ist sein Schwager.«

»Und der hat eventuell aus Rücksicht auf zarte Familienbande eine recht flüchtige Analyse erstellt?«

»Wäre das nicht denkbar?«

»Menschlich, allzu menschlich.«

»Weißt du, das könnte mir alles ja ziemlich egal sein, aber vor meinem Urlaub hast du ein paar komische Warnungen ausgestoßen, Kassandra. Und nun beschäftigt mich das leider unablässig.«

»Dann sollte ich dir jetzt mal helfen, den Tisch abzuräumen.«

»Nein, lass nur ... Ach so, du willst mal wieder. Na gut, diesmal bin ich sogar einverstanden damit. Vielleicht bringt mich dein dunkles Tun auf andere Gedanken.«

Alizia führte natürlich die praktische Taschenausgabe ihrer

Karten mit sich und war bereits fröhlich dabei, sie zu mischen, als ich aus dem Haus kam.

»Da, zieh! Zehn Stück, mit links.«

Ich gehorchte widerspruchslos. Luzi war auf den Stuhl neben mir gesprungen und reckte ihr Näschen neugierig über die Tischplatte. Wahrscheinlich war sie misstrauisch, ob nicht doch noch etwas Essbares hier ausgeteilt wurde.

»So, hier haben wir also die Fragende. Schau an, Viktoria, die Kaiserin. Bist etwas sanfter geworden, was?«

»Wieso sanfter?«

»Na, eben weiblicher …«

»Du spinnst.«

»Na gut, dem setzt sich natürlich auch diese querliegende Zwei der Stäbe entgegen, dein unbändiger Tatendrang.«

»Wenn du meinst.« Diese Aussagen über meine Persönlichkeit waren mir nach wie vor unangenehm. »Könnten wir mal zu den sachlicheren Feststellungen kommen?«

»Klar. Hier auf dieser Position steht das, was du derzeit anstrebst, die Zwei der Schwerter. Eine ausgeglichene Partnerschaft. Oder einen gerechtern Ausgleich.«

»Immer doch.«

»Und hier, was du fühlst, was dazu bereits eingetreten ist. Ach, da schau her, die Drei der Kelche, Harmonie und Familienleben.« Alizia grinste wie ein Honigkuchenpferd. »War nett im Urlaub, nicht?«

»Mhh.«

»Und was dazu geführt hat, sagt diese Karte. Wie nicht anders zu erwarten, zeigt sie uns, dass du dich den inneren Bildern gestellt hast. Du bist dem Tier in dir begegnet. Kann ganz schön aufregend sein, nicht wahr?«

Woher wusste sie von dem Mord an dem Weibchen? Und meiner Angst, mich dem dadurch entstandenen neuen Tier zu stellen? Vorsichtshalber gab ich also wieder ein vielsagendes »Mhh« von mir.

»Und als Nächstes haben wir zu erwarten den Einfluss – des Magiers.«

Alizia verstummte, musterte das gelegte Kreuz nachdenklich und äußerte dann ein ebenso vielsagendes »Mhh«.

»Wieder was Bedrohliches?«

»Weiß noch nicht. Machen wir mal weiter. Wie sieht Viktoria die Situation? Verworren, sagt die Karte. Zu viel Kontrolle, zu viele Möglichkeiten.«

»Könnte sein.«

»Und der Einfluss von außen, von anderen? Uch, schon wieder.«

»Was?«

Das Bild mit einer Unmenge Schwertern darauf schien mir nicht gerade unheilvoll. Aber Alizias Miene hatte sich verdüstert.

»Gut, deine Hoffnungen und Befürchtungen? Hach, guck doch mal! Der Erdmensch! Der kommt immer wieder, nicht? Viktoria, Viktoria! Ein seeehr interessanter Urlaub, was?«

»Mach fertig.«

Eine Karte lag noch umgekehrt auf dem Tisch.

»Das Endergebnis«, sagte Alizia, lüpfte die Karte und drehte sie dann schwungvoll um. »Das Aeon! Ein neuer Anfang.«

»Wie sinnreich. Ich fange ständig etwas Neues an.«

»Muffel mich nicht so an, jetzt sehen wir uns mal den Zusammenhang an.«

»Na gut.«

»Liege ich wirklich so falsch mit dem kleinen Wandel in der Meereshut?«

»Schlag bei Shakespeare nach.«

»Gut, reden wir ein andermal darüber. Weißt du, mich stimmt diese wiederholte Bedrohung kritisch. Das gewaltsame

Ende einer Entwicklung. Meinst du nicht, es könnte an der Zeit sein, das Geschäft mit deinem Bauträger zu beenden? Ich meine, wo du doch jetzt schon auf höchst sinnreiche Verbindungen gestoßen bist?«

»Hör mal, Alizia, ich kann schwerlich zu Heinz gehen und sagen, jetzt habe ich ein Drittel der Häuser verkauft, such dir für den Rest einen anderen Makler, die Karten haben mich vor dir gewarnt. Dummerweise haben wir nämlich einen Vertrag geschlossen.«

»Ich bin doch nicht blöd, Viktoria. Aber man muss auch nicht offenen Auges in sein Verderben rennen.«

»Ach, was heißt Verderben? Jedes Mal hast du mir jetzt irgendeine schaurige Karte gezeigt mit zusammenstürzenden Türmen und trüben Sumpfblüten. Passiert ist nichts davon.«

»Ist ja schon gut.«

»Nur dein faulig dünstendes Wasser liegt mir im Magen. Aber ich denke mal, das mit den feuchten Kellern habe nicht ich zu vertreten. Was sagt eigentlich diese Karte hier aus? Zu der hast du noch gar nichts gesagt.« Ich deutete auf die Position »Was als Nächstes kommt«.

»Der Magier, Magus Mercurio. Der Macher, der Macho. Könnte dein Heinz sein, da er ja jetzt nicht mehr luschtvoll ist.«

»Klar kommt der als Nächstes. Wahrscheinlich steht er morgen früh vor der Tür und verlangt, dass ich noch schneller seine Häuser unter das Volk bringe. Streng dich mal ein bisschen an, Alizia. Wenn du schon von bösen Omen munkelst, dann sollte das doch etwas hintergründiger ausfallen.«

Eigentlich hatte ich sie nur etwas aufziehen wollen, aber meine Freundin nahm das bitterernst. Sie stützte das Kinn auf und brütete eine Weile schweigend über dem aufgeschlagenen Kreuz. Ich streichelte Luzi ein paarmal über das sonnenheiße schwarze Fell, und die Süße kletterte auf meinen Schoß, wo sie sich schnurrend zusammenrollte. Dann sah ich in das Grün der Büsche und Bäume. Es war ganz ruhig. Nur ein leises Blätterrauschen war zu hören. Im Wind schwankten die Zweige sacht hin und her.

»Magus Mercurio«, flüsterte es in mir. »Mercurio. Merkur. Herr Merkur. Hermes – Gott des Handels und der Diebe. Nein. Mercurio ...«

»Meine Intuition versagt, Viktoria!«

Ich schüttelte mich kurz, Alizias Ausruf hatte mich aus meiner Träumerei aufgeschreckt. Aber mir ging ein plötzliches Licht auf.

»Meine aber nicht. Alizia, vielwissende Freundin magischer Kräfte, für was steht Merkurium in deiner Wissenschaft?«

»Für Quecksilber, warum?«

»Was haben Laborgeräte mit Quecksilber zu tun?«

Luzi sprang von meinem Schoß und fing schon wieder an, wie wild in dem Rosenbeet zu graben.

»Himmel, Viktoria! Thermometer und so!«

»Ich bin mir sicher, dass – erstens – früher die Lagerung und Abfallbeseitigung nicht den höchsten Sicherheitsnormen genügten und dass – zweitens – bei der Zerstörung der Produktion im Krieg auch einiges danebenging. Ganz abgesehen von Quecksilber könnte ich mir auch noch andere Sauereien vorstellen. Der Boden muss doch belastet sein. Jetzt sollte ich nur noch herausfinden, wie ich das dem Freund Ungermann nachweisen kann.«

»Davon lässt du die Finger, Viktoria!«

»Das kann ich nicht.«

»Du bist nicht der Rächer der Witwen und Waisen.«

»Nein, aber ich kann meiner Kundschaft keine Häuser andrehen, die auf vergiftetem Boden stehen. Weißt du, was das Schärfste ist? Ungermann hat der Gemeinde einen Kinderspielplatz versprochen.«

»Vielleicht ist der Boden ja doch sauber?«

»An deine eigenen Vorhersagen glaubst du auch nicht.«

»Doch. Aber ich will dich von deinem Feldzug abhalten.«

»Ich kann aber jetzt nicht einfach die Augen zumachen.«

»Man kann immer wählen.«

»Zwischen einem ewig schlechten Gewissen und einer Anzeige?«

»Wie willst du das denn anzeigen? Dazu brauchst du mehr als den Hinweis, dass die Untersuchung von Ungermanns Schwager durchgeführt wurde.«

Wo Alizia recht hatte, hatte sie recht.

»Mir wird schon was einfallen.«

»Dann sieh dich aber bitte vor. Und wenn möglich, sag mir Bescheid, was du vorhast.«

Den Rest des Nachmittags verplauderten wir mit weniger dramatischen Themen, und als Alizia dann gegen Abend aufbrach, hatte ich ihre Kartendeuterei schon fast wieder vergessen. Einen kleinen Moment der Verwunderung löste sie jedoch beim Abschied noch einmal bei mir aus. Sie sah, als sie zur Tür ging, im Wohnzimmer die Schale stehen, die mir Doña Simona geschenkt hatte.

»Die hat dir eine sehr gütige Frau gegeben. Eine Frau, die wie eine Mutter zu dir sein wird.«

»Bitte?«

»Oh, entschuldige. Ich … es flog mich so an. Das ist ein wunderschönes Stück. Du wärst nicht bereit, sie mir zu schenken?«

»Nein, denn ebendiese Frau hat mich davor gewarnt, dass du mich darum angeiern wirst.«

Es gelingt mir nicht oft, Alizia in Erstaunen zu versetzen, aber diesmal war es gründlich.

»Oha«, war alles, was sie sagte. Dann ging sie.

Ich verbrachte den Abend für mich alleine. Und wenn ich ganz ehrlich zu mir sein wollte, dann war wirklich ein Ohr zum Telefon gespitzt. Es war Sonntag, und an diesem Abend würde Philipp von der Insel zurückkommen. Aber vermutlich war es eine aberwitzige Hoffnung, dass er anrufen würde.

Er tat es auch nicht, aber in den späteren Stunden, als ich mich gar nicht mehr auf mein Buch konzentrieren konnte und das Fernsehprogramm angeekelt ausgestellt hatte, da erlaubte ich mir den Luxus, darüber nachzudenken, wie ich mir mit Alizias Zauberrezept diesen Mann einfangen könnte. Was waren noch mal die Zutaten? An Orangenessenz erinnerte ich mich, das war noch das Harmloseste. Und Fingernagelschnipsel. Wie serviert man das zusammen? Einen Cocktail vielleicht? Nein, da würden die Fingernägel auffallen. Ente à la Orange? Ja, das war eine feine Idee. Ob ich die wohl hinbekam? Meine Kochkünste waren nicht auf Haute-Cuisine-Niveau. Einen guten Eindruck sollte ich zu der Einladung aber doch machen. Außerdem, irgendetwas fehlte da noch. Ach ja, Erde von seiner Fußspur. Wie sollte ich denn an die Erde kommen? Erst einen schönen Waldspaziergang, und ich immer mit dem Schippchen hinter ihm her? Eher abartig. Wäre mir das Rezept schon im Urlaub bekannt gewesen, hätte ich leicht an etwas Sand kommen können. Aber hier? Zu viel Asphalt. Und überhaupt, Erde in der Entenfüllung? Besser doch etwas Einfacheres. Einen Kuchen. Ja, ich könnte einen Kuchen backen, da fällt so ein bisschen Erde nicht auf drin. Einen Schokokuchen oder einen Nusskuchen mit Orangenaroma. Köstlich. Und dann Luzi, die Philipp über die Kaffeetasse hin anblinzelt. Mein Gott, der Ärmste.

Aber so abwegig war das eigentlich gar nicht. Sollte ich ihn nicht wirklich einfach mal zum Kaffeetrinken einladen?

»Luzi, meinst du, du wärst noch einmal bereit, deinen magischen Blick einzusetzen?«

Luzi, die bereits im Tiefschlaf vor sich hinschnurchelte, zuckte nur unwillig mit den Ohren, als sie ihren Namen hörte. Na gut, dann die konventionellen Zaubereien. Vielleicht könnten wir mal zusammen auf das Grundstück am See ... O nein, da gab es ja einen viel, viel besseren Weg! Ganz ohne Orangenessenz und Fingernägel.

Mit dem erhebenden Gefühl, eine Lösung für mehrere Probleme gleichzeitig gefunden zu haben, ging ich zu Bett.

Am Montagnachmittag hatte ich sogar noch eine weitere Idee. Meine blendendste überhaupt. Gerade hatte ich zornschnaubend den Hörer hingeworfen, weil die Wenzel-Frau mich noch einmal niedergemacht hatte. Aber die Leute mit dem Sexclub waren wirklich interessiert und hätten sogar den überzogenen Preis gezahlt. Als Nächster war mal wieder Engelbert in der Leitung. Er hatte eine wundervoll ordinäre Anzeige geschaltet und wollte gelobt werden. Ich tat es. Und lud ihn anschließend zu einem Sundowner ein.

Sorgfältig richtete ich, als es so weit war, den Wohnzimmertisch her. Papier und Bleistift lagen bereit, die Pläne in durchsichtiger Plastikhülle, das Exposé verführerisch aufgeschlagen, der Preis gelb angemarkert, eine Adressenliste sichtbar dazwischen geordnet. Eher nebensächlich war das Getränk – ich war mir einen Kir schuldig. Luzi bat ich außer Haus.

Engelbert kam um sieben.

»Viktoria, wie lieb, dass du mich eingeladen hast.«

»Ja, nicht?«

»Und du siehst so erholt aus. Jahre jünger, möchte ich meinen.«

»Deshalb macht es mir unheimlich Schwierigkeiten, etwas zu verkaufen. Die Leute halten mich immer für die Tochter des Hauses.«

Immer noch einen drauf. Die Taktik war bei Gerold angekommen, dann funktionierte sie auch bei Engelbert.

»Ich … ich habe dir eine Kleinigkeit mitgebracht, Liebste.«

»Kleine Huldigung, was?«

Ich grapschte mir das verdächtig kleine Kästchen.

»Zu deinen zauberhaften blauen Augen …«

Aber doch das nicht! Es waren Ohrringe mit Aquamarinen. Hübsch. Wenn ich meinen Widerwillen gegen den Geber überwunden hatte, würde ich sie bestimmt tragen.

»Bisschen billig, aber ganz niedlich. Hier, dein Glas.«

Ich war fies, richtig mit vollem Bewusstsein fies.

»Auf dich, Viktoria. Oder auf uns …?«

»Auf mich.«

Ganz schrecklich fies!

Wir tranken, und ich schob ein Stück Papier auf dem Tisch zur Seite, um mein Glas abstellen zu können.

»Hast du noch gearbeitet?«

»Ja, ja, das hier habe ich letzthin reinbekommen, und jetzt reißen sich die Leute um das Haus.«

»Deine Geschäfte blühen wie eh und je, nicht?«

»Doch, ja, es läuft nicht ganz schlecht. Und hier so ein Millionending bringt einem schon mal den Champagner in den Cassis.«

Das Telefon in meinem Büro klingelte zuvorkommend, und ich entschuldigte mich einen Augenblick.

Anschließend hatte ich hinter der Tür die Genugtuung, zu sehen, dass Engelbert seinen alten Gepflogenheiten noch nicht untreu geworden war. Eifrig schrieb er sich die wichtigsten Daten von Wenzels Alptraumhaus auf. Ich ließ ihm reichlich Zeit, sich mit den Bedingungen vertraut zu machen. Dann kam ich scheinheilig lächelnd zurück und komplimentierte ihn mit der Begründung raus, ich müsse dringend eben noch ein Angebot fertigmachen. Ein sehr wichtiger Kunde habe mich erinnert, er wolle morgen Vormittag die Unterlagen abholen.

»Tja, so ist das nun mal in unserem Geschäft. Nichts als Stress.«

»Ja, ja. Na, du wirst ja auch genug zu tun haben, mit dem neuen Geschäftszweig bei Immobkauf. Viel Glück dann.«

Ganz ungeheuerlich fies!

»Danke Viktoria. Bis bald dann.«

Weg war er. Samt einem engbeschriebenen Blatt. In den nächsten Tagen würde ich Wenzels sagen, ich könne mich um ihr Häuschen nicht mehr kümmern.

Ich arrangierte am Dienstagabend zwei Besichtigungstermine am See. Allerdings war ich nicht sonderlich engagiert, den beiden jungen Paaren die Häuser schmackhaft zu machen. Bevor ich irgendwem weitere Gebäude auf diesem Grundstück verkaufte, wollte ich erst einmal sicher sein, ob mein Verdacht stimmte. Gegen halb neun waren die beiden letzten gegangen, die Baustelle ruhte, und die Wellen des Sees plätscherten leise an das Ufer. Ein recht scharfer Wind trieb Wolken vor sich her, die die untergehende Sonne verdunkelten. Ich ging zum Auto und packte mein Handwerkszeug aus. Kleines Gartengerät und Plastiktüten. Dann zog ich ein paar alte Jeans und meine Gartenschuhe an und machte mich an die Arbeit. Acht Baugruben waren ausgehoben. Die erste hatte schon einen Betonboden und Schalungen an den Seitenwänden. Hier war es etwas schwierig, noch an das Erdreich zu kommen. Ich kratzte etwas hinter den Holzbrettern weg. Die nächste Grube war einfacher zu bearbeiten. Allerdings gab es hier keine Leiter, und ich wurde ziemlich staubig beim Herumklettern. Bei den nächsten Gruben war freundlicherweise der Aushub noch nicht weggefahren, so dass ich mir die Kletterpartien sparen konnte. Das war mir ganz recht, denn etwas unheimlich war mir mein Tun jetzt doch, zumal es langsam dunkel wurde. Ich war froh, als ich mit meinen acht beschrifteten Tüten zum Auto stapfen konnte.

Ich hatte gerade den ganzen Kram in den Kofferraum gepackt, als mich Scheinwerfer erfassten. Da mein Unterfangen von einer gewissen Delikatesse war, zuckte ich nicht unerheblich zusammen, als eine Autotür klappte und ich Heinz Ungermann durch das Brettertor kommen sah.

»Nanu, was machst du denn hier? Und wie siehst du denn aus?«

Ich sah meinen erdigen Finger an und überlegte kurz, ob ich einen Witz über Gartenarbeit machen sollte. Aber Heinzens Tonfall war nicht sehr humorvoll.

»Ich hatte bis eben einen Besichtigungstermin. Und dann wollte ich eine Abkürzung nehmen, bin ausgerutscht und in eine dieser blöden Baugruben gefallen.«

Vielleicht fiel ihm im Dämmerlicht ja meine unprofessionelle Kleidung nicht auf.

»Ach so. Du solltest besser aufpassen. Da kann man sich leicht das Genick brechen. Und bis dich morgen jemand findet …«

»Na, der kann dann ja einfach eine Schicht Beton drübergießen, dann ist meine Leiche ordentlich beseitigt.«

»Du solltest machen, dass du nach Hause kommst. Wollen die Leute, die du eben dahattest, abschließen?«

»Möglich. Beim ersten Termin kann man immer nur vermuten. Ich melde mich, sowie ich etwas höre. Schönen Abend noch, Heinz.«

Sein Blick gefiel mir nicht, ich beeilte mich, in mein Auto zu kommen, und startete mit etwas hektischem Reifendurchdrehen. Das war knapp gewesen.

Zu Hause packte ich die Beutel in einen Karton und sah sie lange an. Luzi kam ebenfalls dazu und schnüffelte neugierig an dem Staub, der sich auf dem Boden angesammelt hatte. Es schien ihr nicht zu gefallen, und sie nieste ein paarmal herzhaft.

»Luzi, morgen werden wir einen fachkundigen Rat einholen. Einverstanden?«

»Mau!«

Ich hatte zwar Philipps Nummer im Grundbauamt nicht, aber die Vermittlung stellte fest, dass er zurück und bereits wieder bei der Arbeit war.

»Hallo, Viktoria. Was für eine Überraschung. Und, hast du dich schon wieder ins Arbeitsleben eingefunden?«

»Ich bin dir gegenüber eine Woche im Vorteil. Waren die letzten Tage noch schön?«

»O ja.«

Das wollte ich aber eigentlich lieber nicht hören.

»Florentine ist richtig aufgeblüht. Ich denke, ich werde meine Tochter jetzt etwas häufiger zu Gesicht bekommen.«

»Das freut mich wirklich. Sie ist ein ausgesprochen interessantes Mädchen.«

»Ja, das ist sie. Aber ich bin mir sicher, du wolltest dich nicht nur nach Flo erkundigen, nicht wahr?«

»Nein, Philipp, ich rufe dich sozusagen dienstlich an.«

»Nanu?«

»Ja, es ist wegen dieses Grundstücks, was ich mir kaufen will …«

»Du willst dir ein Grundstück kaufen?«

»Ja, ich will über kurz oder lang aus meinem Haus ausziehen. Als Maklerin ist es mir nun mal schlicht nicht möglich, ein Haus zu finden, das meinen gehobenen Ansprüchen genügt. Also muss ich selbst bauen«, redete ich mich heraus.

»Gepeinigt von den architektonischen Wunderlichkeiten deiner Kunden?«

»So ähnlich.«

»Wo liegt das Problem?«

»Ich würde ganz gerne wissen, ob der Boden in Ordnung ist, bevor ich den Kaufvertrag unterschreibe. Könnt ihr solche Untersuchungen machen?«

»Sicher, das ist unsere Aufgabe. Wo liegt das Gelände? Ich schicke jemanden hin, der die Proben nimmt.«

»Nicht nötig, ich habe sie schon hier.«

»Es wäre aber doch besser, wenn die einer von unseren Fachleuten nimmt.«

Eine Ausrede, Viktoria! Schnell!

»Ja, äh ... Sicher wäre das besser. Aber ich möchte nicht, dass die Verkäufer ... Also, die müssen nicht unbedingt von meinem Misstrauen wissen. Es gibt nämlich noch andere Interessenten.«

»Na gut. Dann lasse ich die Proben bei dir abholen.«

Die zweite Fliege, die ich mit dieser Klappe schlagen wollte, ließ sich nicht einfangen. Pech.

»Ist gut, ich bin heute Nachmittag zu Hause.«

»Prima. Ich würde ja selbst kommen, aber hier ist nach drei Wochen Abwesenheit leider der Teufel los. Ich melde mich, sowie wir die Ergebnisse haben.«

»Danke, Philipp.«

Kaum hatte ich aufgelegt, zwitscherte mich das Telefon wieder an.

»U.M.-Bau, Hölzchen. Guten Tag.«

Frau Hölzchen kam wieder aufs Stöckchen und verband mich dann feste.

»Ungermann!«

»Friedland!«

Förmlich sein konnte ich auch.

»Ach ja, richtig, mit dir wollte ich auch sprechen. Ich muss dir leider mitteilen, dass ich die Häuser ab jetzt von einem professionellen Maklerbüro vertreiben lasse. Deine Anstrengungen in Ehren, aber das geht mir zu langsam. Ich brauche drei, vier versierte Makler, die sich gleichzeitig um das Geschäft kümmern. Tut mir leid, Viktoria.«

»Und mir tut leid, dass wir beide einen Vertrag geschlossen haben, in dem du mir dummerweise den Alleinauftrag erteilt hast.«

So, lieber Heinz, lasse ich mich nicht über den Tisch ziehen.

»Den sollten wir dann ganz schnell kündigen, nicht wahr?«

»Das ist keine einseitige Angelegenheit, wie du weißt. Dazu habe ich auch noch etwas zu sagen.«

»Viktoria! Du siehst doch ein, dass dich als Einzelkämpfer die Sache überfordert.«

»Quatsch! Es steht noch kein fertiges Haus da, und du willst das Fell schon verteilt haben.«

»Ich diskutiere nicht mit dir über meine Terminvorstellungen.«

»Und ich diskutiere mit dir nicht über eine Vertragsänderung.«

»Willst du klagen?«

»Wenn es sein muss.«

»Dann mach dich auf was gefasst.«

»Drohst du mir?«

Einen kleinen Moment lang herrschte Schweigen. Womöglich hatte Heinz nun doch gemerkt, dass er etwas zu weit gegangen war.

»Nein, ich drohe dir nicht. Aber du musst mich auch verstehen. Ich habe meine Gründe.«

»Kann sein. Und ich habe einen gültigen Vertrag. In dem es für mich um ziemlich viel Geld geht. Das musst auch du verstehen.«

»Mhh ja. Darüber können wir vielleicht reden.«

Jetzt wurde die Sache schon konkreter.

»Vielleicht.«

»Würdest du von dem Vertrag zurücktreten, wenn ich dir

eine … sagen wir doppelte Courtage zahlen würde? Ein Barscheck?«

Alizia hatte gesagt, ich solle mich aus diesem Geschäft raushalten. Jetzt bot sich ein Weg für mich an, bei dem ich noch nicht einmal mein Gesicht verlieren würde.

»Ich habe noch drei Interessenten.«

»In Ordnung, die dreifache, und du findest in der Post den Scheck.«

»Mh.«

»Ich wusste, du bist vernünftig, Vicky. Wenn die Sache abgewickelt ist, sollten wir uns vielleicht noch einmal treffen. Zu einem kleinen Essen oder so.«

Vicky darf man mich nicht ungestraft nennen. Und ein kleines Essen – oder so – kam überhaupt nicht mehr in Frage. Sehr säuerlich antwortete ich: »Bleiben wir beim Geschäftlichen. Bis dann.«

»Mach's gut, Vicky!«

So ein Stinker, so ein mieser, erpresserischer, widerwärtiger Stinker!

Ich dampfte förmlich vor Wut. Um mich zu beruhigen, brauchte ich Bewegung und lief einmal durch das ganze Haus. Wenn nicht draußen ein Bindfadenregen niedergegangen wäre, wäre das der richtige Augenblick für eine Joggingrunde gewesen. Ich hätte vermutlich alle Europa- und Weltrekorde unterboten. So scheuchte ich nur Luzi auf, die trübsinnig am Fenster saß und in die tropfende Welt schaute. Schließlich beruhigte ich mich wieder ein bisschen und stellte mich neben sie. Mistkram, so ein Mistkram! Nichts dagegen, Heinz Ungermann üble Geschäftspraktiken nachzuweisen, aber so kühl aus dem Geschäft abserviert zu werden, das ging mir gegen den Stolz. Was für ein bescheuerter Tag! Und Philipp kam auch nicht vorbei, sondern schickte einen seiner Wasserträger.

Ich streichelte Luzis Nacken, drückte meine Nase am Fenster platt und folgte den Augen meiner Katze. Ihr Blick war starr auf einen Busch gerichtet. In den Zweigen saß ein feuchter Vogel, auch nicht ganz glücklich. Luzi spannte plötzlich den ganzen Körper an und begann heftig mit den Zähnen zu klappern. Es hörte sich an wie ein frustriertes Schnattern.

»Den kriegst du nicht, diesen Vogel da. Und ich krieg auch nicht, was ich will«, schnaufte ich, ebenfalls frustriert.

Meine Stimme lenkte Luzi von dem Objekt ihrer Begierde ab, und sie sah mich an. Sehr lange und sehr eindringlich.

»Gut, du hast ja recht, Luzi-Schatz. Es ist nicht nur das Problem mit dem Heinz und seinem krummen Auftrag, es hat was mit diesem blöden Gefühl des Alleinseins zu tun. Jetzt mit jemandem darüber reden können, der versteht, dass es mir nicht nur um das Geld geht, sondern um die ordentliche Abwicklung meiner Geschäfte. Nicht nur das. Jemand, der meine mistige Laune an einem mistigen Tag versteht und mich aufheitert.«

»Schnurrrr«, sagte Luzi und sprang auf meinen Schoß. Was für eine liebe Katze!

»Und das Dumme ist, ich weiß ja, wen ich mir jetzt herwünsche, Luzi. Ich könnte genauso mit den Zähnen klappern wie du wegen des Vogels.«

Luzi sah mich weiter an, und ich entdeckte, dass, nachdem das Weibchen erschlagen war, nun die Frau in mir aufgewacht war. Die seltsamerweise tröstete mich jetzt. Es würde Chancen geben, sagte sie mir. Zufälle, wie Alizia betonte. Wenn man wirklich will. Und ich wollte Philipp. Ich wollte auch Florentine dazu. Wenn möglich, sogar noch ein, zwei eigene kleine Flöhe.

Das war in seiner Klarheit neu für mich, und ich verbrachte, mit Luzi auf dem Schoß, eine geschlagene Stunde in schönster Tagträumerei.

Dann kam ein Mensch, der sich als Mitarbeiter des Grundbauamtes auswies, und nahm meine Pröbchensammlung mit.

Philipp meldete sich zwei Tage später gegen Mittag.

»Hallo, V...Viktoria.«

Wie mich dieses leichte Stottern faszinierte!

»Ach, Philipp. Schön, dass du anrufst. Und ...?«

»Hast du heute Nachmittag ein paar Minuten Zeit für mich? Ich würde mich gerne mit dir unterhalten.«

Ich auch, ich auch!

»Ich habe um halb vier noch einen Termin, aber gegen siebzehn Uhr bin ich im Büro. Wäre dir das recht?«

»Ja, in Ordnung.«

»Wenn du so ernsthaft mit mir reden willst scheint ja einiges herausgekommen zu sein.«

»Ja, aber das besprechen wir nachher.«

»Na gut, bis dann.«

Ich legte ganz vorsichtig den Hörer auf. Es war nicht zu leugnen, die Spannung breitete sich vom Zwerchfell aus und nahm mir den Atem. Zwei Dinge unterschiedlichster Art hielten mich in ihrem Griff. Einerseits die Bestätigung, dass mit dem Grundstück wirklich etwas nicht in Ordnung war, und andererseits die Chance, dass Philipp nun doch zu mir kommen würde. Und, typisch Frau, als Erstes, nachdem ich mich wieder bewegen konnte, raste ich zum Kleiderschrank, um ein paar schickere Sachen herauszusuchen als die, die ich ansonsten im Dienst trug. Es fand sich nach längerem Hin und Her ein schwingender blauer Wildlederrock, den ich mir in einem Anfall von Wahnsinn gekauft hatte und zu den Akten legen musste, nachdem ich mir mein Bäuchlein zugelegt hatte. Da das aber auf der Insel geblieben war, passte das gute Stück wieder. Und zur Feier des Tages wählte ich sogar ein Paar der wenigen Hochhackigen aus, die ich besaß. Philipp war schließlich fast eins neunzig groß. Luzi zog begeistert Schleifen um mich herum und plapperte in ihrem Katzenlatein. Ich vermutete stark, dass sie mir Schminktipps geben wollte, denn im Badezimmer schielte sie schon wieder höchst neugierig auf die Lippenstifthülle. Ich gab sie ihr zum Spielen, und sie kickte sie mit Elan über die Fliesen.

»Liebe Luzi, ich muss jetzt noch mal für eine Weile fort. Aber dann bekommen wir wichtigen Besuch. Dem darfst du bitte ganz tief in die Augen sehen.«

Luzi streckte den Schwanz steil nach oben, krümmte seine Spitze zum Fragezeichen und trollte sich kommentarlos. Na dann!

Ich glaube, ich war nicht sehr gut bei meinem Verkaufsgespräch. Sozusagen etwas geistesabwesend. Erst verwechselte ich die Ölheizung mit einer Gasheizung, dann Norden mit Süden, verstand Teppichboden, als von Parkett gesprochen wurde, unterschlug einen Carport und machte das Haus zehn Jahre älter, als es wirklich war. Aber sowohl Kunden als auch Käufer waren ungewöhnlich nachsichtig mit mir. Dann rauschte ich zurück, fegte durch die Wohnung, aber Adda hatte alles in bewährter Manier aufgeräumt. Ich warf die Kaffeemaschine mit dem besten Highland-blend an und rötete meine Lippen erneut. Wie es sich gehörte, hatte das Hochdruckgebiet Camilla im Laufe der letzten Stunden die restlichen Wolken von dem tief gedrückten Charles weggeputzt, und die Sonne strahlte über die frischgewaschene Welt. Ich strahlte auch.

Luzi saß, als wüsste sie, dass Besuch kommen würde, erwartungsvoll auf dem Fensterbrett in der Küche und starrte zur Straße hinaus. Ich benutzte das Fensterbrett nicht, aber hinauszustarren erlaubte ich mir ebenfalls.

Pünktlich um fünf rollte der weiße BMW vor, der mich einst so geärgert hatte. Jetzt ärgerte er mich in keiner Weise. Eher kann man sagen, es machte sich ein leichtes Gefühl der Freude in mir breit. Ich ging zur Haustür und öffnete schon mal. Philipp stieg eben aus und hob den Kofferraumdeckel, um seine Aktentasche herauszuholen. In diesem Moment winkte mir aus dem offenen Kabrio, das sich im Schritttempo um die Verkehrsberuhiger auf der Straße wand, Ricarda siegesbewusst lächelnd zu. Es war nicht ihr Kabrio, und der Fahrer, sprich Eigentümer, wurde bemerkenswert unsichtbar, als sie das Haus passierten.

»Hallo, Gerold! Hallo Ricarda!«, rief ich fröhlich. Nett, die beiden zusammen zu sehen. Auch Philipp winkte, was mich daran erinnerte, dass er ja mit meiner Konkurrentin in Kontakt stand. Ein Wölkchen schob sich über meine Sonne. Aber dann lächelte Philipp mich an, und das Wölkchen löste sich in nichts auf.

»Du siehst ja aus, als ob du noch immer Urlaub hättest.«

»Warum? Habe ich Sand in den Haaren?«

»Nein, die Sonne. Und nicht nur in den Haaren.«

»Oh, willst du gut Wetter machen, bevor du mit den Hiobsbotschaften kommst?«

Philipp kam die Treppe zur Eingangstür hoch. Mit einem schiefen Lächeln deutete er mit dem Kopf dem entschwindenden Kabrio nach.

»Ich versuche nur, es mit dem Charme deines Freundes aufzunehmen.«

»Bemühe dich nicht, der versprüht seinen Charme bei deiner Freundin.«

»Meiner was?«

»Ricarda van Oojen, die Maklerin mit dem großen Fischernetz.«

»Ist nicht meine Freundin.«

»Und Gerold ist nicht mein Freund.«

So, endlich war das mal klargestellt. Mit einer eleganten

Handbewegung geleitete ich Philipp hinein. Nicht ins Büro, sondern ins Wohnzimmer. Ganz so geschäftlich sollte es ja nun doch nicht sein.

»Magst du einen Kaffee?«

»Keine ganz schlechte Idee.«

Philipp nahm Platz, und ich sah mich nach Luzi um. Im Zimmer war sie nicht. In der Küche auch nicht. Auch im Flur nicht. Kurz, das Tier glänzte durch Abwesenheit. Gerade dann, wenn ich sie mal brauchte.

Ich servierte den Kaffee, dann allerdings wollte ich wissen, was bei der Analyse herausgekommen war.

»Tja, also ... Ich weiß ja nicht, was das für eine Gegend ist, wo du dich da einkaufen möchtest, aber bist du sicher, dass es kein Industriegebiet ist?«

»Es war vor langer Zeit mal eins.«

»Mh, hast du den Bebauungsplan eingesehen?«

»Wollte ich noch. Komm, was ist denn rausgekommen? Mach es doch nicht so spannend!«

»Ein Haufen Dreck! Ganz allgemein gesprochen. Sehr unterschiedliches Profil in den einzelnen Proben. Das Übelste, was wir in zweien gefunden haben, ist eine recht hohe Konzentration von Quecksilber. Dann noch ein paar Phenole, Formaldehyd, Reste von alten Kunststoffen und einige Spuren von Schwermetallen.«

Ich konnte nicht sagen, dass mich das überraschte.

»So, wie sich das anhört, ist da eine Menge ungutes Zeug drin. Kann man da was machen?«

»Man kann immer etwas machen. Aber es ist ein Kostenfaktor. Zumindest einen Teil der verschmutzten Erde muss man wohl ganz abtragen. Einen Teil kann man vielleicht durch Belüftung sanieren.«

Also stimmten meine und Alizias übelsten Vermutungen. Die

allerübelste stimmte wahrscheinlich auch. Heinz Ungermann wusste sicher ganz genau, was mit dem Grundstück los war, das er geerbt hatte. Mein Gott, was für ein Erbe! Ich würde mich bedanken, wenn mir jemand eine solche Müllhalde vermachen wollte.

»Du bist so schweigsam? Stimmt etwas nicht?«

»Sieht doch ganz danach aus, was?«

»Ich dachte, du seist nur interessiert an dem Gelände. Oder hast du etwa doch schon unterschrieben?«

»Nein, nein.«

»Na gut, du musst es ja nicht nehmen. Aber den Verkäufern solltest du einen Tipp geben.«

Ich muss wohl ziemlich eigenartig ausgesehen haben, denn Philipp setzte plötzlich die Kaffeetasse ab, die er gerade zum Mund führen wollte.

»Da stimmt doch wirklich was nicht, Viktoria?«

Ich sah Philipp an, der sich aufmerksam vorbeugte.

Widerstreitende Gefühle kämpften in mir. Einerseits sehnte ich mich geradezu danach, meine Probleme mit einer mitfühlenden und mitdenkenden Seele zu teilen, andererseits war es sicher nicht fair, einen anderen Menschen, zumal einen, an dem mir etwas lag, mit in die Sache hineinzuziehen.

»Viktoria, magst du mir nicht vertrauen?«

Die grauen Augen sahen mich eindringlich an, hell in dem dunkel gebräunten Gesicht.

Die Türglocke läutete.

»Entschuldige einen Moment.«

Ich lief zum Eingang, wunderte mich, dass Luzi auch hier nicht saß, und öffnete. Alizia stand vor mir.

»Hallo, Viktoria. Wir haben Kirschen gepflückt. Du wolltest doch welche?«

Stimmt, das hatte sie mir ja versprochen.

»Gerne, gib her. Soll ich das umfüllen, oder kann ich das Eimerchen erst mal behalten?«

»Behalt's. Aber willst du mich nicht hereinbitten?«

Wollte ich eigentlich nicht, aber dann dachte ich mir, es wäre vielleicht gar keine so schlechte Idee.

»Komm, aber ich habe Besuch.«

»Wer Hübsches?«

»Mach dir selbst ein Bild davon. Hier ... Philipp, darf ich dir meine Freundin Alizia Marquart vorstellen?«

»Hallo, Frau Marquart.«

»Oh, hallo ... der Erdmensch!«

»Alizia!«

»Stimmt's nicht?«

Philipp lachte auf, als er die Bemerkung hörte. »Nicht alle Geologen befinden sich auf der Entwicklungsstufe des Pleistozäns. Oder wirke ich so ursprünglich?«

»Ein bisschen schon, aber im positiven Sinn. Viktoria, ich verdurste. Bietest du mir vielleicht mal einen Saft an?«

»Ich springe ja schon, Ehrwürdigste.«

»Und schick die Katze herein. Ich will mit meiner Lieblings-Luzi schmusen.«

»Die Katze ist derzeit unauffindbar. Ich bin mir sicher, sie besitzt eine Tarnkappe.«

»Oh. Wie seltsam ...«

Das musste Alizia in der Tat seltsam vorkommen.

Ich brachte ihr ein Glas Grapefruitsaft und setzte mich wieder zu den beiden.

»Wir waren da gerade an einem interessanten Punkt der Unterhaltung angekommen. Da Alizia einen Teil der Geschichte kennt, werde ich wohl jetzt mal alles erzählen.«

»Oha, das Grundstück am See?«

»Ja, Alizia, o ja.«

Ich erzählte die Geschichte von Heinz – unter Auslassung einer bestimmten Nacht – dem gebannt lauschenden Publikum.

Alizia streckte sich und grummelte: »So, und jetzt will dieser hinterhältige Kerl dich bestechen. Wie reizend!«

»Was wirst du tun?«, fragte Philipp.

»Was kann ich tun? Ich bin im Moment wirklich ratlos. Kann ich ihn so einfach anzeigen? Wie soll ich das begründen? Dass ich bei Nacht und Nebel etwas Erde von seinem Land gekratzt habe? Schließlich liegt ein Gutachten vor, in dem die Unbedenklichkeit des Baugrundes bestätigt wird.«

»Ein Käufer könnte uns zum Beispiel offiziell beauftragen.«

»Ich werde als Maklerin, die schließlich eine nicht unbeträchtliche Summe an Courtage erhalten hat, schwerlich einen meiner Kunden bitten, eine Bodenuntersuchung machen zu lassen. Die werden mir sagen, ich soll mich und meinen Job aufhängen.«

»Natürlich kannst du das nicht. Aber wahrscheinlich könnte sich jemand aus deinem Freundeskreis für ein Haus interessieren.«

»Ich darf doch nichts mehr verkaufen …«

»Wer übernimmt denn den Auftrag?«

»Hat Ungermann mir nicht gesagt.«

»Viktoria, wenn du nichts dagegen hast, werde ich mal ein Bedürfnis nach einem Haus am See entwickeln. Gib mir mal die Nummer von diesem Bauträger.«

»Ich möchte eigentlich lieber nicht, dass du darin verwickelt wirst.«

»Bin doch schon verwickelt.« Philipp lächelte mich an, und ein halbes Dutzend Schmetterlinge erhob sich urplötzlich in meinem Bauch. Ach herrje!

»Ich finde die Idee auch nicht schlecht. So ein Erdmensch

ist doch von natürlicher Neugierde, was Grund und Boden anbelangt«, unterstützte Alizia die Sache auch noch, und ich gab mich geschlagen.

»Ich werde gleich morgen mal da rausfahren und mir die Gegend ansehen. Du bist jetzt diejenige, die sich so weit wie möglich aus der Angelegenheit heraushalten sollte. Am besten lässt du dich auch auf dem Grundstück nicht mehr sehen.«

»Wird nicht ganz gehen. Eine Besichtigung habe ich noch. Morgen Abend kommen noch zwei Käufer, mit denen ich einen Termin vereinbart habe.«

»Kannst du das nicht absagen?«

»Will ich nicht. Ich will denen den Kauf vermiesen. Man kann nämlich auch Häuser rückverkaufen.«

Alizia schwenkte den Saft in ihrem Glas und schüttelte die schwarze Lockenpracht.

»Lass es, Viktoria. Bitte!«

»Ach, komm. Was soll mir da schon passieren. Ich falle schon nicht in eine Betonmischmaschine.«

»Lassen Sie nur. Der nette Mensch hier«, Philipp tippte auf Ungermanns Telefonnummer, »meint doch, er kann sie ausbezahlen. Ich kann mir nicht vorstellen, dass er ahnt, dass wir diese Proben haben.«

»Ich frag mich nur, warum er Viktoria unbedingt da raushaben will.«

»Weil er die Angelegenheit wirklich so schnell wie möglich abgewickelt haben möchte. Vielleicht will er sich mit den Anzahlungen auf und davon machen?«, mutmaßte ich, inzwischen bereit, Heinz alle möglichen Schurkenstückchen zu unterstellen. »Wisst ihr, bisher habe ich die Häuser an reichlich unbedarfte junge Familien verkauft. Das ist die klassische Klientel für solche Anlagen. Die, die sich ausrechnen, sie würden mit einer langfristigen Hypothek genauso viel zahlen wie mit der Miete.

Solche Leute sind so stolz darauf, ein Eigentum erworben zu haben, dass sie nur sehr wenig infrage stellen.«

»Na gut, dann weiß ich ja, was für eine Rolle ich spielen muss. Meinst du, ich kann einen unbedarften jungen Familienvater abgeben?«

»An dem Unbedarften solltest du noch etwas arbeiten.«

Aber den Vater hatte ich bereits erlebt, die Rolle passte. Oh, Luzi, dein sanfter Blick …

»Gut, ich rufe dich an, sowie ich in der Sache etwas erreicht habe. Aber jetzt muss ich mich leider verabschieden, meine Tochter möchte mich am Wochenende besuchen. Und für die Belustigung einer Dreizehnjährigen muss ich noch einige Vorbereitungen treffen.«

»Grüß Florentine von mir, Philipp. Und vielen Dank für alles.«

»Nichts zu danken, Viktoria. Bis bald.«

Weg war er, und wie ein kleiner, schwarzer Geist tauchte lautlos Luzi unter der Treppe auf.

»Katze, das war nicht fair.«

Ich nahm sie hoch, und sie strampelte mit etwa sechzehn Beinen.

»Da ist ja meine Schmuse-Luzi.« Alizia stand in der Tür und beobachtete uns beide. »Viktoria, du hast gar keinen Grund, mit ihr zu schimpfen.«

»Wieso nicht? Das ist doch keine Art, Besucher zu ignorieren.«

»Du wolltest, dass sie Philipp ansieht?«

»Mpf!«

Ich hasse es, so durchschaut zu werden. Auch von meiner besten Freundin.

»Aber das kann ja nicht klappen. Du bist ja nicht zornig auf ihn gewesen.« Und dann kicherte diese grässliche Hexe ganz entsetzlich hämisch. »Eher im Gegenteil.«

»Liebe Alizia, es war ganz reizend von dir, mit den Kirschen vorbeizukommen«, flötete ich. »Aber jetzt wäre dein Anblick von hinten sehr willkommen.«

»Und ich dachte, du freust dich, meine zarten Gesichtszüge zu sehen.«

Welche sie soeben zum Entgleisen brachte. Böse konnte ich ihr sowieso nicht sein, also lachte ich sie ein bisschen schief an, was das Eingeständnis meiner Absichten war.

»Na, ein deutlicher Fortschritt gegenüber Engelbert und Konsorten. Noch ein bisschen Geduld, Viktoria, der Mann handelt, scheint's, nicht überstürzt.«

»Vielleicht. Es liegt allerdings auch im Bereich des Möglichen, dass ich nicht sein Typ bin, denke ich.«

»Im Bereich des Möglichen liegt vieles. So, ich gehe jetzt. Und bitte, wenn du schon etwas anzettelst mit unserem Schmutzfink vom See, dann sei vorsichtig.«

»Versprochen.«

Ich wollte gewiss vorsichtig sein. Ungermann hatte eine zu deutlich herrschsüchtige Ausstrahlung. Wenn er mir auf die Schliche käme, dass ich Kunden vergraulte, dann hatte ich sicher eine üble Auseinandersetzung zu erwarten. Dass die Grenze zwischen Recht und Unrecht bei ihm ziemlich fließend verlief, zeigte ja schon die erkaufte Unbedenklicherklärung. Aber vielleicht verlief die Grenze ja noch wesentlich fließender.

Samstag, am frühen Abend, traf ich mich mit dem interessierten Ehepaar am See. Die beiden hatten bereits den ganzen Nachmittag Häuser und Grundstücke besichtigt, waren erschöpft, überfüttert und damit leichte Beute für die Gifttröpfchen, die ich ihnen fein verteilt in die Ohren sprühte. Etwa, dass das Problem mit dem Grundwasser ganz bestimmt gelöst würde. Und der öffentliche Grillplatz ja nur im Sommer genutzt werden könne. Und das mit den Mücken, na, es gab doch Moskitonetze. Das sehe doch herrlich exotisch im Schlafzimmer aus. Und das bisschen Fluglärm …

Nach einer knappen Dreiviertelstunde hatte ich sie so weit, dass sie sich die Sache doch noch einmal gut überlegen würden. Ich versprach, ihnen die Exposés von drei anderen, sicher auch sehr passenden Häusern zuzuschicken. Geschäft ist eben Geschäft.

Ich verabschiedete sie an dem Bauzaun und ging dann zurück, um das Musterhaus abzuschließen. Dann sah ich von dort noch einmal zum See hinaus, wo gerade die Sonne blutrot zwischen einer dicken, schwarzen Wolke und dem anderen Ufer aufleuchtete. Über das bleierne Wasser ergoss sich ein flammender Lichtpfad. Eigentlich wirklich schade, die Aussicht hätte auch mich gereizt, hier ein Haus zu besitzen.

»Du bist ja immer noch hier. Hatten wir nicht vereinbart, dass du dich nicht mehr um die Anlage kümmern sollst? Ich schätze das nicht besonders, wenn man Vereinbarungen mit mir nicht einhält.«

Das hatte mir ja wirklich noch gefehlt.

»Du lieber Gott, ich habe mir den See noch einmal ansehen wollen. Was spricht denn dagegen?«

»Und die Leute, die vorhin hier wegfuhren?«

»Ich hatte dir gesagt, ich habe noch drei Interessenten …«, versuchte ich lahm zu erklären.

»Willst du mich auf den Arm nehmen?«

Heinz, in Jeans und Lederjacke, die nämliche, an der das Weibchen geseufzt hatte, sah mich ernsthaft erbost an. Was mich daran erinnerte, dass man manchen Machos den Wind aus den Segeln nahm, wenn man sich hilflos und ein bisschen doof stellte.

»Ach, Heinz«, säuselte ich mit wohldosierter Wehmut. »Es was letzte Mal, dass ich hier war. Da, nimm die Schlüssel. Ich gehe dann jetzt.«

Ich drückte ihm die Schlüssel in die Hand und wollte an ihm vorbei, aber offensichtlich hatte ich nicht richtig dosiert, mein Heinz verstellte mir den Weg und wurde wohl an eine luschtvolle Nacht erinnert. Ich fand mich in seinen Armen wieder, wo ich mich nicht geborgen fühlte.

»Hey, was soll das, Heinz?«

»Schätzchen, das wolltest du doch, oder nicht?«

Der Druck der Arme nahm zu, und ich versuchte, mich irgendwie zu befreien.

»Eigentlich nicht. Jetzt lass mich los.«

»Na, das letzte Mal war dir das aber sehr recht, mein Vicky-Mäuschen.«

Vicky ist ja schon schlimm, aber das Mäuschen war derb. Er auch. Ich fühlte mich mit dem Rücken an die Hauswand gedrückt.

»Lass mich los, du Idiot. Ich bin weder dein Mäuschen, noch habe ich irgendein Verlangen nach deiner Aufdringlichkeit.«

»So, so, hast du nicht? Was war denn sonst der Grund, warum du dich hier herumgeschlichen hast?«

»Die schöne Aussicht zu genießen.«

»Verkauf mich nicht für blöd. Am Dienstag hast du ja auch schon die Aussicht genossen, nicht?«

Mich beschlich der unangenehme Verdacht, ich könne Heinz etwas unterschätzt haben.

»Sicher, ist doch ein toll gelegenes Areal. Wünschte, ich könnte selbst ein Häuschen hier kaufen.«

»Warum tust du's nicht?«

Wie das so in Stressmomenten bei mir ist, ist mein Mundwerk manchmal schneller, als ich denken kann.

»Na ja, bei den Problemen …«

»Was für Probleme?«

Ganz nah war Heinzens Gesicht an meinem, und seine Stimme war zu einem scharfen Flüstern geworden. Ich hatte keine Chance, mich zu bewegen, und am liebsten hätte ich ihm ins Gesicht geschrien, was ich von seiner krummen Methode hielt. Aber ein Rest Verstand hielt mich gerade noch zurück.

»D… das mit dem Grundwasser. Ich habe die Leute nicht darauf aufmerksam gemacht …«

»Grundwasser? Was weißt du von dem Grundwasser hier? Das ist in Ordnung, meine Süße, das ist untersucht worden.«

Oha. Und ich meinte die vermutlich feuchten Keller. Aber er dachte da an etwas anderes.

»Ja, ja, natürlich …«

»Viktoria …«

»Lass mich endlich los!«

Er tat es. Und ich dumme Nuss wollte schon aufatmen.

»Wir müssen reden«, sagte Heinz und nahm mich am Ellenbogen. »Wir gehen ein Stück spazieren.«

Ich willigte ein und ging neben ihm den Schotterweg entlang.

»Hör zu, Viktoria. Ich habe das Grundstück von meiner Frau geerbt, vor drei Jahren, wie du weißt. Das Dumme war, dass sich meine Firma damals nicht so gut entwickelte, wie sie sollte, die Baubranche … du verstehst? Es gab ein paar Probleme mit den Banken. Eben lästige Kleinigkeiten. Und dann diese Lohnabschlüsse …«

»Ja, ich verstehe.«

»Das Grundstück war wertlos, so unbebaut.«

»Ja. sicher.«

»Aber meine einzige Chance, wieder flottzukommen.«

»Natürlich.«

»Ärgerlich war nur, dass die Leute im Dorf die wildesten Gerüchte aufgebracht haben, als ich es in ein Wohngebiet umwandeln lassen wollte. Aber wir haben es geschafft, und wenn ich jetzt die Wohnsiedlung verkauft habe, bin ich aus dem Schneider.«

»Ja, sicher.« Warum erklärte er mir das?

»Du verstehst sicher, dass es mir große Schwierigkeiten machen würde, wenn irgendetwas aufkommen würde, was das Geschäft behindert, nicht?«

Wir waren inzwischen zu den Baugruben gekommen, aus denen ich die Proben entnommen hatte. Die Dämmerung machte sie zu schattigen Höhlen, bodenlos und sehr schwarz. Besonders wohl war mir nicht bei diesem Spaziergang. Und meine einzige Taktik war jetzt, so sanft und nachgiebig wie möglich zu erscheinen.

»Ja, ich verstehe das«, antwortete ich daher einfach.

»Ja, du verstehst das. Ich weiß«, sagte Heinz mit verdächtig sanfter Stimme. »Du verstehst leider ein wenig zu viel, Viktoria. Wer hat dich auf die Idee gebracht, bei Scholz und Jackel anzurufen?«

Oh, Dreck, Mist, gottverdammter Mist! Der Schwager!

»Der Bebauungsplan. Ich muss doch über die Objekte Bescheid wissen …«

»So gründlich, liebe Viktoria? So gründlich, dass du anschließend mit kleinen Gartenschippchen hier herumspielst?«

Mir wurde sehr kalt. Er musste mich am Dienstag länger beobachtet haben. Ob er aber auch wusste, dass ich die Analyse schon kannte …

»Na, was hast du für eine Erklärung? Wolltest du ein bisschen Blumentopferde mit nach Hause nehmen, oder was?«

»Ich … ich wollte … Ich hatte gedacht, wegen der Fabrik … Wollte Scholz und Jackel noch eine weitere Probe geben …«

Blöde Ausrede.

»Wolltest du …? Hast du aber nicht, oder täusche ich mich?«

»B... bin noch nicht dazu gekommen.«

Ich war so mit meinen Ausreden beschäftigt, dass mir erst jetzt bewusst wurde, wie erschreckend nahe ich am Rand der betonierten Baugrube stand. Unten waren schon die Schalungen für die Kellermauern angebracht, und die Bewehrungseisen standen wie ein Lanzenzaun nach oben. Ich hatte Angst. Primitive, abgrundtiefe Angst. Und Heinz trat näher auf mich zu.

»Heinz, was soll das?«

Meine Stimme war ein heiseres Flüstern.

»Ich mag es nicht, wenn man mir meine Geschäfte durcheinanderbringt!«

Morgen war Sonntag, niemand würde auf die Baustelle kommen.

»Schon gar nicht eine neugierige Katze, wie du es bist.«

Ich stand so nahe am Rand der Grube, dass die Erde unter meiner rechten Ferse bereits bröselte.

»Solche neugierigen Katzen haben manchmal kleine Unfälle ...«

Katze.

Luzi.

Philipp.

Florentine.

Irgendwie schrie es in mir: »Luuuuzi!« Mit einer Bewegung, die ich mir selbst nicht zugetraut hätte, entwand ich mich Heinzens zupackendem Griff und sprang zum Schotterweg. Wenigstens hatte ich flache Schuhe an den Füßen. Ich rannte los, in der Hoffnung, mein Auto zu erreichen. Aber Heinz war schneller, ich musste Haken schlagen. Verdammt, hatte der Junge eine Kondition! Nur ein beherzter Sprung hinter einen Schaufellader rettete mich vor seinem Griff nach mir. Statt in die Nähe des Ausgangs zu kommen, war ich in den Fahrzeugpark geraten. Aber hier war das Versteckspiel leichter. Eine endlos lange Zeit zwängte ich mich durch die Geräte, bis ich mir den Luxus erlaubte, für eine Weile auszuruhen. Ich konnte einfach nicht mehr. Zitternd drückte ich mich an das kalte, erdverkrustete Metall und versuchte, wieder zu Atem zu kommen. Dabei strengte ich meine Ohren bis auf das Äußerste an. Aber auch Heinz schien zu lauern, irgendwo hier zwischen Lastwagen und Erdhobeln. Ich blieb so bewegungslos wie möglich, wagte kaum die so dringend benötigte Luft zu holen.

Da, ein Knirschen, ein leises Rollen von Steinchen. Er musste ganz in der Nähe sein.

Die Dämmerung war der Dunkelheit gewichen, und an dem bewölkten Himmel zeigten sich erste Sterne. Meine Augen hatten sich zum Glück ungeheuer gut an das verbleibende Licht gewöhnt. Ich konnte die Umrisse der Baumaschinen erkennen, der beiden Lastwagen, der Container, in denen die Arbeiter ihre Unterkunft hatten. Und Heinz, der an einem der Lkws stand und lauschte.

Ein winziger Plan reifte in mir. Wenn ich mich in einem der Container verstecken könnte? Sofern die nicht abgeschlossen waren … Oder besser nicht. Denn das könnte sich als Falle erweisen.

Aber Heinz …

Ganz langsam, ganz vorsichtig bewegte ich mich auf den ersten Container zu. Mist, er hatte eine so entsetzlich helle Farbe, dass sich meine dunkle Jacke deutlich davon abheben würde. Aber er stand an einer Seite auf einer Art Mäuerchen, wohl um das unebene Gelände auszugleichen. Dort war es dunkel. Ich ging auf die Knie. Auf allen vieren schlich ich mich zu der Türöffnung, immer wieder um mich schauend und lauschend, ob Heinz nicht plötzlich vor mir auftauchte. Es war alles still. Erschreckend still. Keine Grille zirpte, kein Frosch quakte, kein Hälmchen raschelte. Auch von der Straße kam kein Laut. Hier fuhr am Samstagabend niemand mehr lang. Sehr ruhige Wohngegend, wirklich.

Dann hatte ich es endlich geschafft. Die Tür des Baucontainers war nur mit einem Riegel verschlossen. Das war ja besser als erwartet. Vorsichtig richtete ich mich auf, schob den Riegel auf, öffnete die Tür und ließ sie mit einem deutlichen »Klapp« zufallen. Im selben Moment ließ ich mich fallen und kroch unter den Container. Es hätte nicht viel gefehlt, und ich hätte mich durch einen lauten Schrei verraten, als mir die Brennnesseln ins Gesicht schlugen. Aber eilige Schritte überzeugten mich davon, stumm zu leiden.

Heinz rannte zentimeterdicht an mir vorbei, stürzte auf die Tür zu und verschwand in dem Container. Ich rappelte mich hoch und schob den Riegel vor.

Dann versuchte ich mich so schnell wie möglich zu orientieren. Leider verlor ich wichtige Minuten, in denen ich mich in der Dunkelheit zwischen den Geräten, Maschinen, Container verirrte, stieß mir die Ellenbogen an und schlug schmerzhaft mit dem Knie gegen ein hervorstehendes Metallteil. Ein Krachen zeigte mir, dass Heinz den Container verlassen hatte. Mein Vorsprung schrumpfte zu einem Nichts zusammen. Mit humpelnden Sprüngen versuchte ich, zum Ausgang zu kommen, und war dabei völlig ohne Deckung. Aber die Angst trieb mich weiter.

Keine Ahnung, wie lange das Katz-und-Maus-Spiel schon lief, es kam mir vor wie Stunden. Aber es war vermutlich viel weniger Zeit vergangen, seit ich an der Baugrube gestanden hatte.

Jetzt lag sie wieder vor mir – und hinter mir tauchte Heinz auf. Zu nah. Zu nah, um zu entkommen. In Panik versuchte ich noch einmal, meine bleiernen Beine zu höherer Leistung zu zwingen, aber er kam unerbittlich näher. Genau auf der Höhe der betonierten Baugrube erreichte er mich.

Griff nach mir.

Ich schwankte, suchte mein Gleichgewicht zu halten. Klammerte mich an ihn. Sah in sein Gesicht.

Es war verzerrt vor Wut und Wahnsinn.

Ich sollte schreien, um mich treten, spucken … Irgendwas. Und gerade, als sich die entsetzliche Lähmung legte, stöhnte er auf und ließ mich los.

Ich rutschte ein Stück, schrammte mir die Hände auf dem Schotter auf und blieb keuchend liegen.

Bis ich die Geräusche identifizieren konnte, dauerte es etwas. Aber dann wurde mir klar, dass hier ein ernsthafter Kampf im Gange war. Zwei Männer standen sich dort im schattigen Dunkel gegenüber, geduckt einander belauernd. Und dann – eine verwischte Armbewegung, ein erstickter Grunzlaut, und einer der Männer fiel zu Boden. Der andere drehte sich um, und eine unendlich sympathische Stimme fragte: »Viktoria?«

»Hier.«

»Bist du verletzt?«

»Angekratzt, abgeschürft und geprellt und in meinem Stolz gebrochen. Sonst nichts Ernsthaftes, glaube ich.«

»Gut. Kannst du noch einen Moment hier liegenbleiben? Ich muss mich um den Herrn da kümmern. Nicht, dass er uns wieder wegläuft.«

»Mh.«

Dann war plötzlich die Szenerie erleuchtet. Zwei Scheinwerfer strahlten auf, und in der Ferne hörte ich die Sirene von Einsatzwagen. Ich sammelte meine Glieder, soweit sie mir schon wieder gehorchen wollten, zusammen und richtete mich in eine etwas würdigere Stellung auf. Vom Sitzen aus schien der Weg zum Stehen nicht mehr ganz so weit.

Dann war Philipp wieder neben mir und half mir, die letzte Anstrengung zu überwinden.

»Kannst du gehen?«

»Einigermaßen.«

»Da vorne steht mein Wagen. Florentine hat über das Handy die Polizei gerufen.«

»Florentine? Und – wieso bist du überhaupt hier?«, fiel mir gerade ein.

»Oh, das ist eine längere Geschichte. Die erzähle ich dir nachher.«

Damit musste ich mich zunächst zufriedengeben, denn in diesem Augenblick durchzuckte schon das Blaulicht die Nacht und eifrige Beamte sprangen durch dieselbe.

Es war fast Mitternacht, bis ich wieder zu Hause war und in ein brühend heißes Bad gesteckt wurde. Florentine brachte mir ein Glas Rotwein an die Wanne und lächelte mich schüchtern an.

»Sag mal, bist du sicher, dass du bei der Veranstaltung hast teilnehmen sollen?«

»Es waren ja alle dagegen, aber ich wollte Sie doch auch retten.«

»Florentine, tu mir einen Gefallen und hör auf, mich zu siezen. Und wer sind alle?«

»Na, Ihre … deine Freundin und Paps.«

»Alizia?«

»Ja. Sie rief uns an. Sie hatte eine Vision. So ein Bild, weißt du. Daraus schloss sie, dass es dir nicht gut geht.«

»Höflich umschrieben. Daraufhin seid ihr aufgebrochen, um mich zu retten. Wahnsinn!«

»Wieso? Das ist doch nichts Ungewöhnliches.«

»Nun, es gibt Menschen, die würden das für ausgefallen halten.«

»Wir nicht. Doña Simona hat auch manchmal so Eingebungen.«

Das hätte ich mir inzwischen ja vielleicht denken können.

»Und du auch, nehme ich an.«

»N... na ja. Ich – äh – sah auch eine fauchende schwarze Katze. Aber ich wusste nicht, was sie bedeutete.«

Ein tiefer Schluck Rotwein und das warme Wasser entspannten mich und versetzten mich in eine Lichtwelt voller Klarheit. Im Augenblick höchster Not hatte ich mit meinem ganzen Wesen in meinem Inneren »Luzi« geschrien. Und Luzi, diese einzigartige Katze, hatte meinen Hilferuf aufgenommen und an die einzig richtigen Stellen weitergegeben.

Ich lächelte, vermutlich leicht blödsinnig und nicht sonderlich intelligent. Es ist viel leichter, das Unglaubliche zu glauben, als sich dagegen zu wehren. Ich rutschte, von Müdigkeit überwältigt tiefer in die Wanne, und etwas Schaum schwappte in den Rotwein.

»Hey, du darfst jetzt nicht in der Badewanne ertrinken, nachdem Paps sich so viel Mühe gemacht hat, dich zu retten.«

Mühsam riss ich die Augen auf und sah Florentine an, die mit einem meiner größten Badetücher auf dem Rand saß. Sie wirkte sehr erwachsen mit ihren müden Augen. Und sehr energisch. Viel energischer als ich. Also murmelte ich zustimmend: »Na gut, wenn du meinst.«

Vor der Tür hörte ich es klappern, und Philipp fragte: »Florentine, ist die schaumgeborene Viktoria inzwischen einigermaßen wiederhergestellt?«

»Ich gebe mir alle Mühe, sie aus dem Bad zu hieven. Aber wahrscheinlich müssen wir sie künstlich beatmen.«

Also gut, dann musste ich wohl langsam wieder auftauchen. Meine gesamte Muskulatur fühlte sich an wie Pudding, aber es gelang mir, mit einer der Situation angemessenen Würde auf dem Badevorleger zu stehen und mir von Florentine das Handtuch um den Körper wickeln zu lassen. Dann grinste sie breit und fragte mich: »Willst du dich so der Welt zeigen, oder hast du irgendwo ein verführerisches Nachthemd?«

»Was verstehst du denn davon, Kind?«

»Ach, ich habe mich nur immer gefragt, wann man all die schönen Sachen anzieht, die meine Mutter in ihrem Laden führt. Vielleicht wäre das jetzt so eine Situation?«

»Wenn man gerade eben dem sicheren Tod entronnen ist, meinst du?«

Wir kicherten etwas, aber ich war zu müde, um das Geplänkel weiterzuführen, und setzte mich auf meinen Wäschekorb. Florentine verschwand kurz und kam dann mit einem Nachthemd und meinem Bademantel zurück. Mit einem gewaltigen Gähnen zog ich ihn an und schleppte mich in mein Schlafzimmer.

Wenige Minuten später lag ich im Bett, und das Letzte, was ich sah, war, dass Philipp zu mir trat, Luzi laut schnurrend im Arm. Er setzte sie auf den Boden. Sie sprang auf ihren Lieblingsplatz in meinem rechten Arm, drehte sich einmal um sich selbst, rollte sich zusammen und starrte zu dem Mann an meiner Bettkante hoch. Philipp begegnete ihrem Blick, zwinkerte einmal langsam mit dem rechten Auge, und Luzi erwiderte das Zwinkern ernsthaft. Dann spürte ich einen sehr sanften Kuss auf meinen Lippen. Nicht von Luzi. Der Rest ging leider in einem abgrundtiefen Schlaf unter.

Sie erzählten mir am nächsten Tag, was eigentlich vorgefallen war. Alizia, Philipp und Florentine. Es war wirklich so, Alizia hatte zu dem Zeitpunkt, als ich mich in höchster Gefahr befand, eine deutliche Mitteilung darüber empfangen. Sie war entsetzt, hatte aber doch einigermaßen überlegt gehandelt. Zum Glück hatte sie sich Philipps Namen gemerkt und seine Nummer bei der Auskunft erfragen können. Weiterhin hatte zum Glück Philipp sich schon erkundigt, wo das Baugelände war. Er hatte auch überhaupt nicht in Zweifel gezogen, dass Alizia mit ihrer Befürchtung recht hatte.

»Meine Mutter hatte früher auch hin und wieder solche Vorahnungen. Einmal hat sie mich in letzter Minute aus dem See gezogen, als ich beim Schlittschuhfahren eingebrochen war. Und nach einem Autounfall hat sie auch gleich gewusst, was los war. Ihr zwei seid so gute Freundinnen, darum kam mir Alizias Warnung ganz selbstverständlich vor. Nur dieses ungeratene Mädchen hier, das hat mich genervt. Flo wollte natürlich unbedingt ihren Anteil am Abenteuer abbekommen.«

»Hättest du nicht so lange rumlamentiert, wären wir sogar noch fünf Minuten früher an Ort und Stelle gewesen.«

»Übrigens eine hübsche Leistung, Heinz k.o. zu schlagen. Du hast gar nichts abbekommen, oder? Ich war gestern so mit mir beschäftigt, dass ich mich um meine Retter überhaupt nicht gekümmert habe.«

»Nur ein paar Prellungen und abgeschürfte Knöchel. Aber ich habe schon Schlimmeres einstecken müssen.«

»Huch, gehört das zu deinen normalen Arbeitsbedingungen, dich auf Baustellen herumzuprügeln?«

»Nein, nein. Aber in meiner schlimmen Jugend habe ich ziemlich viel geboxt.«

»Oha! Wie günstig für den praktischen Einsatz.«

Wir saßen in meinem Garten, und im hellen Sonnenlicht verlor die nächtliche Verfolgungsjagd endlich etwas von ihrem Schrecken. Es würde natürlich noch ein gerichtliches Nachspiel geben, mit Anklage und Vernehmung. Aber erst einmal wollte ich so langsam versuchen, die Ereignisse für mich aufzubereiten.

»Ungermann muss irgendwie ausgerastet sein. Er hatte offensichtlich schon am Dienstag gewusst, dass ich misstrauisch geworden war. Es wundert mich, dass er nicht gleich versucht hat, mich aus dem Verkehr zu ziehen.«

»Es ist nicht ganz so einfach, einen kaltblütigen Mord zu planen und durchzuführen, vermute ich mal«, gab Philipp zu bedenken.

»Ja. Wahrscheinlich hat er wirklich erst gedacht, mich mit Geld abfinden zu können.«

»Aber unsere wahrheitsliebende Viktoria musste ja unbedingt noch ein paar Käufer abwimmeln. Wenn ich solch krumme Geschäfte zu verdecken hätte, würde mich auch die Wut übermannen, wenn so eine Schnüfflerin hinter mir her wäre.«

»Und sie im Affekt erschlagen … Gut, dass man das weiß. Florentine, ich bin mir nicht sicher, ob ich deinen Vater mag.«

»Du weißt doch, er ist ein Verbrecher.«

»Ach so, ja. Ich vergaß.«

»Was die bislang völlig unbeachtet gebliebene Frage endlich aufwirft, Viktoria …«

Wie gemein, ich bekam rote Ohren. Und nicht nur die. Mein Gesicht begann ganz eindeutig zu glühen. Ich wollte ansetzen, harmlos zu fragen: »Welche Frage?« Leider kippte meine Stimme ein wenig weg.

»Ob du mich eventuell magst?«

Alizia schaltete sich ein und legte Florentine die Hand auf die Schulter.

»Wir sollten die beiden mal einen Moment alleine lassen. Komm, wir gehen spazieren.«

»Nichts da. Das ist eine Diskussion, die auch mich etwas angeht. Schließlich wollen die beiden ein Verbrechersyndikat gründen.«

»Ein was?«

»Na, Makler sind Verbrecher, Paps ist ein Verbrecher, und mir steht auch eine ganz neue Karriere offen.«

»Florentine, könnte es sein, dass du den Ereignissen etwas vorgreifst?«

»Nö, das sieht doch ein gehörgeschädigter Blinder, dass ihr beide verliebt seid. War doch schon im Urlaub so …«

»So viel zu hellsichtigen Kindern. Los, komm, Florentine, ich erkläre dir ein paar Zaubersprüche, mit denen du super Deutschaufsätze schreiben kannst.«

Alizia zog das Mädchen mit sich fort, und ich blieb mit Philipp allein. Der Wind hatte sein dunkles Haar durcheinandergebracht, und im hellen Sonnenlicht wirkte sein Gesicht noch viel kantiger. Die grauen Augen sahen mich noch immer fragend an. Und ich suchte nach den richtigen Worten. Lange brauchte ich nicht dafür.

»Ich nehme dich nur mit Florentine im Doppelpack.«

»Das hatte ich gehofft.«

Für den Rest der Vereinbarung brauchten wir keine Worte mehr.

Durch die Entwicklung der Dinge fiel es mir erst am Abend auf, dass ich Luzi schon den ganzen Tag nicht mehr gesehen hatte. Das versetzte mich aus meinem Glücksgefühl sehr schnell wieder in die Realität. Ich suchte das ganze Haus ab, rief sie im Garten, lockte mit Leckerchen, lief die Straße auf und ab, sprach jeden Nachbarn an, aber die Katze blieb unauffindbar.

»Katzen kommen doch immer wieder zu ihrem Haus zurück«, versuchte man mich zu trösten. Ich ließ die ganze Nacht die Terrassentür offen stehen, hatte das Schlafzimmerfenster offen, doch Luzi blieb verschwunden.

Traurig berichtete ich abends Alizia davon.

»Vielleicht ist sie dahin zurückgegangen, wo sie herkam?«, sagte sie. »Wäre das nicht eine Möglichkeit?«

Ich erinnerte mich an diese düstere Nacht mit ihrem flackernden Kerzenschein und den gemurmelten Beschwörungen. Aber … Luzi war kein Geist, Luzi war eine warme, weichpelzige, liebevolle Katze, die sich auf leisen Pfoten in mein Herz geschlichen hatte. Oder?

»Ja, aber, wo kam sie denn her, Alizia?«

»Aus einer Hecke, sagtest du damals.«

»Und da ist sie wieder, meinst du? Aber ich habe alle Zäune und Hecken abgesucht.«

»Du willst sie unbedingt zurückhaben, nicht wahr?«

»Ja, natürlich. Mensch, Alizia, du hast doch selbst schon Tiere gehabt!«

»Dann findest du sie auch irgendwann wieder.«

Mehr Trost spendete sie mir nicht.

Es war zwei Wochen später, als uns Florentine wieder besuchte. Wir waren schwimmen an einem Baggersee und kamen hungrig und müde zu meinem Haus zurück.

»Übrigens bringt mein Großvater Mafalda nächstes Mal mit nach Deutschland, wenn er Doña Simona besucht. Da haben wir sie nämlich hingebracht.«

»Kann man das so einfach? Ich meine, gibt es da nicht Einreisebestimmungen und Quarantäne und so was?«

»Oooch, ich glaube, er wird sie einfach schmuggeln.«

»Noch ein Verbrecher.«

»Was erwartest du in dieser Familie?«

Wir stiegen aus dem Auto und gingen den Hauseingang hoch. Am nächsten Tag sollte die Biotonne geleert werden, und ich zog sie zum Straßenrand. Es ist im Sommer kein Genuss, den Deckel aufzumachen. Warum auch immer, ich weiß es nicht, aber ich tat es dennoch.

Und auf einem Haufen halbzerfallener Salatblätter lag ein kleines, schwarzes Etwas, das jämmerlich quiekte.

Ich war fassungslos!

»Ein Kätzchen, hier, seht mal! Irgendein mieses, widerliches

Menschenschwein hat ein kleines Kätzchen in den Müll geworfen!«

Vorsichtig hob ich die Handvoll Leben aus dem Salat und sah es mir an. Kaum hatte es sich an meinem T-Shirt festgekrallt, hörte das Quieken auf, und ein leises Schnurren setzte ein.

»Lange kann das Tierchen nicht da drin gewesen sein. Es wirkt recht munter.« Philipp streichelte mit einer Fingerspitze das Köpfchen zwischen den Ohren. »Hast du schon mal ein so kleines Kätzchen aufgezogen?«

»Ja, als Kind. Du meinst, ich soll es behalten?«

»Die Frage scheint sich nicht zu stellen.«

Und wie auf Kommando hob das Kätzchen den Kopf, sah mich an und zwinkerte mit dem rechten Auge.

Es war Gewissheit, die mich sagen ließ: »Willkommen daheim, Luzi.«